懷璧集

徐訏

徐訏文集

評論卷

導言　徬徨覺醒：徐訏的文學道路

陳智德

「個人的苦悶不安，徬徨無依之感，正如在大海狂濤中的小舟。」[1]

——徐訏〈新個性主義文藝與大眾文藝〉

在二十世紀四、五十年代之交，度過戰亂，再處身國共內戰意識形態對立夾縫之間的作家，應自覺到一個時代的轉折在等候著，尤其在當時主流的左翼文壇以外，被視為「自由主義作家」或「小資產階級作家」的一群，包括沈從文、蕭乾、梁實秋、張愛玲、徐訏等等，一整代人在政治旋渦以至個人處境的去與留之間徘徊，最終作出各種自願或不由自主的抉擇。

1 徐訏〈新個性主義文藝與大眾文藝〉，收錄於《現代中國文學過眼錄》，台北：時報文化，一九九一。

二

一九四六年八月，徐訏結束接近兩年間《掃蕩報》駐美特派員的工作，從美國返回中國，直至一九五〇年中離開上海奔赴香港，在這接近四年的歲月中，他雖然沒有寫出像《鬼戀》和《風蕭蕭》這樣轟動一時的作品，卻是他整理和再版個人著作的豐收期，他首先把《風蕭蕭》交給由劉以鬯及其兄長新近創辦起來的懷正文化社出版，據劉以鬯回憶，該書出版後，「相當暢銷，不足一年，（從一九四六年十月一日到一九四七年九月一日），印了三版」[2]，其後再由懷正文化社或夜窗書屋初版或再版了《阿刺伯海的女神》（一九四六年初版）、《烟圈》（一九四六年初版）、《蛇衣集》（一九四八年初版）、《幻覺》（一九四八年初版）、《四十詩綜》（一九四八年初版）、《兄弟》（一九四七年再版）、《母親的肖像》（一九四七年再版）、《生與死》（一九四七年再版）、《春韮集》（一九四七年再版）、《一家》（一九四七年再版）、《海外的鱗爪》（一九四七年再版）、《舊神》（一九四七年再版）、《成人的童話》（一九四七年再版）、《西流集》（一九四七年再版）、潮來的時候（一九四八年再版）、《黃浦江頭的夜月》（一九

[2] 劉以鬯〈憶徐訏〉，收錄於《徐訏紀念文集》，香港：香港浸會學院中國語文學會，一九八一。

四八年再版）、《吉布賽的誘惑》（一九四九再版）、《婚事》（一九四九年再版），[3]粗略統計從一九四六年至一九四九年這三年間，徐訏在上海出版和再版的著作達三十多種，成果可算豐盛。

《風蕭蕭》早於一九四三年在重慶《掃蕩報》連載時已深受讀者歡迎，一九四六年首次結集成單行本出版，沈寂的回憶提及當時讀者對這書的期待：「這部長篇在內地早已是暢銷一時的名著，可是淪陷區的讀者還是難得一見，也是早已企盼的文學作品」[4]，當劉以鬯及其兄長創辦懷正文化社，就以《風蕭蕭》為首部出版物，十分重視這書，該社創辦時發給同業的信上，即頗為詳細地介紹《風蕭蕭》，作為重點出版物。徐訏有一段時期寄住在懷正文化社的宿舍，與社內職員及其他作家過從甚密，直至一九四八年間，國共內戰愈轉劇烈，幣值急跌，金融陷於崩潰，不單懷正文化社結束業務，其他出版社也無法生存，徐訏這階段整理和再版個人著作的工作，無法避免遭遇現實上的挫折。

然而更內在的打擊是一九四八至四九年間，主流左翼文論對被視為「自由主義作家」或「小資產階級作家」的批判，一九四八年三月，郭沫若在香港出版的《大眾文藝叢刊》

3 以上各書之初版及再版年份資料是據賈植芳、俞元桂主編《中國現代文學總書目》、北京圖書館編《民國時期總書目，一九一一—一九四九》。

4 沈寂〈百年人生風雨路——記徐訏〉，收錄於《徐訏先生誕辰100週年紀念文選》，上海：上海社會科學院出版社，二〇〇八。

第一輯發表〈斥反動文藝〉，把他心目中的「反動作家」分為「紅黃藍白黑」五種逐一批判，點名批評了沈從文、蕭乾和朱光潛。該刊同期另有邵荃麟〈對於當前文藝運動的意見——檢討．批判．和今後的方向〉一文重申對知識份子更嚴厲的要求，包括「思想改造」。雖然徐訏不像沈從文般受到即時的打擊，但也逐漸意識到主流文壇已難以容納他，如沈寂所言：「自後，上海一些左傾的報紙開始對他批評。他無動於衷，直至解放，輿論對他公開指責。稱《風蕭蕭》歌頌特務。他也不辯論，知道自己不可能再在上海逗留，上海也不會再允許他曾從事一輩子的寫作，就捨別妻女，離開上海到香港。」[5] 一九四九年五月二十七日，解放軍攻克上海，中共成立新的上海市人民政府，徐訏仍留在上海，差不多一年後，終於不得不結束這階段的工作，在不自願的情況下離開，從此一去不返。

二

一九五〇年的五、六月間，徐訏離開上海來到香港。由於內地政局的變化，其時香港聚集了大批從內地到港的作家，他們最初都以香港為暫居地，但隨著兩岸局勢進一步變

5 沈寂〈百年人生風雨路——記徐訏〉，收錄於《徐訏先生誕辰100週年紀念文選》，上海：上海社會科學院出版社，二〇〇八。

化，他們大部份最終定居香港。另一方面，美蘇兩大陣營冷戰局勢下的意識形態對壘，造就五十年代香港文化刊物興盛的局面，內地作家亦得以繼續在香港發表作品。徐訏的寫作以小說和新詩為主，來港後亦寫作了大量雜文和文藝評論，五十年代中期，他以「東方既白」為筆名，在香港《祖國月刊》及台灣《自由中國》等雜誌發表〈從毛澤東的沁園春說起〉、〈新個性主義文藝與大眾文藝〉、〈在陰黯矛盾中演變的大陸文藝〉等評論文章，部份收錄於《在文藝思想與文化政策中》、《回到個人主義與自由主義》及《現代中國文學過眼錄》等書中。

徐訏在這系列文章中，回顧也提出左翼文論的不足，特別對左翼文論的「黨性」提出質疑，也不同意左翼文論要求知識份子作思想改造。這系列文章在某程度上，可說回應了一九四八、四九年間中國大陸左翼文論的泛政治化觀點，更重要的，是徐訏在多篇文章中，以自由主義文藝的觀念為基礎，提出「新個性主義文藝」作為他所期許的文學理念，他說：「新個性主義文藝必須在文藝絕對自由中提倡，要作家看重自己的工作，對自己的人格尊嚴有覺醒而不願為任何力量做奴隸的意識中生長。」[6]徐訏文藝生命的本質是小說家、詩人，理論鋪陳本不是他強項，然而經歷時代的洗禮，他也竭力整理各種思想，最終

[6] 徐訏〈新個性主義文藝與大眾文藝〉，收錄於《現代中國文學過眼錄》，台北：時報文化，一九九一。

仍見頗為完整而具體地，提出獨立的文學理念，尤其把這系列文章放諸冷戰時期左右翼意識形態對立、作家的獨立尊嚴飽受侵蝕的時代，更見徐訏提出的「新個性主義文藝」所倡導的獨立、自主和覺醒的可貴，以及其得來不易。

《現代中國文學過眼錄》一書除了選錄五十年代中期發表的文藝評論，包括《在文藝思想與文化政策中》和《回到個人主義與自由主義》二書中的文章，也收錄一輯相信是他七十年代寫成的回顧五四運動以來新文學發展的文章，集中在思想方面提出討論，題為「現代中國文學的課題」，多篇文章的論述重心，正如王宏志所論，是「否定政治對文學的干預」[7]，而當中表面上是「非政治」的文學史論述，「實質上具備了非常重大的政治意義：它們否定了大陸的文學史論述」[8]，徐訏所針對的是五十年代至文革期間中國大陸所出版的文學史當中的泛政治論述，動輒以「反動」、「唯心」、「毒草」、「逆流」等字眼來形容不符合政治要求的作家；所以王宏志最後提出《現代中國文學過眼錄》一書的「非政治論述」，實際上「包括了多麼強烈的政治含義」。這政治含義，其實也就是徐訏對時代主潮的回應，以「新個性主義文藝」所倡導的獨立、自主和覺醒，抗衡時代主潮對

[7] 王宏志〈心造的幻影——談徐訏的《現代中國文學的課題》〉，收錄於《歷史的偶然：從香港看中國現代文學史》，香港：牛津大學出版社，一九九七。
[8] 同前註。

作家的矮化和宰制。

《現代中國文學過眼錄》一書顯出徐訏獨立的知識份子品格，然而正由於徐訏對政治和文藝的清醒，使他不願附和於任何潮流和風尚，難免於孤寂苦悶，亦使我們從另一角度了解徐訏文學作品中常常流露的落寞之情，並不僅是一種文人性質的愁思，而更由於他的清醒和拒絕附和。一九五七年，徐訏在香港《祖國月刊》發表〈自由主義與文藝的自由〉一文，除了文藝評論上的觀點，文中亦表達了一點個人感受：「個人的苦悶不安，徬徨無依之感，正如在大海狂濤中的小舟。」[9] 放諸五十年代的文化環境而觀，這不單是一種「個人的苦悶」，更是五十年代一輩南來香港者的集體處境，一種時代的苦悶。

三

徐訏到香港後繼續創作，從五十至七十年代末，他在香港的《星島日報》、《星島週報》、《祖國月刊》、《今日世界》、《文藝新潮》、《熱風》、《筆端》、《七藝》、《新生晚報》、《明報月刊》等刊物發表大量作品，包括新詩、小說、散文隨筆和評論，並先後結集為單行本，著者如《江湖行》、《盲戀》、《時與光》、《悲慘的世紀》等。

---

[9] 徐訏〈自由主義與文藝的自由〉，收錄於《個人的覺醒與民主自由》，台北：傳記文學出版社，一九七九。

香港時期的徐訏也有多部小說改編為電影，包括《風蕭蕭》（屠光啟導演、編劇，香港：邵氏公司，一九五四）、《傳統》（唐煌導演、徐訏編劇，香港：亞洲影業有限公司，一九五五）、《痴心井》（唐煌導演、王植波編劇，香港：邵氏公司，一九五五）、《鬼戀》（屠光啟導演、編劇，香港：麗都影片公司，一九五六）、《盲戀》（易文導演、徐訏編劇，香港：新華影業公司，一九五六）、《後門》（李翰祥導演、王月汀編劇，香港：邵氏公司，一九六〇）、《江湖行》（張曾澤導演、倪匡編劇，香港：邵氏公司，一九七三）、《人約黃昏》（改編自《鬼戀》，陳逸飛導演、王仲儒編劇，香港：思遠影業公司，一九九六）等。

徐訏早期作品富浪漫傳奇色彩，善於刻劃人物心理，如〈鬼戀〉、〈吉布賽的誘惑〉、〈精神病患者的悲歌〉等，五十年代以後的香港時期作品，部份延續上海時期風格，如《江湖行》、《後門》、《盲戀》，貫徹他早年的風格，另一部份作品則表達歷經離散的南來者的鄉愁和文化差異，如小說〈過客〉、詩集《時間的去處》和《原野的呼聲》等。

從徐訏香港時期的作品不難讀出，徐訏的苦悶除了性格上的孤高，更在於內地文化特質的堅守，拒絕被「香港化」。在《鳥語》、〈過客〉和《癡心井》等小說的南來者角色眼中，香港不單是一塊異質的土地，也是一片理想的墓場、一切失意的觸媒。一九五〇年的《鳥語》以「失語」道出一個流落香港的上海文化人的「雙重失落」，而在《癡心井》的終末則提出香港作為上海的重像，形似卻已毫無意義。徐訏拒絕被「香港化」的心志更具體見於一九五八年的〈過客〉，自我關閉的王逸心以選擇性的「失語」保存他的上海性，一種不見容於當世的孤高，既使他與現實格格不入，卻是他保存自我不失的唯一途徑。[10]

徐訏寫於一九五三年的〈原野的理想〉一詩，寫青年時代對理想的追尋，以及五十年代從上海「流落」到香港後的理想幻滅之感：

多年來我各處漂泊，
唯願把血汗化為愛情，
遍灑在貧瘠的大地，
孕育出燦爛的生命。

但如今我流落在污穢的鬧市，

[10] 參陳智德《解體我城：香港文學1950-2005》，香港：花千樹出版有限公司，二〇〇九。

陽光裡飛揚著灰塵，
垃圾混合著純潔的泥土，
花不再鮮豔，草不再青。

海水裡漂浮著死屍，
山谷中蕩漾著酒肉的臭腥，
潺潺的溪流都是怨艾，
多少的鳥語也不帶歡欣。

茶座上是庸俗的笑語，
市上傳聞著漲落的黃金，
戲院裡都是低級的影片，
街頭擁擠著廉價的愛情。

此地已無原野的理想，
醉城裡我為何獨醒，

三更後萬家的燈火已滅，
何人在留意月兒的光明。

「原野的理想」代表過去在內地的文化價值，在作者如今流落的「污穢的鬧市」中完全落空，面對的不單是現實上的困局，更是觀念上的困局。這首詩不單純是一種個人抒情，更哀悼一代人的理想失落，筆調沉重。〈原野的理想〉一詩寫於一九五三年，其時徐訏從上海到香港三年，由於上海和香港的文化差距，使他無法適應，但正如同時代大量從內地到香港的人一樣，他從暫居而最終定居香港，終生未再踏足家鄉。

四

司馬長風在《中國新文學史》中指徐訏的詩「與新月派極為接近」，並以此而得到司馬長風的正面評價，[11]徐訏早年的詩歌，包括結集為《四十詩綜》的五部詩集，形式大多是四句一節，隔句押韻，一九五八年出版的《時間的去處》，收錄他移居香港後的詩作，形式上變化不大，仍然大多是四句一節，隔句押韻，大概延續新月派的格律化形式，使徐

[11] 司馬長風《中國新文學史（下卷）》，香港：昭明出版社，一九七八。

訏能與消逝的歲月多一分聯繫，該形式與他所懷念的故鄉，同樣作為記憶的一部份，而不忍割捨。

在形式以外，《時間的去處》更可觀的，是詩集中〈原野的理想〉、〈記憶裡的過去〉、〈時間的去處〉等詩流露對香港的厭倦、對理想的幻滅、對時局的憤怒，很能代表五十年代一輩南來者的心境，當中的關鍵在於徐訏寫出時空錯置的矛盾。對現實疏離，形同放棄，皆因被投放於錯誤的時空，卻造就出《時間的去處》這樣近乎形而上地談論著厭倦和幻滅的詩集。

六七十年代以後，徐訏的詩歌形式部份仍舊，卻有更多轉用自由詩的形式，不再四句一節，隔句押韻，這是否表示他從懷鄉的情結走出？相比他早年作品，徐訏六七十年代以後的詩作更精細地表現哲思，如《原野的理想》中的〈久坐〉、〈等待〉和〈觀望中的迷失〉、〈變幻中的蛻變〉等詩，嘗試思考超越的課題，亦由此引向詩歌本身所造就的超越。另一種哲思，則思考社會和時局的幻變，《原野的理想》中的〈小島〉、〈擁擠著的群像〉以及一九七九年以「任子楚」為筆名發表的〈無題的問句〉，時而抽離、時而質問，以至向自我的內在挖掘，尋求回應外在世界的方向，尋求時代的真象，因清醒而絕望，卻不放棄掙扎，最終引向的也是詩歌本身所造就的超越。

最後，我想再次引用徐訏在《現代中國文學過眼錄》中的一段：「新個性主義文藝必須在文藝絕對自由中提倡，要作家看重自己的工作，對自己的人格尊嚴有覺醒而不願為任何力量做奴隸的意識中生長。」[12]時代的轉折教徐訏身不由己地流離，歷經苦思、掙扎和持續的創作，最終以倡導獨立自主和覺醒的呼聲，回應也抗衡時代主潮對作家的矮化和宰制，可說從時代的轉折中尋回自主的位置，其所達致的超越，與〈變幻中的蛻變〉、〈小島〉、〈無題的問句〉等詩歌的高度同等。

*陳智德：筆名陳滅，一九六九年香港出生，台灣東海大學中文系畢業，香港嶺南大學哲學碩士及博士，現任香港教育學院文學及文化學系助理教授，著有《解體我城：香港文學1950-2005》、《地文誌——追憶香港地方與文學》、《抗世詩話》以及詩集《市場，去死吧》、《低保真》等。

12 徐訏〈新個性主義文藝與大眾文藝〉，收錄於《現代中國文學過眼錄》，台北：時報文化，一九九一。

目次

懷璧集

原序

本書集我近年來所寫的關於文藝思想一類的文章，這些意見，都是面對著當代的一些文藝上的思題而寫的，有些是對文壇現象有感而寫，有些是應雜誌或個人的要求而寫，有些是應幫口批評家的挑戰而寫，有些只是對某些問題發表一己的私見而已。

對文壇現象有感而寫的，也許太多熱心，但目的還是對於文藝運動的人士，貢獻一己的意見，雖然這些意見不一定會被人採納。

應別人要求而寫的文章，這些年來，聚積很多，這裡收集的自然只限於與文藝思想有關，而尚能代表我一點老實的意見與思致的。

為應幫口批評家的挑戰而寫的，也因為其內容正足以代表我對文藝的見解與對中國文壇的感想的，所以也收集在這裡。

對某些文藝上的問題發表自己的私見，並非想標新立異，而是我總以為大家多發表他個人的私見，才是接近真理的最好辦法。

這些文章，因我所寫的都是個人的老實的意見，似難免與某些團體自認為權威的意見不合，而在面對著幫口批評家的偽善口吻時，尤不免揭穿他們西崽型打手的嘴臉。在把它收集成書之時，我發現自己無形之中也真得罪了不少英雄。生而為人，竟有思想。匹夫無罪，懷璧其罪，既有思想，罪在難免。

但回想這些文章的過程，發覺自己也正犧牲了不少我應該從事創作的時間。以後我希望會不再寫這類文章，而能專心從事於創作才好。

一九六三年，九月，二十六日，於香港。

難產的時代

在一九〇〇年的時候，人們討論著這是不是十九世紀的結束，抑是二十世紀的開始。在年代的變化中，時代的轉易往往並不能完全照年曆規定去劃分。現在我們大家都以一八一五年為十九世紀的開始，而知道十九世紀的結束是在一九一四年了。

第一次世界大戰以後，思想界文化界有了巨大的變動。一切十九世紀所承認的機械文明，所認為可靠的不變的基礎開始動搖。以為人類已經摸索到可以據為進步的基石，到第一次世界大戰就逐漸覺得不可靠起來了。

在十九世紀，因資本主義的發達與機械的發明，大家都以為只要人類肯努力，一定可以尋出幸福的路徑，雖然努力的方向各人所見的有所不同。當時也有少數的思想家，對於這種信心露了懷疑的萌芽，但是一般的社會還不受此影響。

在文藝上，十九世紀的文學可以說是「信」的文學。他們所懷疑的，所反抗的所呼籲的是社會上的問題，不是哲學上的問題。他們對於人的瞭解很清楚，好像只要社會有些改革，人類總有光明的前景的；以為憑人的努力，這光明的前景就會到我們的面前的。

但是二十世紀開始不久，這個光明的前景就破碎了。以為從社會革命可以獲取的自由平等的前景，因蘇聯的革命，出現了無情的獨裁而幻滅。以為靠科學發達生產進步，可以使人類有更大的幸福的夢幻，因美國的不景氣受到了失業破產而絕望。

於是文藝上失去了對於「人」的信心。發生了究竟人的努力，是否可以使人走向幸福光明的世界的問題。因為對於人的能力限度懷疑，於是佛洛伊德（Sigmund Freud）與艾利斯（Henry Havelock Ellis）的精神分析與性的綜錯一類學說影響到文藝的世界。這些文藝是對於人的限度與特性有更深的發掘。似乎以後所有偉大的作家，都反躬自省地在人的限度與能力中摸索；而大部分似乎都發覺到人並沒有把握使這世界光明。而對於一切正在努力的方向，只見到一個混亂黑暗暴力與死亡的前景。這就是二十世紀文藝的特色，二十世紀的文學是「懷疑」的文學。每個偉大的作家在自己的靈魂中，發掘灰色的，恐怖的，神祕的，絕望的世界。

文藝反映社會是敏感的。但是哲學思想則遙遙地在時代前面，幾乎早了半個世紀。當佛洛伊德用他的精神分析學在為人治病的時候，絕沒有想到他的學說會在文藝上有這樣大的影響。在哲學上，十九世紀後半期已經是唯心論、觀念論的世界；但是十九世紀的文藝始終沒有對於現實有何懷疑。它的相信現實，正和十九世紀初期，哲學唯物論與經驗論對於「物」的信仰一樣。但是二十世紀的科學，對於「物」的本身有奇怪的懷疑，物理學上新的學說已經把「物」看成和「心」一樣的不可捉摸。哲學上有各種的派別崛起，實在論，唯用論，新唯心論都是要在新的科學基礎上建立哲學體系，但是這精神與唯物論完全是不相容的。新的文藝既然是對人的追求與懷疑，因此對於人所構成的現實也不再相信。這就是二十世紀上半期文藝的特徵。

可是落後的勢力始終抱著十九世紀的「信心」存在著，而這個存在是靠暴力來維持的。但是暴力所維持的並不是十九世紀的文化。十九世紀的文化已經是過去了，暴力所維持的是一個承認現實與歌頌光明的信心。

「信」是保守的特徵，「懷疑」永遠是新興的力量。中國在五四運動時代，抱著傳統舊禮教的「信」心而衛道的人士，始終是怕舊堡壘的動搖。五四運動是一種大無畏的懷疑精神，但這懷疑精神所以能取代舊的傳統而成為新的世界，則還是有從西洋輸入的新的信仰，成為一種穩定的勢力。

現在我們所處的世界正是舊的信仰已經崩潰，整個的文化走到懷疑的階段。在這個懷疑的階段之中，對於舊的堡壘是一種威脅，可是如真要把舊的堡壘推翻，則必須在大無畏的懷疑精神中，湧起一種新的信心。這信心正是文化界與文藝界所期待的東西。

代表二十世紀上半期的懷疑精神，從人性的靈魂中發掘灰色的，恐怖的，神祕的，絕望的世界，我們已經出了不少的作家。如德國海門黑斯（Hermann Hesse）與湯瑪斯曼（Thomas Mann），法國的普勞斯德（Marcel Proust）與紀德（Andre Gide），英國的喬伊斯（James Joyce）與艾略特（T. S. Eliot）以及美國的富克納（Faulkner）等。這些作家都不能說沒有天才，但似乎都未曾在人與世界之關係中，尋出一種像十九世紀一樣可信託依靠的東西。這使我們不得不想到這是時代的關係了。

二十世紀到第二次大戰以後，文化界都期望有新的時代出現，但是戰後的文藝所風行的如存在主義一類作品，都還是繼續著二十世紀上半期的氣息，或者甚至於更趨於灰色與絕望。

像大戰以來的文藝界的死寂，在歷史上也曾經有過幾次，而這永遠是暴力與混亂的時代。沒有人知道這二十世紀上半期的世界將在何時閉幕，但是以年代推測，當一九五四年已經快消逝的時候，那可以喚起新的信心的文化一定會在不遠的將來起來，這是可以預卜的，雖然我們並不能以年曆來劃分我們的時代。

二十世紀上半期可以說在哲學上是唯物論崩潰的時候，在文藝上可以說是現實主義衰落的時期。「物」的概念在新的物理學光照之下，它同「心」已經是無從分別。「現實」這個概念在新興的心理學光照之下，它同主觀的幻覺也很難分界。

在仍舊抱著唯物論與現實主義的舊勢力中，所謂「物」變成了軍備的「物」，所謂「現實」變成政治的「現實」。這裡面已經是沒有文化的內容了。

當時代要求新的內容的時候，舊的內容再無從有光彩。想另外改頭換面建築唯物論與現實主義，以為可代替舊堡壘是不可能的。經過了半世紀的大無畏的懷疑，我們只有往前看，新的信心，新的力量一定會在這深刻的自省的懷疑中湧起。

只有在這新的信心與新的力量崛起的時候，我們也許就知道這二十世紀的下半期將是從哪一年開始，除非這難產的時代註定要用一世紀的時期，來給這新的信心與新的希望的懷胎。

論藝文創作中之個人與民族的特性

在全盤西化與中國本位文化的論爭中，有一點是值得我們注意的，即是大家都是用中文並沒有用洋文來討論問題。就是憑這一點，也可見西化論者並不主張連中國的文字都要化去，也就憑這一點，我們很可以放心跟他們西化，而中國的骨幹並不會化去。

我想，在人的本位中，人所屬的民族，成為一個人的民族性，正是人的個性之重要因素之一。我們可以把我們的生活習慣完全西化，但總有一種生命的本質——與民族不可分割的本質是存在的。如果沒有這個存在，那麼他就根本成為洋人，不在我們圈子裡了，也就不成為爭論的對象。如果西化論者的文章也用洋文來討論，那就變成洋人管中國閒事，也就不值得我們來理會了。

一個民族的言語文字，大概正是民族的靈魂。與一種言語文字結合的人，即使他學會了另一種言語文字，他也很難與根本的言語文字分離。而這種言語文字，所代表的實際上是一種生命的韻律。它幾乎與我們的感情及思考都不能夠分割。我們不妨說，每個人都有自己生命的韻律，但屬於民族特性的則正是一種無法擺脫的色澤。這就是說，生命的韻律是屬於每一個生命，民族的特性則是與生俱來而附麗在生命裡的，但因為這個民族的言語文字是隨著民族的進化演變而發展，所以它正是代表了這個民族生命的韻律。事實上，所謂生命的韻律是反映在人生日常生活之中，正是事事都可以見到。一個人生活中的每一種動作表情見解與趣味，似乎都有民族的特性在裡面，我們不但無法否認，而且應該重視這個特性，每一個人對於他個人的自尊就包括了他對於民族的自尊。這也正是藝術的生命所必有的民族特色。

文學不必說了，文字已經是必有的民族的特色，而其最主要的倒還是精神與趣味。繪畫，我們不反對用西洋人的繪畫工具，但其所表現的，如果沒有中國人的情趣與意境，那麼這作品總不會是有作者的靈魂的。音樂是國際的言語，我們雖無理由固守中國的曲譜而不用五線譜，固守中國樂器而不用西洋樂器，但一個中國的作曲家，如果其作品沒有中國民族的特色，那麼這作品也決不會是突出的作品。這不但對於作曲家如此，對於演奏者也是如此，同樣演奏貝多芬的名曲，但中國的鋼琴家他一定會在這裡面顯露自己的個性，否則他一定還不是一個突出的琴手。

但藝術的創作之可貴，它一方面有個性的要求，另一方面則有普遍性之要求，沒有個別性的作品一定淡而無味，沒有普遍性的作品則只有少數人可以欣賞。因此第一流作家的作品，他一定通過人性來表露他的民族的與自我的個性。使讀者或觀眾可從人性瞭解並欣賞他的民族的自我的個性，可從普遍性瞭解他的獨特性。可是有些藝術家作家則無力做到這一點，他常常只能表達個別的特質與趣味，他可能被輿論所讚揚，又因為這種讚揚成了一種時髦的論證，使別處的讀者為趕時髦不得不符合這些淺狹的觀點，而不敢說明自己真實的所感。但儘管如此，世上總還有有實踐的藝術家會揭穿這一點而坦白表白自己所想與所感。

人類在藝文方面所表現的，我們不難追蹤到最基本的欲求，即所謂生存的欲求與種族延續的欲求。這也是生物界原始的欲求，所以是最普遍性的可引起同感的。但是表現這種欲求的方式則千變萬化，我們在動物社會裡，已經可以見到黃鶯的婉轉歌唱，蟋蟀的纏綿低吟與公貓的撒野叫春是多麼不同。民族間因傳統異殊，生活方式歷史背景的各種參差，其所表現的情調趣味自然是無法一樣。在日常生活中，我們常聽到英國人對於美國人之隔著馬路大聲招呼熟人，就覺得不夠紳士風度；德國人對於法國人之活潑隨便，就認為沒有紀律。在藝文情趣上之異趨自然是更複雜的事。我們不能否認因為交通發達，各國人士的交流頻繁，生活的接觸日多，在情趣的瞭解溝通上大有增進，但各民族的情調與趣味，正如其生活的風貌。任何人從新德里飛到東京，從倫敦到巴黎，都馬上會發覺有一個完全不同的氣氛，這氣氛之不同，正是民族的風貌之不同，也即是生命的韻律的不同。

這種生命的韻律因民族不同而異殊，在一個民族變革之時，往往會追隨外來生命的韻律，而成為時髦的。中國的新詩一度就有這種趨勢。這是五四運動後，想完全推翻舊的傳統的一個變動，創造社的文藝工作者當時從外國搬來一種「啊喲」的詩體，這種面紅耳赤大聲疾呼的詩作，是西洋浪漫主義的第二流作品的餘韻，復活於蘇俄革命浪漫主義的口號詩歌，大概當時正可代表都市的青年對傳統的反抗，所以一時不少「愛啊」、「肉啊」、「打倒呀」、「衝破呀」的作品。這種作品，原是過渡時期動盪時代的青年們浮誇與輕薄的呼聲，並不是可以作為藝術來欣賞的成熟的詩歌。我覺得中國歷史上有不少反壓迫的，為人民抗議的詩歌，也有不少渴望愛欲的詩歌，但似乎都不是聲嘶力竭的吼叫，而是委婉曲折的哀訴，或是含怒蓄恨的沉痛抗議。在文藝的傳統中，我們總覺得用「泰山」型的吼叫來渴求性的安慰是肉麻與不美的。譬如音樂會常歌的一曲《叫我如何不想她》，我每次聽到，就有西洋阿飛拉直嗓子在「叫春」的感覺，這也許是我個人的特殊趣味，我覺得如果這在夜總會裡唱唱逢場作戲，把肉麻當有趣，也許無所謂，作為抒情的歌曲，儘管其作者為有名的趙元任與劉半農，其所表露對於愛情的渴念之紅面赤頸是「等而下之」的惡少情感。這種感覺，大概也正是民族的隔膜與距離了。日本作家永井荷風的《江戶藝術論》中有一篇浮世繪之鑒賞，裡面有這樣的話：

> 我反省自己是什麼呢，我非威耳哈倫（Emile Verhaeren）似的比利時人而是日本人也，生來就和他們命運迥異的東洋人也。戀愛的至情不必說，凡對異性的性欲的感覺悉視為最大的罪惡，我的國民也。使威耳哈倫感奮的那些滴著鮮血的肥羊肉與芳醇的蒲桃酒與強壯的婦女的繪畫，都於我有什麼用呢？嗚呼，我愛浮世繪。苦海十年為親賣身的繪姿使我泣；憑倚竹窗茫然看著流水的藝妓的姿態使我喜；賣宵夜麵的紙燈寂寞地停留著的河邊的夜景使我醉；雨夜啼月的杜鵑，陣雨中散落的秋葉，落花飄風的鐘聲，途中日暮山路的雪，凡是無常無告無望的使人無端嗟嘆此世只是一夢的，這樣的一切東西，於我都是可親，於我都是可懷。

這段話，我們雖無法完全同意，但覺得正是代表有獨立思考的藝術家的一種感慨。學時髦看風尚人云亦云稱讚流行的藝文是無法有這類感念的。在現代負盛名的西方作家之中，有兩個人始終與我格格不入。我覺得他們給我的感覺，正是永井荷風所說的威耳哈倫給他的感覺，使他與他們顯然有遼闊的距離。

第一個是海明威（Ernest Miller Hemingway）。關於這個作家，幾年前我曾經在一篇文章裡談及，現在也還是這個意思。

不久前，臺灣出版的一本英譯小說集中，有我一篇〈過客〉的譯文，裡面我寫到一對朋友去看電影，譯者忽然自說自話的加上「……for a picture called For Whom The Bell Tolls」。譯者大概是電影公司的職員，這樣加上一點東西為海明威及美國電影做廣告，也許有未可厚非的用心；但在我寫作者的心理，則覺得實在很不調和。我特別要說的是我的寫作上也有某一種用心，也可說是風格。當我在小說中處理這種場合時，我總是只說到「帶了三張電影票」或者說「拿起一本書」為止，因為這只是故事的發展有這樣的需要。如果說出什麼電影或什麼書，那麼這電影或書一定與小說本身或小說中人物本身有一種象徵或按時或對比的聯繫。〈過客〉的譯者在這裡加上一個毫無意義的《戰地鐘聲》的電影，可是在後面，當我指明逸心「拉了柴可夫斯基（Pyotr Ilyich Tchaikovsky）Concerto in D Minor」之處，譯者則完全把它刪去，大概因為柴可夫斯基是俄國音樂家，譯者為崇美排異而不提了。而我在這裡指明柴可夫斯基的Concerto in D Minor，正是用它來象徵逸心心中的無從表達的憂鬱與苦悶的。在前一個場合裡，多說一個電影的片名，只是分散小說的氣氛，在後一個場合中，說出音樂的曲名則是加強小說的氣氛——這自然是對柴可夫斯基的Concerto in D Minor有點印象與聯想的讀者而言。譯者因為對我的用意不瞭解，同時對於柴可夫斯基的音樂沒有聯想，所以為個別目的而把原作都變動了。

這些都是說到海明威而提到的題外話，這裡不擬多談，這裡要說的是海明威所寫的力的發揮，生的擴張，對大自然的爭取，生命的及時享樂，把肉欲的享受作為愛情的陶醉，把殘酷當作勇敢，對於我正如威耳哈倫之於永井荷風，總覺得使我有與他們運命迥異的東方人之感。

第二個作者就是存在主義的沙特（Jean Paul Sartre）。這個作家是二次大戰結束後法國最紅的作家。我先讀過他一些短篇，雖引不起什麼興趣，但尚有新鮮之感。後來我從毛以亨借到他的《自由之路》，我讀了好幾次都讀不下去。我發覺他處處想表現他的哲學之處，總是扭捏做作虛矯無力；性的寫法幾乎千篇一律冗長無聊，許多對白又是愚蠢爛俗。許多人對沙氏小說中太黃色之描寫覺得厭惡，我獨討厭他的沒有必要的性的安排，如沙發上可說的話，他要在床上來說，穿著褲子可說的話，他要脫光了來說。沙特的《自由之路》始終沒有寫下去，他走了好幾條不同行的《自由之路》，還是找不出一條正確的《自由之路》，這原是一本失敗的著作，我且不說。在思想方面，他想用存在主義詮注馬克思主義，他為一切鐵幕國家的殘暴行為辯護，在《髒手》、《魔鬼與上帝》的劇作中，他一再認為實現政治目的應不惜手段的殘酷。這些在他認為新鮮的主題，實際上是極其陳舊的蘇俄大革命後的小說題材。沙特的哲學思想始終無法與他的政治思想統一，他是用馬克思唯物論的說法反對佛洛依德，但又用佛洛依德的學說去解釋文藝的作家。他起初只想用文藝表達他的哲學思想，後來則想以文藝作為政治的說教。他似乎是沒有愛情感覺的人，他認為人類的關係是各種衝突的形式，愛情也是一種衝突，因為愛一個人無非是要使對方愛我，而對方愛我也無非要使我愛她，這就是一種不斷的衝突。他所寫的男女關係似乎都想說明他的見解，幾乎沒有一對是有生命與心靈的交感的。其極端之處則就是虐待狂與被虐待狂了。

我讀這個作家的作品，也常有彼此無法交往的距離之感慨。我們是同一時代的人，也都是在第二次大戰動亂中生活過的人，但是何以對這時代這世界的反應可以有如許的不同，我自然可說出我們許多外在的理由，如政治環境與生命的際遇，但這裡面也竟因為我生成是一個東方人的緣故。原因是沙特的作品可說是他的概念扮演，而他的人物都是他以為可有的人物，這些人物都是局限於西方，特別是歐陸的性格，他始終沒有碰到人性。我讀莎士比亞（William Shakespeare）、歌德（Johann Wolfgang von Goethe）、托爾斯泰（Leo Tolstoy）、莫泊桑（Guy de Maupassant）、契訶夫（Anton Chekhov）、梭羅（Henry David Thoreau）以及紀德、毛姆（William Somerset Maugham）等的作品，總覺得我們雖是不在同一天地，而對生命與世界似乎都有同樣的感應；他們似乎都有奇怪的力量，可以把我們雖是東方的讀者拉在一家，讀海明威與沙特這樣的作家的作品，則覺得我們雖處於同一時代，而所想所感的竟像是同床異夢，無法喚起公感。好像他們是把願意接近他們的讀者推開去一樣。我想這就因為前面這些作家所表現的是通過人性的，而後者所能表現的只是限於民族限於場合的一些個別的特性而已。我對於鐵幕內的作家們較好的作品，雖然不一定喜歡，但是我能欣賞，我覺得他們所創造的人物是可以瞭解的，還是具有人性的。而海明威與沙特的人物則都是沒有根的一種只是表面具有特性的人。許多有根可據的人物，當使我們覺得，如把我放在同樣的環境，我們也會有同樣的思想與行動之感。而無根的人，則在異國人看來，覺得不過是一些不可解的影子而已。

生為東方人，對於人生與命運、生與死、愛與恨、欲與情……有多少體驗是無法與西方一致的。在不一致體驗之中，我們的表達又是多麼的不同。許多使我們泫然欲泣、陶然欲醉的情境，他們可以視若無睹；許多使我們作嘔的肉麻的景象他們可以當作有趣，使我們發怒的言辭在他們可以無動於衷；自然也有我們的忍耐在他們以為懦怯，我們的慷慨在他們以為是浪費，我們的諷刺在他們以為是恭維……

我認為一個人有一個人的生命韻律，而鑄成這個生命韻律的，民族性格則是一個重大的因素，但另一方面，我也承認社會生活的不同會造成人類生活韻律的不同。

生命的韻律與生活的韻律是我自撰的名詞，我不得不加以一點解釋。所謂生命的韻律是民族傳統及個人氣質所造成的一種典型。至於生活韻律則是社會生活與經濟生活所決定的。農業社會的人與工業社會的人就有不同的生活的韻律。一個人從農村到都市，日子久了，他會改變他的生活韻律。一個社會進步了，那個社會裡的人會改變他的生活韻律。生命的韻律與生活的韻律在理論上我們雖不難分別，但是表現在個別的事物時則很難分別。

譬如工業社會比農業社會的人動作迅速，這是生活韻律的不同，但民族傳統上也有遲緩與迅速之分，這就是生命的韻律之不同。兩者當然是很容易混淆的。因此每當我們遇到中西人情趣味不同時，我們很容易以為這是落後與進步的不同，而忽略了我們生命的韻律的不同。我們看到南京與紐約之不同，如人口擁擠，車輛之繁多，馬路之寬大，可以使我們以為其分別則在落後與進步，而忽略了裡面還隱藏著民族的性格。但我們如果把巴黎倫敦與紐約相比的時候，因為它們都是進步的大都市，我們馬上可以看出其差別並不是進步與落後而是很明顯地表現著一種民族的個性。

這在人物方面也是一樣，我們一方面有鄉下人與都市人的分別。進步與落後可以因環境而改變，鄉下人很容易變成都市人，但民族的氣質則是永存的。反映在藝文方面，其中所包括的素質很複雜，我們不能否認我們有落後思想與觀念，應當爭取進步，但我們不當把我們特有的應寶貴的情調與趣味，自輕自賤地當作是落後的東西。

上面這些說法都是由於我個人的感想。中國因為連年混亂，社會落後，造成了一種可怕的自卑感，在藝文方面，也以為一切屬於中國的情調趣味的都是落後的，這點則實在是一種很可悲的現象。

我不反對西化，在藝術方面，我也不反對學西洋畫、學西洋音樂、學西洋雕刻、學西洋舞蹈，但是如果表現的內容沒有我們民族的生命韻律，沒有自己的個性，那麼它是永遠不會成為第一流的藝術作品的。我不反對中國人的文人學士喜歡像海明威與沙特這樣的作家，但我希望他們的喜歡是誠實的喜歡，而不是因為他們國際上的聲譽以及諾貝爾獎金一類的威風與作品暢銷的氣勢。

用中國人的眼光對世界的藝文作品本著自己民族的良心說點老實話，初步也許沒有人會注意的，但日子久了，反映在世界藝文壇上，也許還是值得思想家與藝文批評家來參考的。

一個民族失去自信心是可悲的，而藝術工作者對於自己的愛好與興趣不敢明言，甚至恥於他自己所屬的民族的特性則是更可悲的事情。我並不是提倡民族的趣味，要作者們在作品中強調民族意識之類。我認為民族的性質是存在於我們個人的個性之內，儘管是全盤西化的人，他的人格中還是有民族的特性，只要不諱言他的民族特性，不輕視自己的獨特的趣味，不盲從別人的評價，那就是一個有自己的人了。

然而，揚棄自己落後的觀念與思想是需要一種勇氣，肯定自己獨特的個性與趣味也需要一種勇氣。這正是一個藝術工作者的一個最低的要求。

作家的生活與「潛能」

一

每個人因為傳統的不同，立場的不同，背景的不同，對於一個問題，可以有不同的意見。我覺得不同的意見是可以並存的東西。因此在一個問題上有人提出一個與我不同的意見時，我從來不去辯論，因為我覺得兩種意見並存比一個意見獨存在社會上至少要豐富些。但如果我的意見被別人誤會曲解時，只要這誤會曲解不是故意歪曲，我覺得我應該對自己意見有所說明。

我的〈悼吉錚〉一文，談到作者天才與生活問題，水晶先生提出「一個相反的看法」。我發覺他似乎沒有好好看清我的文章，或者也可說我的〈悼吉錚〉的文中，因為著重於「悼」字，對裡面說的話說得不夠清楚，所以我覺得我有說明白的必要。

第一，「生活」這兩個字，我的意義是：生下來活著即是「生活」。走路是「生活」，吃飯是「生活」，談話是「生活」，靜坐是「生活」，諸凡人的活動都是「生活」，人對刺激的反應就形成「生活」，這也就是說，當一個嬰孩呱呱墜地，接觸了世界，「生活」就開始，以後就永遠不會停頓，一直到死亡——生命終止時才停頓。第二，我說「追求生活」：「旅行、遊獵、冒險、參加戰爭、奔走革命甚至醇酒婦人，以至酗酒吸毒……」

水晶先生似乎沒有讀到「醇酒婦人，以至酗酒吸毒……」這裡我的「……」虛線，不但包括「浮華的應酬和交際」也包括「內省，靜心下來」，這即是說這些都是「生活」。

如果水晶先生看清楚我所說的「生活」的意義是如此的，那麼水晶先生當不會誤會他所提出的那些作品，是絕對沒有「生活」內容的作品。

我覺得他們之所以可以寫出這些作品，就因為他們「生活」過。這「生活」過，不一定是親身經歷過，而是觀察過，體驗過，反省過，想像過。

我原文中還說，生活的體驗可以廣可以深，但必是在簸難苦痛中產生的。這「廣」是「動」的觀察，「深」是「靜」的體會。在閨閣中修院裡都有「靜」的體會，這體會就是生活。我常讀《聖女小德肋撒傳》，說這樣一個少女，在修院中修道，她的短促的一生除了家庭以外，只有修道院狹小範圍裡的生活，但她有深沉的反省，這就是靜的體會，也即是有豐富的內心生活。

一個人外表的生活：旅行、遊獵、革命、參加戰爭，別人可以瞭解，但一個人內心的生活是外人無從知道。內心的生活如惜別、感時、戀愛時的各種心情……雖是人人都有，但有深有淺，這就是體驗的深淺，也就是生活的深淺。

水晶先生舉出詹姆斯（Henry James）、普魯斯特（Marcel Proust）、曹雪芹等……這些作家，我覺得這些作家的所以有較高成就，就因為比一般人更深入生活。這並不是我現在的自圓其說。早在八九年前，我在談到《紅樓夢》時，我就說過：「……可是他所感受所表現的色，是入世最深的色；他所感受所表現的空，則是出世最澈底的空。《紅樓夢》之所以偉大者也就在此……。」這裡所說的「感受」就是生活。

有兩句使水晶先生誤會的話是：「書房裡的作品，沙龍裡的作品，襲用西洋寫作上新鮮的技巧，或描寫些沙龍裡有趣的瑣事與趣聞，可能是可愛的東西，但只是第三流作品而已。」這兩句話，可能太隱晦，也可說是我笨拙的幽默，但從文字語氣看，仍可知是著重在「襲用」與「有趣」，因為的確有許多作品只是靠「襲用」（技巧上的偷懶）與「有趣」（內容上的取巧）。水晶先生列舉的作品，都是技巧上立求「新創」，內容上直逼「艱深」，怎可能為我兩句幽默話的例子？

大家都知道，多數作品都是書房裡寫的。我這裡所說的書房裡的作品當然不是說是在書房裡寫出來的作品，而是說依賴書房裡的書東抄一點西湊一點的作品。大家也都知道十八世紀法國沙龍裡也產生過不少了不起的作家，我這裡所說的當然不是說沙龍裡不能產生大作家，而是說在沙龍裡聽到一些有趣瑣聞而寫成的一種作品。而這也是十八世紀法國沙龍裡產生過的東西。

二

水晶先生用了「潛能」兩個新鮮字眼，我就不知道其含義是什麼了。以字面來看，那應該是「潛在的能力」，那對一個作家來說，大概也就是以前人常說的「天才」、「天賦」或「才華」。說作品靠天才產生，則是一句極陳舊的老話，在中國，創造社初期的浪漫主義運動，也就是以這個來標榜的。

對於天才，我們的理解似乎不能不根據心理學生理學。說天才是天生的一種才能，這種藝術上的創造才能，到現在心理學上還無法測量。但一點是確實的，它的基礎是在生理上的。

譬如說一個人有舉重的天才，他的體力的能量高於一般人。這就是說，幾個人一同練舉重，別人的能量（最大的可能）是二百斤，他的能量是四百斤。那麼我們說他的舉重天才高於別人，這句話應該是不錯的。

譬如下圍棋，兩個人同時學，一個到了五段，再無法進步，一個可以練到九段，則後者當然比前者有天才。這，我們不得不相信有天才的棋手，在生理上一定有高於缺少天才的棋手之處。

上面所說的兩種，其高低很容易從比賽中較量上看出，但是藝術的天才是不能較量的東西。

我們所能知道的是音樂與聽覺最有關係，生而聾子，一定無法成音樂家；繪畫與視覺最有關係，生而瞎子一定無法成畫家。

說到文學，我們不知道與神經或腦子哪一部分最有關係，但如果是生而白癡，成文學家與詩人大概是不可能的。

那麼所謂「天才」或潛在的能，追尋到最基本的還是生理上的某種基礎，這是決不會錯的。

上面我們說到「生活」是一生下來就開始的東西。一個人的耳朵在生下來不久就能夠聽到聲音，這就是聽覺的生活，也就是音樂的開端。如果這個人是生而聾子，他就不可能有聽覺生活，也就是說，他雖有音樂的心靈，他無法有音樂的生命。

現在如果是一個有音樂「天才」的人，即水晶先生所說的有「潛能」的人在一生下來不給他聽覺生活，即不給他聽見任何聲音，請問他怎會可能有音樂生命？這即是說，一個沒有聽覺生活的人，雖然有健全的聽覺，他同聾子是一樣的。

同樣的，如果一個有繪畫天才的人，在一生下來就不給視覺生活，即永遠把他關在漆黑的房子裡。他雖有健全視覺，他也同瞎子不會兩樣的。

這也可以證明，一個人如果沒有生活，任何的潛能等於無能。

一個人的腦與神經系統雖是複雜的、多方面的，而所謂精神生活是累積的東西，但如果生下來就不讓接觸任何的「刺激」（心理學上的用法），那麼他的潛能也就是無能。

這裡要說明的，是心理學上「刺激」兩個字的意義，一個生命，只要是「存在」的，他不可能不接受刺激，因為除了外界的刺激外，有內部的刺激，這內部的刺激有兩個最基本的是來自腸胃的刺激（飢餓）與來自「性腺」的刺激（性欲）。

性欲的要求是要到人體成熟才開始，食欲則是一生下來很快就有了。這種人的基本的要求也就是動物的要求，這二種要求也可說是生命的動力。所謂「潛能」，追究到最後也就是這兩樣，但是這兩樣基本的要求，也就是動物的要求。憑這兩樣的動力絕對不足為藝術的創造的才華。但生活的推動正是由於這個動力。由於這兩種動力而有生活，有了生活才慢慢地形成了藝術活動的才華。

譬如手有技能的「潛能」，但學習泥水工作就成為泥水匠，學習油漆工作就成為油漆匠，學習修理鐘錶就成為鐘錶匠。這就是說手的潛能的可能性很多，只有生活的經驗（學習的經驗也就是生活經驗的一部分）才能決定他的哪一方面的才能。譬如林海峰是一個圍棋的天才，但倘若他生在非洲，從小就沒有機會接觸到圍棋，他的天才也決不會被發現，他可能因為生活上別種經驗而成了別種人才。

這就是說天才這東西是生活決定的。這也即是說，人的潛能可塑性很大，只有生活才決定他某一方面的「才華」。

有一個很有名的佛教故事，似乎值得我在這裡提一提：

> 話說有一個高僧把一個男孩養在深山石屋裡，什麼人間的一切都不讓他知道，到了十八歲，高僧帶他到人間看看。他看一樣問一樣，看到女人，他問這是什麼？高僧告訴他，這是要吃人的怪物。他們逛了一天以後，回到深山石屋裡。高僧問他一天所見的他最喜歡的是什麼？他說，他最喜的是「要吃人的怪物」。

這就是說，一個人有性的「潛能」但必須看到異性（這就是生活經驗）才能喜愛異性。

一個多大的文學天才，如果從小就不給他認字讀書，這天才也就正如從來沒有看見光亮的視覺一樣，一方面說是天才的埋沒，另一方面說也就是沒有這個天才的存在。

三

上面談到天才是由生活決定的，沒有生活就無從知道天才，所謂某種天才必有某種生活基礎，否則所謂天才所謂潛能只是原始的生命的動力而已。

上面還說過，生活是與生命並存的東西，有了生命就有生活。到生命死亡，才是停止生活。這不但人類如此，動物也是如此。但是越高級的動物就越能累積生活經驗；生活經驗由累積而豐富。到了人類，則隨著文明的進步，生活經驗的累積與傳遞使我們在直接的生活經驗外，有許多間接的生活經驗。書籍報刊電影電視都是我們的間接生活經驗。這些間接的生活經驗正是我們的「生活」的一部分，作為現代人，正是由於這些間接的生活經驗，才使我們生活得到擴充。

但是這些間接的生活經驗，對有些人親切，對有些人不親切，它與每個人過去的生活經驗相結合，就起不同的效果。

譬如我們從報上看到太空人繞月球飛行，那些有點太空知識的人，比沒有太空知識的人更能體驗到他們的經驗。這「太空知識」就是過去的「間接的生活經驗」。

譬如我們看到電影裡的戰爭，這是間接的生活經驗。但是在抗戰時候經歷過戰爭的人看起來，比從未經歷過戰爭的人更有親切之感。譬如看見電影裡炸彈炸死孩子，有人因為自己的孩子在抗戰時期被炸死，看了後就比從未有這種經驗的人更有親切之感（這就是過去的直接生活經驗與現在間接生活經驗的結合）。

譬如香港的孩子沒有看到下雪的經驗，他在電影裡看到了，以後讀到書上描寫雪景的時候，就會比沒有見過下雪的電影的人為親切。又譬如電影裡有莫斯科下雪，我沒有去過莫斯科，但有過下雪天的經驗；我可以將下雪天的直接經驗與沒有直接經驗的「莫斯科」相結合，也會比兩樣都沒有經驗過的人更親切。

這種人類的間接的生活經驗與直接生活經驗，錯綜複雜，千頭萬緒的結合，這就形成人類記憶、反省、想像，與幻想。

這也就是說，一切的記憶、反省、想像都是從生活累積而來。同時這些結合也就是人的內心生活。

我們人類的幻想，譬如三頭六臂。這「頭、臂、三、六」都是人類生活經驗中來的。所謂幻想只是把生活經驗改變了一種結合而已。

《西遊記》是一本幻想小說，但它所寫的神怪仍是人類生活經驗中的成分。孫悟空的尾巴變成旗杆，這尾巴與旗杆都是作者生活經驗中的東西，紅孩兒踏著火輪，這火與輪都是作者生活經驗中的東西。

我常說，一個沒有失戀過的人不會知道失戀的悲哀，沒有生過病的人無從知道病人的痛苦。也就是生活的直接的經驗與間接經驗的結合，會使人對生活可以更親切與深刻的體悟。

所謂作家，並不是生出來就是作家。他是人，像人一樣地長大，這已是無數的「生活」。以後讀書識字，這又是「生活」，要舉一個從來不依賴「生活」的作家是沒有的，要舉一個從來沒有生活浸染的作品是不可能的。

我在〈悼吉錚〉文中說：「到底第一流天才是否可以完全不需要『生活』，這個我不知道，我想，即使有之，千古以來，也只有可數的兩三個人。」這實在是一句反話，是對相信自己「天才」過人的人一種「幽默」。我還說：「文學作品，總還是要從生活提煉升華而來。」這是一句很「粗率」的話，再澈底一點說，文學是要賴文字來表現的藝術，而文字本身就是從「生活」中提煉升華而來的東西。如果文字不是從生活而來，那麼，甲所寫的作品怎麼可為乙所瞭解與同感？

我不認識水晶先生，但我有一年去臺灣時，「中副」的編者送我《中副選集》，讓我有機會讀到水晶先生的短篇小說〈沒有臉的人〉。也算是一篇還不錯的短篇小說。從這篇小說，我可以大致想像出來：

作者是受過高等教育的人。不管有否進學校，但他是高級知識分子。

作者也許讀過一些文學作品特別是現代的作品，也一定寫過其他的文藝東西。

作者至少是在臺灣住了很久的人。

作者可能大學畢業，並且很想到美國去。

作者對於從臺灣社會到過美國鍍金的，與留在臺灣的知識分子之間的不同看法有深刻與親切的體會。

水晶先生也許相信自己的「潛能」，他的小說是憑他「潛能」來寫的。但是我看的水晶先生的「才華」則是他的生活。

臺灣社會對於到美國鍍過金的知識分子與沒有出過國的知識分子的天淵懸殊的看法，我們在香港的朋友也都知道，尤其是到過臺灣看看過的人。但是誰都沒有寫這樣題材的小說，即使有人寫，我想也無法寫出這樣親切深刻的，這因為水晶先生在這題材上比在香港的作家有切身的觀察與體驗。

這是「生活」。如果水晶先生不是在臺灣，而是在菲律賓大學讀書，我敢說他怎麼也寫不出這篇小說的。

如果水晶先生是住在臺灣，沒有文學上的修養，他是寫不出這篇東西的。如果他的文學上的修養，只是背背四書五經，他即使寫出同一主題的文章，但決不是這樣形式的小說。

這也是生活。

如果水晶先生沒有受過高等教育，他就無從吸收文學修養，他更無法寫出這篇小說。

這也是生活。

如果水晶先生根本沒有受教育，他只是一個文盲。

這也是生活。

我把水晶先生的生活部分完全剝去以後，請問水晶先生，你的「潛能」在哪裡？你的「才華」在哪裡？

把你的「生活」經驗剝去以後，你只是一個生物學上的人。這個「人」，在出世以後，在從嬰孩到成人的階段，已經是接觸傳統，習慣，環境……各種各樣的生活。如果再把這些生活經驗剝去，你這個人的「潛能」是什麼呢？

僅有的潛能是「求食」的潛能，與「求配偶」的潛能。水晶先生！「求食」與「求配偶」的潛能是人人都有的潛能，如果你一定要相信你生而有文學的潛能，我只能承認，你可能在腦裡神經系統上有那麼一點「易塑性」。

但是這個「易塑性」豈是你與一小撮人所獨有？中國六七億的人口之中不知道有幾千幾萬，但是有的因生活上無緣接觸文學，他的「天才」就此不見；有的無緣受教育，他根本是一個文盲，或者一生只是一個農夫。他們始終沒有機會表現這份「潛能」。

這是為什麼？這就是我所說的「生活」。「才華」、「潛能」只有在「生活」的提煉與升華中才成為「才華」與「潛能」。否則只是一個神經系統中的一「疙瘩」而已。

現在聽說水晶先生已經成了「有臉的人」，已在美國了，聽說美國是一個富裕的國家，是一個民主的國家，人人都有平等的機會，任何的天才不會埋沒，任何「潛能」都可以發展的世界。但是我請問，美國人口有兩億，立國兩百年，何以沒有一個像吳清源、林海峰一樣的圍棋天才呢？

是住在那面的人，神經上就不會有這個「潛能」的「疙瘩」呢？是他們根本上就是「棋盲」？就是沒有這種「易塑性」呢？

不，這是「生活」，這因為他們沒有「圍棋」的「傳統」與「環境」……一言以蔽之，就是沒有圍棋生活。

沒有生活，就是談不到「天才」與「潛能」；因為「天才」與「潛能」只有在生活中才能形成。

再進一步講，我們的生命到底是什麼東西呢？

是生活！

沒有生活就無所謂生命。生命的表現，就是生活；證明生命的存在，就是生活。一個垂死的人，奄奄一息，這一「息」就是生活。證明一個人沒有死，是呼吸，心跳。這呼吸，心跳就是生活。

呼吸停頓，心不跳，就是死亡。這是生命的消失，也即是生活的停頓。大哲學家笛卡兒（Rene Descartes）的名言：「我思故我在。（Je pense, donc je suis）」這「思」就是生活，「在」就是生命。

四

我們如果瞭解生命只是在生活表現中才存在，生命只在沒有死亡時才存在，我們再來看看所謂文學作品的內容，我們馬上可以看到任何作品所寫的不過是「生活」的記錄。進一步去分析，我們也可說這文藝作品的內容有的是記錄內心的生活，有的則是記錄外在的生活。

前者為浪漫主義、性靈派、意象派、印象派、感覺派所標榜，後者為寫實主義、自然主義、社會主義的現實主義、客觀主義所標榜。

有人說文藝不是「生活」的記錄，而是批判人生，指導人生，啟發人生的。我並不反對這種說法，但是我認為所謂「批判」、「指導」、「啟發」……這也就是作者的內心生活，它也正是作者內心生活的記錄。

我們知道我們人有記憶，有判斷，有想像，有回想，這本身就是「生活」，是「內心生活」。而所記憶的、所判斷的、所想像的、所回想的內容則也正是過去的生活——間接的或直接的，內心的或外在的。

我們的心理活動，本身也是一種生活。情感上憎厭、憐憐、愛恨、憤怒、焦慮、憂愁、苦悶，都是內心生活。而這些內心生活的泉源，可能是另一個內心生活，但最終的源泉則還是外在生活。

如果一個人一生下來就絕對沒有外在生活，那麼他們的內心生活是「飢渴」的痛苦，直到死亡。由飢餓而求食，而有食可求，那就是外在生活。一個嬰孩的吃奶，這也就是外在生活。

這種外在生活與內在生活的分析，完全是為說明方便起見。在現實生活中，外在生活與內在生活的交錯反應連鎖混合，是千頭萬緒，十萬分複雜的東西，我們很難把它分劃開來的。

從這個理解，我們馬上可以發現，那些自以為純粹是出於自己創造的作家，以為自己的作品完全是出於內心，出於天才，出於潛能，出於性靈……，實際上他只是沒有分析他的來源而已。

我們也馬上可以發現，那些自以為寫實主義，現實主義的作家，以為自己所寫的只是客觀真實，實際上都是經過內心生活調製的。這因為寫作這一行對於「現在」是無法「寫」，「寫」的都是過去。我們雖可以說是寫「將來」但這只是「過去」的調製品而偽充將來而已。這也就是說，客觀的事實，過去的生活，都是要經過作者內心生活的提煉才能成為作品。

說到這裡，我們就可以審查審查我所說的「生活枯竭」這句話的意義。

既然一切外在的生活都是要通過內心生活才能成為作品。那麼所謂生活的枯竭，說的就是內心生活的枯竭。

當一個作家把要表現的，可表現的內心生活都已經表現過，都已經寫盡，他再寫，再表現都不過是一而再的重複表現過去表現過的內容時，我們就說他已是「江郎才盡」，也即是我所說的「生活的枯竭」。

但是內心生活不過是反映外在生活的東西，也即是說內心生活最後的素材是外在生活。所以作者為豐富內心生活，就要擴充外在生活。

這裡要注意，是人因過去生活累積容量不同，或者說經驗背景修養不同，氣質因而不同。有人可能有很多的外在生活，但內心生活很貧乏。有人可能只有很少的外在生活，但內在生活很豐富。譬如說，我與陶淵明相偕去看菊花，我只會說：「秋高氣爽，菊花盛開。」而陶淵明則寫出「采菊東籬下，悠然見南山。」這裡外在生活是一樣的，而這個同樣素材到了不同的胸懷就產生不同內容。為什麼呢？這因為陶淵明早有較豐富高貴的內心生活，所以，他從很平常的外物就能表現出他的渾豁靜虛忘機的意境。

再進一步說，他也許還有容量再創造出幾首關於菊花的好詩，而我則最多背出別人關於菊花的詩句了。

這就是說，外在生活豐富的人，不一定內心生活就豐富，不一定就能寫出好的作品。而外在生活貧乏的人，不一定內心生活就比較貧乏，因而不能寫出好的作品。

但有一點必須注意，就是外在生活等於「零」的人，則絕不可能有內心生活。

這正如母體食量大的人，可能只有很少的奶汁；母體食量小的人，可能產生很多的奶汁。但如果母體絕對不吃東西，則可以斷定是絕對沒有奶汁。

這裡要特別說明的是母體的製造奶汁雖可說是天賦的，是一種「潛能」，但這「潛能」正是過去生活的累積，如果剝去了過去的「生活」，這母體只是一個原始的性別。

妓女不一定寫出最好戀愛小說，但如果從來沒有戀愛過（直接的生活）與從來沒有讀過戀愛小說，聽過戀愛故事（間接的生活）的人，從來沒有碰見異性的人，則絕對寫不出戀愛小說。

水晶先生寫出〈沒有臉的人〉的小說，則一定是一個在臺灣知識青年群中生活過的人（直接的生活），否則也必是聽到這種社會現象的人（間接的生活）。

我們從作品可以想到作者的生活，可以舉很多的例子。

譬如毛姆的許多以殖民地熱帶生活為背景的小說，寂寞的環境，焦熱潮溼的氣候，騙人與自殺犯罪的情境，我們可以確定毛姆是有這種生活經驗的。

譬如我們讀康拉德（Joseph Conrad）寫海的小說，他把海寫成有人格般的力量，我們也可以確定他一定是航海過，否則也是對航海有興趣，讀過很多關於海的書的人。

譬如讀海明威的《老人與海》，我們可以確定這位作者是熟於漁人生活的，不管他是直接經驗或間接經驗。

水晶先生所列舉的那些作家，我雖是只讀過他們一些作品，既沒有讀過他們的全部作品，也沒有研究過他們所生活的社會背景，但我敢絕對地說，他們都沒有超越他們生活（直接的或間接的）所及的世界。

至於《紅樓夢》，水晶先生當然知道，自胡適、俞平伯、周汝昌等等一群紅學家研究後，我們怎麼還能否認這作品與作者的生活是沒有關係的呢？

如果康拉德生在山區，從來沒有見過海，從來沒有聽說過有海，我敢說他決不可能寫海，連想都不會想的。

如果曹雪芹生於現在的臺灣，他也決不可能寫出《紅樓夢》這樣的小說。

如果亨利詹姆斯生在元朝的中國，他也許就同關漢卿一樣，多寫了幾部元曲。

作家之無法超出他的時代與地域，正是生活的限度。這我想不需要再作什麼考證了。作者的外在生活，變成他的內在生活，儘管人人的容量不同，正如母體食等量的食物並不產生等量的奶汁。但這只有一個限度。譬如一卡路里的食物到了甲的母體產生了一格蘭姆的奶汁，到了乙的母體只產生了九格蘭姆的奶汁；如果母體停止了吃食物，那麼頭一天可能甲還有七格蘭姆的奶汁，乙母體只產生了六格蘭姆的奶汁，如此遞減到了第八九天，甲、乙母體也就再沒有任何量的奶汁了。

這就是我所說的內心生活的枯竭。

譬如《聖女德勒撒傳》作者，是一個少女，她很小就進修院，她的生活幅度，只是從家庭到修院，所接觸的人物只是父母，同學，院長及儕輩，她的體驗記憶感應想像，奉獻懺悔祈禱是僅限於她純潔與簡樸的心靈所能容納的，她寫了一本書，我們讀了覺得很可敬佩。她也許還可以寫一本，從另一個角度，或者再進入一個層次。她也許還可以寫一本，這樣寫了三本五本我相信她就再沒有什麼可寫，再寫也是重複以前的一套，再不會有什麼新的內容了。

這就是我所說的「生活的枯竭」，也即是以前所謂江郎才盡。聖女德勒撒並不是想成文學家，也不是想再寫什麼。所以她並不稀罕「才」與「生活」。如果想要，她放棄這個修院生活，重新去讀書，過學校生活，或者去做事，過寫字間生活，她自然開拓了她的世界，接觸了另外一批人，她自然可另有一種感受、反省、想像。這即是說，因外在生活的擴充，內心生活也就豐富起來；內心生活的豐富，可以與以前的內心生活結合，而更加深入。

譬如莎岡（Francoise Sagon），她在十八歲時候寫了《晨安，憂鬱》，文壇上驚為奇才，但以後她寫了第二本第三本書，內容大同小異，人物不相上下，這就可以看出她內心生活日趨枯竭。如果她有意識的去追求另一種生活——遊獵，參加戰爭，旅行，到臺灣去讀讀中文，試服L.S.D……諸如此類的，她的內心生活自然也因而擴充，她也會寫出另一種趣味與意境的東西。

我說內心生活可因外在生活而豐富，但並不是說，任何外在生活都可以與內心生活結合而豐富內心生活。有的外在生活並不能為作者內心所感受，那就並不能變動內心生活。

當作者內心生活不能感受某種外在生活時，他能寫的只是記錄或報導，這就不是創作，低級的寫實主義往往流於報導。

譬如說：「秋高氣爽，菊花盛開」，就只是報導。而陶淵明的「采菊東籬下，悠然見南山」就是與內心生活結合後的創作。內心生活是過去生活的累積，每個詩人的內心，累積著不同的生活經驗，所以外在生活與其接觸就會產生不同的感應。秋天裡看到菊花在陶淵明產生「采菊東籬下，悠然見南山」這樣的詩句，但是碰到李清照就產生出：「東籬把酒黃昏後，有暗香盈袖。莫道不消魂，簾捲西風，人比黃花瘦。」完全另一境界的詩句了。

水晶先生談到亨利詹姆斯，恰巧在發表水晶先生文章的同一本《明報月刊》上，有一篇林以亮先生關於詹姆斯的文章。材料現成，我且取個巧抄一段在下面，這是林以亮先生引《文學雜誌》第四卷第五期侯健譯詹姆斯〈小說的構築〉裡的話：

屠格涅夫（Ivan Turgenev）真是一位雋才。我感念他所提及的：一個不知所自來的人物，孑然的角色，無所憑依的意象，對於小說家可能有強烈的暗示力。他說到的頗使我得到安慰。我個人的想像力本有一種奇妙習慣，我好耍一種把戲，即使想像出來的或邂逅到的個人或眾人，視作是小說的原質，然後聽命於他們，由他們發展——這一切都在他們那裡得到了強有力的保證，而這是我前些所未能得到的。我自己總是先想到人物，後看到背景，雖然這種自始即有的偏好，顯得相當地本末倒置……

詹姆斯在這裡很清楚地說出他創作的過程，那就是憑他的內在生活來吸收外在生活。或者是外在生活豐富了他的內在生活。而且他還提到屠格涅夫的如何受外在生活中一個人物一個意象的暗示，而發動想像——內在生活。

林以亮先生還好像故意為我引證的方便，而摘譯了詹姆斯在一八九五年十月卅一日的箚記中曾有這樣一段話：

昨天晚上史透吉斯同我談話，沒有幾個字，而我照平常一樣似乎一瞥之間見到一篇小說的題材。我們正在談論到郝威爾斯他到巴黎來探望兒子，卻不得不趕回美國，因為接到他父親病危的消息。他的神情帶點落寞而哀傷，對史透吉斯說：「啊，你還年輕，你有的是時間，好好地生活。」這句話立刻使我想起一部小說中一個人物的境界——一個老人沒有實實在在的生活過。

這裡詹姆斯不是清清楚楚告訴我們，他的小說是由於外在生活與內在生活的結合嗎？如果詹姆斯沒有這裡所述的一段外在生活，就不會發動他的內在生活，而寫出《奉使記》，如果沒有他過去所累積的內在生活，他也無從吸收融化這一段「外在生活」而寫出

《奉使記》。這不是再清楚不過的事情麼？

詹姆斯幾曾說到，甚至意識到他有什麼了不得的「潛能」呢？

如果我們把一個偉大作家的作品中所涉的生活經驗一層層剝去，我們馬上可以發現，他不過是一個普通的人，一個只有求食與求配偶的潛能的人而已。

水晶先生要試驗生活的枯竭並不難。水晶先生所讀過的書，所見的人，所見的世界，以及已累積的生活經驗現在已經不少了；我相信你內心已累積了豐富的生活經驗。這份財產已是夠你內心生活的活動──記憶、思索、想像、推理。現在你且把自己關在兩間舒適的房間內。沒有書籍，沒有電視，沒有報刊，沒有收音機，也沒有窗戶讓你外眺。不許出門，沒有伴侶，──沒有太太，孩子，沒有狗貓，沒有魚鳥。只許你一個人，但是你有紙有筆，你可以寫作。

你開始寫作，你可以寫作，你也許以為是依賴你的潛能，但我知道你活動的只不過是你的內心生活（即是你累積的過去生活經驗）。

你寫出第一本書，有人會說你很有才華。

你寫出第二本書，有人會說你真了不得。

你寫出第三本書，有人也許就會說同以前差不多。

你寫出第四本書，有人也許會說還不是以前那一套。

你寫出第五本書，有人看了十頁也許就已經知道你以後會說什麼了。

這時候，你很自然會意識到你的「潛能」不過是一堆從生活中訓練出來累積而得的活動——記憶、思索、想像、推理。

而你所寫的不過是記憶中所保留的一些過去「生活」。

而這時候，你會知道你是多麼需要「生活」來增加你的「潛能」（實際上也是生活所訓練的一種能力）。你會知道你是多麼需要「生活」來豐富你已枯竭的內心生活。

五

我以為寫作總是需要智慧的工作，而生活經驗則是我們智慧唯一的泉源。

以間接生活的讀書來說，譬如讀歷史可體驗古人的生活，讀地理可體驗別處人民的生活，讀思想學術的書籍，可體驗別人內心生活的結晶，讀文學作品，不用說，更可以使我們體驗各種人的外在與內心的生活。讀書如此，電影、電視更不必說了。

至於體驗實際的生活，自然是直接會豐富我們內心生活，現在的教育之所以要重生活教育就是如此。中國大陸要人民在勞動中改變階級立場，我雖不能贊同，但生活的經驗可使人擴大視野，變動角度，能使人有更豐富的深厚的內心，這則是古已有之的事情。

英國皇家的教育，要皇子進平民學校，到軍隊從低級軍士做起，就是很好的例子。中國有錢的商家，要把兒子送到同行的店鋪去當學徒，這是抗戰前夕還在流行的慣例。這因為只有這樣，才可使兒子將來在掌管自己的企業時，能有較寬闊的視野胸襟。

而我們因外在生活的經驗，而改變我們內心生活，這在每個人經歷中都可以感到。凝視浩渺的天空與星雲，我們會感到自己的渺小，這是內心生活的變化。見到一個人的死亡，我們會感到富貴浮雲，這是內心生活的變化。在革命的行列中，每個平凡的人都可成為英雄，使我們意識到什麼是壯烈與勇敢；經過一場戰爭，會使人感到人類的殘酷與瘋狂以及使人悟到理性的重要。這都是內心生活的變化。自然，這些變化並不是每個人一樣。譬如戰爭雖可使人感到人類殘酷，但當中國英勇的士兵，以血肉之軀，前仆後繼抵抗日本的侵略時，我們對這些士兵的崇敬使我們感到悲壯，使我們感到我們民族的高貴與自尊，這都是由體驗生活而豐富內心生活與改變內心生活的事實。

我們心靈要從生活方面吸收營養，是正如我們肉體要從食物吸收營養一樣。生活在心靈吸收後變成心靈的一部分，正如食物經過消化後變成身體的一部分一樣。我們雖然不能從我們的骨骼與血肉中分析出我們那些吃下去的奶汁、米飯、麵包、牛肉、白菜、糖與鹽、大蒜與醬油……但我們確知如果你一生下來不吃奶汁，你早已死亡；如果你長大了不吃食物，你的血肉很快消瘦，支持不到十天就倒下，接著也是死亡。無論你過去吃了多少魚肉，無論長得多胖，一停止飯食，你就會消瘦，枯萎以至於死亡。

水晶先生說，他讀了我的〈悼吉錚〉那篇文章後，「甚感不舒服」，我相信他讀了我這篇文章後，更會不舒服，不但水晶先生會不舒服，任何自以為高人一等的以「天才」自負的朋友都會不舒服，因為我告訴了他一個冷冰冰的事實，我打破了他的幻夢，我把他自以為有魔術般的「潛能」還原成小菜場上幾個肉攤與蔬菜攤，或者是美國特級市場裡的一些罐頭。這正如我對與天公比高下的帝皇說，他不過同樣是一個凡夫，隔了幾十年不過是一堆屍骨，因而使他不舒服一樣。

水晶先生看不起「嬉皮」，看不起「社會」，看不起「革命」，看不起「戰爭」，看不起「學潮」，看不起「暴亂」，看不起「世界」，看不起這些令幾億萬人動盪沸騰的「問題」，但是水晶先生看得起所謂英國女小說家，美國大小說家，法國心理派巨匠……的作品，因為這些作品都是由這些偉大作家魔術般「潛能」創造出來的，而我又冷酷地揭穿了這些偉大作家的潛能不過是「生活」，是一組一組的生活，是直接的生活間接的生活混合，是外在生活與內心生活的結合。我知道這也是會使水晶先生不舒服的事件。

這正如水晶先生愛了一個小姐，把她當成仙子的時候，而我竟要揭穿她不過只是一個血肉的女人一樣。這是何等掃興的話呀！

難道我真是這樣冷酷麼？

不，這是科學。科學永遠是冷酷的，它對我們竟一點也不留情面。

我們以前一直以為我們是宇宙的中心，日月星球都拱衛著我們在轉，但是科學後來竟說宇宙無窮大，太陽系不過是小小的一角，地球繞著太陽轉，而且比許多星球都小。好不掃興！

我們一直以為人是萬物之靈，是地球的主人，動物不過是我們的奴隸與糧食，但是科學告訴我們，以前的地球早有別的動物做過主人，而人類則是由人猿進化而來的。好不掃興！

我們一直以為月亮上有一個廣寒宮，雕欄玉階，金碧輝煌，夜夜笙歌，有許多仙女圍著嫦娥跳舞。但是科學告訴我們，月球上不過是一片漆黑的沙石。

現在我們文學家要你相信有文學的天才與潛能，而這文學潛能竟是在生活之先。這個美麗的設想也許是許多像水晶君這樣幼稚年輕作家所樂聞，可惜我已經無法去享此美夢了。

這因為我知道科學的心理學已經把人的「能」都放在生活之後。

心理學怎麼說呢？心理學說，人的生活在母胎裡已經開始。嬰孩出世後有些什麼能呢？是哭（即呼吸）是嘴的嚅動，是身軀的伸縮與手指的彎屈。

而這些能，心理學叫它為本能。

而這些本能還是在胎裡已經接受了生活的經驗。

一出世後，醫生或護士就打他屁股，這是生活，是學習生活。為什麼，因為怕他不哭（不呼吸），以後是撫抱，洗抹，包裹，餵奶，一連串是學習生活，一連串是生活經驗。

水晶先生不用心理學上常用的「本能」（instinct）這個字，而用「潛能」，這潛能又純潔得不必沾一點生活經驗，那麼它究竟是什麼呢？是賈寶玉嘴裡含著一塊玉麼？是李太白投胎時帶來的呢？還是文魁星托夢時手授的呢？

動物心理學還告訴我們，以本能來說，動物要比我們優勝。而且越低級的動物越齊備。譬如蚊蚋罷，當孑孓變成蚊子時，它已經會飛，自己會尋食物，跟著也會在人身上吸血。它依靠這點本能就可過一輩子。但是雞則已經要賴吸收生活經驗了，它從蛋裡出來以後，已經需要摸索，需要母親帶領，但幾天後也就可以賴這點生活經驗過一輩子。到了再高級一點的動物，譬如貓，它就更要依賴生活經驗，更需要從母親那裡學習生活，到了斷奶以後，也就什麼學會了。

人類，則什麼都要從生活中學習。而文明越進步，依賴學習的越多。一個嬰孩長大，至少要十年，不斷地在生活中吸收經驗，才能勉強獨立生存，還無法做「作家」！

但是人類之所以高於禽獸的也就是這一點。

人類因為本能微弱，只好依賴生活經驗，因此重視生活經驗，保留生活經驗，累積生活經驗，傳遞生活經驗。

人類所有的成就無論物質或精神的都來自生活。人類一切的文化與文明都是生活經驗的累積，凡是我們在這個社會裡眼所見，耳所聽，手所觸的幾乎沒有一樣不是人類的幾十年幾百年幾千年的生活經驗的結晶。當孩子從母胎出世的第一秒，他所接觸醫生的塑膠手套，那已是多少人多少年多少種生活經驗的結晶了。此後凡是所學到的所聽到的所看到的哪一樣不是來自人類祖先一代一代所累積所傳遞我們的生活經驗呢？

再進一步說，我們從生物進化上來看我們「人」這個形體的肉體的構造，我們也會瞭解，它也正是我們祖先在生活磨煉中幾十萬年一點一滴保留下來，一代一代傳遞下來而形成的。

神經系的集中大腦，是人類祖先為應付生活不斷地運用而來。人體的站立是我們的手在幾十萬年不斷地被勞動占據而來，我們大拇指與其他四指的分離，也正是幾十萬年在生活勞動中，運用而發展的。我們言語器官，如喉頭的肌肉等的構造，則是我們祖先在傳遞與保留他們的生活經驗時不斷地叫嘯呼喊運用而發展出來的。

這就是說，人類的歷史，完全是生活的歷史，人類的文化，完全是人類生活經驗的累積。人類一代一代地接受累積下來的生活經驗，它不但改變我們的內心生活，還改變了我們的生理構造。

人類只有不斷地把生活經驗擴充，保留，傳遞才有進步。如果人類把生理上的幾點

「易塑性」認為是「天賦的潛能」，而忽略了這點「易塑性」正是人類的祖先幾十萬年生活經驗所賜我們的，那麼我們文明恐怕還停留在非洲以狩獵為生的最落後的部落裡了。

否認過去祖先生活的經驗與所謂勞動的果實是等於富家子弟以為遺產是「天」賦的一樣「忘本」；而依賴著這「遺產」認為是用之不盡，取之不竭的「潛能」，則可說是「墮落」。

這話並不是說相信天才與天賦的人就是忘本或墮落。我所感慨的是我們民族，好像很久以來就是相信自己民族的潛能而妄自尊大了。

我並不否認中國有深厚的文化，但這是我們的祖先在生活創造中累積下來的。只有我們把新的生活經驗與收獲不斷地加進去，我們的產業才能夠豐富起來。但是歷史上好像很早以前就有人拒絕新的生活經驗，很早就不願再去面對生活經驗與創造生活了。他們不但自己懶於從生活中吸收經驗，而且還輕視別人的生活的新經驗，關門做皇帝，動不動搬出我們的「潛能」，好像這是「得天獨厚」的「天賦」而不是我們祖先血汗的結晶。

當我很小的時候，教科書上已經諄諄不倦地告訴我，中國的「地大物博」、「人口四萬萬」一類的「天賦」，好像我們世世代代可以依賴這兩句話而生活下去了。以後我就又聽到「半部《論語》可以治天下」，你看我們中國文化的「潛能」夠多大！像我這種無志治天下的人，不是大可以閉著眼睛享現成的福麼？

一切問題，我們不必再用思想，因為我們祖先都已經回答，最多是查查古書就得了。任何生活經驗，我們也不必保留，一本《皇曆》已經什麼都有了。未來世界怎麼樣呢？劉伯溫已經有《推背圖》。疾病怎麼辦呢？神農已經嘗過百草，我們還有什麼經驗可閱歷呢？

當我們的知識分子如此依賴如此信仰「潛能」的時候，誰誇言有「潛能」也就可以得人寵信，清廷於是也相信拳匪的「潛能」了。

一個民族的多數人民懶於自己體驗生活，懶於從生活經驗中吸收智慧以豐富自己的內心生活，就很容易迷信於「先知先覺」的萬應的「潛能」的。

這是題外的感慨。因為我想到當一個人能真相信自己的「潛能」會是怎麼樣呢？

但水晶先生雖說相信潛能，我知道他是騙人的，因為，他想做一個作家，待在臺灣已很可發揮他的「潛能」，他為什麼挖空心思要千裡迢迢去美國呢？

去美國，難道是會尋求「潛能」？說水晶先生的「潛能」遠在美國，我想連水晶先生自己也無法相信的吧？但除了為尋求「生活」以外，似乎也沒有什麼可解釋了，因為無論水晶先生在美讀什麼，研究什麼，幹什麼，都是不外乎生活。

六

一篇小說的偉大當然不是「場面」的偉大，小說裡人物的所謂「英雄」，當然不在「殺人如麻」的帝皇或強盜。

《三國演義》寫天下大事，《紅樓夢》寫家庭瑣事，但後者在文學上比前者偉大；《紅樓夢》寫丫環晴雯的成功也並不低於《史記》裡的寫項羽，有人說英國司各脫（Sir Walter Scott）那些驚心動魄的小說，不及波得萊爾（Charles Baudelaire）一卷薄薄的詩集。文學作品的偉大不在場面的偉大正如繪圖的美麗並不在所畫對象的美麗，一幅皺紋滿面的老太婆可以美耀千古，而畫著雪白粉嫩女人的月份牌，不過是一張招紙。這些普通的道理似不值得在這裡再事申論。

但是當我談到擴充生活、體驗生活時，許多人竟以為是我要作家去記錄「事實」。水晶先生先也竟有此誤會，所以扯到什麼「寫實主義」上去。以為叫作家去旅行、遊歷、看看革命場面與戰爭就是像報館派記者出去一樣，馬上要他寫報導或通訊回來。這樣說來，難道我叫作家們多閱讀優秀的古典作品，也是叫他們去抄襲這些作品麼？我在這裡似乎應當鄭重地再說一句，就是多有生活經驗，無論是直接的或是間接的，主要目的是豐富我們內心生活，也可說是為充實我們心靈。

這正如我勸人多吃牛奶牛肉一類營養食物，並不是要他像裝在袋裡一般的隨時可以拿出來給我看，而是要他們消化吸收變成骨骼，變成血肉，變成體力，使他們有一個健康的心身。

只有具有結實的心靈的作家，才能接受題材的挑戰。如果心靈上沒有這個準備，即是說沒有充實的內心生活，則如果他要試寫偉大的史實，寫出來往往也是一篇新聞記者的報導而已。

在中國十年抗戰中，記錄偉大壯烈悲慘的事實不知有多少。但是有像〈弔古戰場文〉與「可憐無定河邊骨，猶是春閨夢裡人」這樣作品使我們傳誦難忘的究竟不多。這也可見我們的作家還是經不起題材的挑戰。

水晶先生最後說到我的話「會」有影響力，則使我不勝慚愧，他好像又以為因此而貽害「作家」，則又使我惶恐非凡。但徹夜尋思，覺得以功利論，叫青年作家都相信自己具有魔術般的「潛能」神仙般的「天才」，哼幾句爛腔舊調或者襲取古代的或西洋的小巧雋語，在咖啡座上互相擊掌，在報刊互相叫好好呢，還是勸他們切切實實讀點書（間接的生活）誠誠懇懇地，熱熱烈烈地去體驗生活（直接的生活）對呢？

這些年來，我讀了許多年紀比我輕的作家的作品，不少第一本書使我驚異他們的才華的作者，到了第二本書我就覺是第一本書的改頭換面，到第三本書更看出不過是那些老套，不但小說如此，詩歌也是如此。這使我感到說不出的落寞。

世界不斷的變動，太空飛行的成功，東西強邦的緊張，以色列阿拉伯的衝突，越戰裡人類彼此的殺害，美國黑人的呼喊，世界學生的動亂，醫學上換心手術的成功……面對著這些問題，我們青年的作家的內心生活竟可以毫不起變化，這實在令我覺得可悲。這原因是什麼，是他們沒有參加「生活」！他們好像是躲在井裡的青蛙，只摹仿鄰蛙的呼聲；好像是被封在石縫裡的蟋蟀，千篇一律唱著好聽而單調的歌聲；他們好像是關在擱板裡的老鼠，互齧互打地發出吱吱的音響……他們與世界隔絕，他們不愛投身世界，不愛碰到世界的問題；他們愛躲在一個小圈子中，風流自賞，或者在咖啡座上，三四知己互相激賞自己的作品。

中國青年，民國以來，有三個蓬勃的時期，第一是五四運動，第二是北伐前夕，第三是解放前後；那時候的作家，儘管談不到有什麼偉大的作品，但是掀起了浪潮，展開過宏偉的氣象。但其所以缺乏偉大的成就，就因為內心生活不夠結實，眼界狹小，胸襟淺窄，所以浮淺輕躁，熱情有餘，沉毅不足。結果是為宣傳所役，為政治所玩弄。這還是因為生活涵養不足，內心生活淺薄。作家雖並不一定要有哲學思想，但也要靠豐富感情與敏銳的感覺。

但這些也都是來自生活。

只有接觸過許多思想的人，才不會受幾條宣傳的教條或語錄而輕信。只有看見過許多美麗的女人以後，才不會把隨便看到的女人就以為是仙女。只有經歷多種生活以後，豐富的感情才能使自己有所愛憎，敏銳的感覺才能使自己辨別真偽。

內心生活深厚者即胸有所立。這不但作家，對於任何人都是一樣，他經得起風浪，被人攻擊了並不自餒，被人恭維了並不自驕。

我並不是要求每個作家能富貴不動、威武不屈。我只覺得至少他們內心應該有點自己的東西，自信自尊自重，不是人云亦云，輕易地相信別人，追隨別人，模仿別人。——而這些是需要「生活」，需要結結實實的生活。

中國新文藝史中，有幾個時期，大小作品幾乎都是大同小異，在初期革命文學運動中，革命與戀愛交錯的故事成了一個公式，不是男的為革命而放棄戀愛，就是女的為革命而放棄所愛，男的為向所愛看齊而也去革命，再或者是男的為失戀幾乎自殺，但參加了革命就獲得了光明。

後來風行農村崩潰都市膨脹的題材，又出現了一個公式。不是農民到都市找出路，都市失業工人到農村，就是農村的女孩子到都市賣淫等等。

抗戰時期，不必說，出現過一大批抗戰八股的小說與詩歌，但這是為宣傳，我們自然不該深責。

這正可證明，我們的作家的內心是多麼單薄！

我寫這篇小文的目的，是為說明我自己的態度，不意竟寫了這麼長，內容也不免與「一個相反的看法」有衝突，如果因此又使水晶先生及富於「潛能」或「天才」的人不舒服，則只好請大量包涵。到底，我的用意並不想說服水晶先生與富「潛能」與「天才」的朋友，因為我在〈悼吉錚〉的文中清清楚楚說過：「到底第一流天才是否可以完全不需要『生活』，這個我不知道，我想，即使有之，千古以來，也只有可數的兩三個人。」

相信潛能的人當然可能是千古以來的兩三個之一。

而曹雪芹也的確告訴過我們賈寶玉的玉是生下時就銜在嘴裡的。而李太白，杜甫，莎士比亞這些人，死了這麼久，終也該投胎了吧？

庸俗如我，沒有「潛能」可挖，只得說從生活去體驗體驗，我想，這句話給像我這樣庸俗的文藝工作者作一點參考，還是有用的。

究竟我們這種庸俗的朋友比有「潛能」可挖掘的天才要多些。因為，即使已死去的第一二三流作家的靈魂同時到這塵世來轉世，也不夠我們塵世中現存的「芸芸眾作家」肉體的分配的。

天才的容納——偶談勞倫斯

文藝的天才並不是神祕的東西，只是個性中某一種特質，這種特質是人性的，但因其特別發達，掩蓋了其他的氣質，於是就異乎常人了。

一個人適合於哪一種生活，哪一種事情，都有他的特殊的傾向，有人學語言特別輕易，有人記數字特別敏強，都是他個性裡的特質，這特質我們叫他為天才。這正如人雖都有耳鼻口目，而有人眼睛大，有人鼻子長，有人嘴巴闊的特徵一樣。因此我們相信一個人幹什麼都有天才，並不光是對藝術或文藝才有天才。

但是文藝的藝術的天才則是一種無法衡量與捉摸的天才。所謂無法衡量與捉摸，這兩個字也許用得不夠明白。舉例來說，譬如語言的天才是很明顯的一種才能，有人到一個地方，很短時期就會講這個地方的方言，有人住了多年還不會講，這是可以衡量的。又譬如記數的才能，有人對十幾位的數字過目不忘，有人怎麼也記不住。這種才能的不同，是很容易比較與捉摸的。我們很容易說出某人比某人更有語言的天才，某人比某人更有記數字的天才。但對於文藝的天才，我們就很難這樣捉摸與比較，原因大概文藝天才的特質是較為複雜細碎。有的天才富於幽默感，有的富於神祕感，有的富於反省力，有的富於邏輯感；再加上他的後天的修養，生活的環境與教育的背景，因其種類與方向的不同，使我們很難捉摸。我們很能想像一個更有語言天才的人會在一個月學會一種方言，但是無法想像所謂更有天才的作家會產生什麼樣的作品。

天才既然是一種特質，因此所謂天才實際上是一種偏才，這一種偏才往往使他別方面的才能擱置不用，於是這一份偏才越來越敏強，而別方面的才能也越來越弱。因此他的見解往往是一種偏見，他的一切體念也總由他特殊的偏才的體念而來，以致使他與社會無法相容，陷於孤獨或甚至被社會迫害。

天才所以易於觸社會或統治者之忌，是因為他的特殊，特殊的見解與特殊的看法。但他的特別的偏見，也就是他獨到的見地。在社會講，我們雖不要完全接受他的偏見，但應該尊敬他獨到的見地；而各種不同的天才所產生的各種不同的見地，正是社會進步的一種動力，也是文化的淵源。社會如果專重於同一偏見，這很容易走到獨斷之路，但社會如果兼並地容納各種偏見，則正是這個社會的健康與完美。雅典容納了各種不同的天才，所以有希臘的文化；中國諸子百家的學說，也都是產生於可容納這許多天才的偏見的時代與環境。所以進步的社會一定是民主的社會，唯有民主的社會才能容納各種的見解。獨裁的社會是把一種天才的偏見作為萬能，因此要排斥其他的見解，對任何異見都不能容納，文化於是就枯萎下來。而作為萬能的天才的偏見，日子一多，就變成陳腐的八股了。

天才，任何偉大的天才，都是偏才，不是全才。以時間之無限，空間之無限，人所能理解或體念的都是憑他的特殊的素質在某一段某一面的感受，所以都有所偏。民主的社會就是要包容所有的意見，使這些偏才在可能範圍內有所貢獻；獨裁的社會則是以某種偏才為全才而把其他的偏才為仇敵。因此，即使當初那個見解是進步的見解，一到變成排斥其他的見解時，也就開始落伍了。

為求社會的進步與文藝的豐富，我們覺得應儘量多容納各種見解與各種看法。這在文化思想與文藝上，我們就要求容納天才。

天才既然是用一種獨有的特長的感覺看一切事物，他的見解原不一定是正常，也當然不合於流行的普通的想法，偏偏他的見解又很容易引人注意，這就往往引起社會，尤其統治者的不容。可是在民主的開明的社會裡，我們就要儘量地容納這一類天才，我們可以不贊成他的見解，也可以不喜歡他的作品，但是要瞭解他尊敬他的存在，因為他在藝術園地裡是一種特殊的花卉，這花卉也會影響以後花果的營養。文藝批評的任務正是要本質地瞭解這些作品而尊重他的存在。

天才有大有小，這是對的。最偉大的文藝天才，其作品雖往往較廣地可以是雅俗共賞，老幼咸宜，他像太陽普照萬物一樣，可給人人以智慧的愉快，但仍並非是全才。而這樣的天才千萬年才有一個，一般的天才或廣或狹的就更限於一部分人所欣賞，站在欣賞的立場我們可以隨意喜歡不喜歡；但站在文藝批評的立場，我們就當予以珍貴與尊敬。

在獨裁國家裡，其文化批評完全是以統治者喜歡不喜歡為標準，統治者所愛好的當然是合於統治者的利益的作品，因此在這些國家裡是無法容納天才的。只有把天才訓練成奴才，才能產生統治者愛好的作品，因此一切特殊的獨出的特質就無法露面，所以天才在獨裁國家不是被殺就是被壓制，在天才講，總是逃不出死亡被壓殺的。

人類不要文化則已，要文化就要容納並尊敬各種不同特質的天才。因為只有這些龐雜豐富的天才，才可使世界更豐富更多色彩。以宇宙之大，人間之廣，我們的所見誰都不全，無論哪一種的反映都是人的收獲，天才既非全才，其偏即是他的所長。我們不但要尊敬他的存在，而且應鼓勵各種天才的生長。原因是在生長之中，他才會有更豐富的姿態產生更可愛與廣被喜愛的作品的。

對於許多作品，我常常有這樣的想法。最近臥病在床上，隨便看了一些作家的作品，這些作品雖不是我所喜歡的東西，可是我覺得許多都有一種獨到的素質。

勞倫斯（David Herbert Lawrence）就是一個很明顯的例子。他的作品，我看得不多。不知怎麼，我讀了一些總是不喜歡，雖然我也覺得他有獨特的才華，他的才華可以說是近乎怪僻的。最近又偶而讀了他的一本書簡選集，這雖並不能改變我對他的作品的喜惡，但使我對他的人的特性與氣質有了較深的瞭解。我覺得他的怪僻的天才是非常狹窄，對一切偏見很深，而又不肯用清明的理智去瞭解事物，一遇不滿就退避出來，可是也不能安於隱居。雖是如此，他仍是一個有才華的藝術家，而許多地方，還是很可愛的。所以以他為例來談談，也許是有趣的。

原來勞倫斯雖是一個孤僻的藝術家，但他還是需要人群。他對於這世界感到汙俗醜惡，但又覺得他對於這社會有責任，他想接近社會。這兩者的矛盾，在他書簡中到處都可以看到。他是一個善於寫信的人，他的通信，尤其是前期的書簡，都是活潑豐富坦率自然，如果他是可以孤僻自守，恐怕也不會這樣寫信了。

對於政治，他也並不是不熱心，但是偶一接觸，他就覺得與他藝術家的氣質衝突，所以就即謀遠避。遠避以後，他又覺得對國家懷念，而起了某種責任感，並不能真正把自己封鎖起來。一度，他同政黨有些往還，他說：「在克勞頓，社會主義是這樣愚蠢，費賓主義是這樣平庸。」第一次大戰時，他同些朋友也想獨立地幹點政治，但他終於到義大利去寫作了。他遠離了實際社會，可是對政治，社會與道德仍不免有意見，因此這些意見也往往就是很不實際的偏見了。勞倫斯的作品，缺點在單調與模糊，這因為勞倫斯不能把握人性。人性原是存在個性中的，勞倫斯怪僻的天才偏偏要在個性中看到人性的成分，因此他的人物只是人性裡的「原子」。勞倫斯在理智上也並非不能接受一般的科學常識，但是他的怪僻天才中某種直覺使他很輕視理論的知識與抽象的智慧，所以有人稱他為神祕的唯物論者。他在人性之中感覺到某種元素，這元素往往是主觀的神祕直覺，而他又要在這元素上找肉體的物的根據。可是他的根據原是由直覺而來，並不靠他的理智。他反對科學，拒絕科學的證據，他常常武斷地說一切科學證據是謊話，但這並不是說他沒有瞭解科學的智慧，而是他怪僻的天才要他封鎖在武斷的直覺世界裡。他是一個忠於他天賦的人。

勞倫斯用武斷的直覺創造神祕的世界，以為自己很有勇氣深入實在。因此他對於十九世紀俄國作家非常輕視，他認為他們都是沒有頭腦地在詛咒社會，他們都是像鴕鳥一樣地把頭埋在基督的腳縫裡，而露著屁股在外面晃搖，即使這晃搖是一種啟示，但埋在基督的腳縫裡都是懦夫，他們眼睛是看不見實在的。

勞倫斯在做人方面倒並非不能與人相處，他很能得人喜歡，愉快和藹活潑，但是他自己則往往在某一程度中要退到孤獨的自己世界去。他很能使自己在任何環境中生活得和諧。任何的工作當他做的時候，不會覺得不值得去做。他會燒菜，也會縫紉，他會打絨線，也會擠牛奶。劈柴是一個能手，也善於刺繡。在他居處，爐火常暖，地板經常潔淨，所以他生活是豐富而自足的，即使閒坐在那裡，他總也好像有寄託一樣的自足。他的神祕的直覺裡有他自己一個世界，這個世界並不是一般人常識的世界。瞭解他活在他自己世界裡的人，同他做朋友是很有趣的。他也許會影響你，使你有一個自己的世界。一個不能瞭解他是活在自己的世界，或者說，不尊敬他活在自己的世界的人，這就會使他覺得無法同你相處，因為勞倫斯不是一個人群的領袖。

勞倫斯生於一八八五年九月十一日，死於一九三〇年三月二日。他出身寒微，七歲起就作過工，十三歲得獎學金進中學，未畢業即離校就職，週薪十三先令，不久即回故鄉教書。以後他進大學讀教師文憑，在那時就開始寫作，一九一一年出版了《白孔雀》。從此以後，除一個短期在學校教書外，一直靠寫作為生。一九一三年他到德國，義大利旅行，一九一四年七月回英國結婚。一九一九年以後他除了偶爾回英國以外，一直在外面旅居，先是歐洲，再到澳洲與美洲。其中寫了不少的小說詩歌遊記等。一九二九年回到歐洲，是年秋季肺病甚劇。翌年三月卒，葬於法國。

在他短促的四十四年歲月中，他寫的東西也不能算少，這些東西都是他怪僻的天才的產物。他似乎始終忠於他的天賦，像昆蟲的某種特別敏感的觸角一樣，他總是以這個觸角體念一切，所以他對於別方面理智的分析的才能也就忽略。他的成就不算頂大，但如果他生在獨裁的國家與時代，他無法自由地到各地旅行或遠避社會，要他寫規定的東西，很顯然的他一定會連這些收獲都沒有的。

天才有大有小，但即使最偉大的天才，也還是無法概括宇宙。太陽雖是普照，也還有照不到的地方。對於人的要求，也只是希望每個人盡他的才具在這世界上發一點光開一點花，使這世界多一份溫暖多一點色彩罷了。所以對於勞倫斯，我也是這樣的看法。

二十世紀前半期的作家，我們看到許多可珍貴的天才，在英國，勞倫斯也可以算一個，他的成就不算大，壽也很短。我們也無法相信，如果他活到現在，會有多大的成就。但二十世紀上半期，真是一個灰色的時期，有許多的天才作家，其中有許多當然才高於勞倫斯，可是以偉大而論，似乎都不能與十九世紀的大師們相比。但是若就他們突出的天才所表現的而論，正都是前人所未曾表現的。這也是為什麼站在二十世紀的文藝園地中，會覺得十九世紀的作品都是沉悶敝舊與老調了。

二十世紀後半期是一個什麼景象呢？我們無從知道。我們對於世界其他方面——無論政治的科學的方面，都有一點可以分析揣摸，唯獨對於文藝，我們覺得一點也無從推測。這大概因為變動的風雲尚未齊集。如果變動的風雲一起，我們也許可以看出一點氣象了。

但是，二十世紀上半期的文藝，有一個特點，是每個天才都是承繼十九世紀下半期的文藝的某一特點，加深加強的發展。可以說是一種分析的發展。用一個比喻來說，如一個富翁將一家百貨公司作為遺產傳給他的子孫，他的子孫都分得其中的一個部門，他們每人將每一個部門獨立成店，更細碎精密地變成一個專門的鋪子。我們希望二十世紀下半期的天才會產生一種綜合性的天才，會重新把各種專門性的鋪子融匯成一個另外的天地了。

許多人對於二十世紀天才們所產生的一些灰色的消極的悲觀的反省的文藝，覺得失望，實則也許也正可說是一種進步，是承繼十九世紀文藝的一種進步，他們的苦悶、懷疑、反省也可以說是更有勇氣地來面對自己。十九世紀的作家一面依靠神一面依靠機械文明，實際上正是相信「人」的權能。二十世紀上半期是從懷疑出發，撇開了兩端的依靠，勇敢地、細密地、無情地對「人」反省，可說是一種反面的成就。至於如何從這些反省自析中覺醒起來，重新尋到可信託的路徑，邁步向前，怕是二十世紀後半期或以後的事業了。

但如果二十世紀上半期不能容納如許不同的天才，那麼我們用什麼來期望光明的二十世紀後半期或以後的事業呢？

從文藝的表達與傳達談起
——謹獻給臺灣文藝作家與詩人們

自從美國的辛克萊（Upton Sinclair）說：「文藝是宣傳」以後，文藝與政治的關係就再也洗不清了。有許多文學與藝術家曾經反對這個說法，他們試圖用「感染」、「感應」一類的字眼來換「宣傳」這兩個字。可是並沒有能把「文藝是宣傳」的話推翻。

其實究竟什麼是「宣傳」，倒是值得思索的一個問題。真正廣義的宣傳，所包括的範圍可以說很廣的，一切有目的地把自己的意思讓別人曉得都是宣傳。以這個標準來說，則寫信、講話固然是宣傳，即花的芬芳，鳥的歌唱，昆蟲的低吟以及人類的衣飾又何嘗不是宣傳。那麼說一切文學、藝術都是宣傳這話自然沒有錯。

但是，我們日常生活中，對於「宣傳」兩個字的用法並不是這樣的。普通的「會話」，我們不把它當作宣傳，但當一個人一直對我講一件東西，或者一直說某種理論好的時候，我們往往說：「你不要再對我宣傳了，好不好？」這句話意思就是不喜歡聽對方老是講那件事。在這個用法上，我們發現如果某乙願意聽甲為一件事情嚕囌，他不會說他是「宣傳」，或者甚至會說他是「忠告」。一切信箚的往還，也是同「會話」一樣，不能說是「我們互相宣傳」。一定是固執地說一件事，無論正面或反面，才可說是「宣傳」。其實「宣傳」與「廣告」也有所不同，「廣告」也可說是「宣傳」的一種，但是廣告只是正面的，這即是說廣告總是說某某商品好，宣傳則可以說任何東西「不好」。

現在我們說文藝是宣傳，這句話是比我們上面所說的還要廣義。它包括一切人間的用聲音、顏色、語言、文字，甚至手勢、符號的交往。我們如果要承認這句話，這「宣傳」兩個字的意義，也即是「傳達」的意思。

一切文藝的作品有一個共同的目的，就是要求傳達。這即是說，一個人的作品之所以成為作品，就是必需可以為人欣賞，也就是說它必需有讀者，它必須傳達給讀者，繪畫通過顏色，音樂通過聲音，文學則通過言語、文字。繪畫的美無法傳達給瞎子，音樂的美無法傳達給聾子，文學的美無法傳達給文盲。一個藝術家的作品的成立，他一定是依靠能欣賞它的對象。如果全世界的人沒有眼睛，繪畫的藝術就無法存在；如果全世界的人都是聾子，音樂的藝術，也就無從存在。以文學來說，共同的文字語言是一個先決的問題。不同的文字雖是可以翻譯，而這還是因為我們人類有一共同的觀念與理則，只有通過共同的觀念與理則，一國文字才能夠譯成另一國的文字。

說文藝是宣傳，在上面所說一點是完全正確的，因為文藝作品就是要求有讀者，讀者可以多至千萬人，少至一二人。有的作品，開始時無人欣賞，慢慢全世界的人共同讚美；有的作品，一出來時萬眾欣賞，幾年以後，大家都不再提它；有的作品，如情書、情詩之類，它只給一個人去欣賞，可是結果大家都喜歡，有的作品不斷向群眾傳達，可是沒有人去欣賞它。這些遭遇各有不同，我們且不說，但既然是「傳達」，這裡就要依靠社會的，政治與經濟的力量。時至今日，賴以傳達的工具與機構——如印刷所、報館、電話、電報、電影、電視、廣播……日新月異，一方面傳達的範圍越來越廣，傳達的速度越來越快，傳達的歲月越來越久遠；但另一方面，這也越易受經濟權力與政治權力所影響，而且往往為其所操縱。

在獨裁國家，這些賴以傳達的工具與機構，完全為黨與政府所控制，所以他們給你傳達就傳達，不給你傳達就無法傳達。作為藝術家的生命，可以說完全在藝術家自己身上，但是藝術與文學的生命，一半固然是在傳達方面，另一半則是在表達方面；表達是傳達以前的藝術與文學的生命。而表達是傳達的根，傳達不過是表達的枝葉。

一個藝術家或文學家以有所感，無論是喜怒哀樂，他第一步是表達，第二步才是傳達。這二者在實際情形中，有時候很難分別，表達的現實往往即是傳達；但在事實上二者顯然有分別的。

一個小孩子往往為疲倦或生氣，面露不愉快之色，我們看他不笑不玩，為要知道他的原因，才去問他，一問他，他就哇的一聲哭了出來，這哭了出來，也可以是傳達；但這「不愉快之色」則是表達。有許多過份悲痛或傷心的事，當事人往往只願一個人關在房裡哭泣，這也正是不求傳達的一種表達。

一個太太在路上看見一輛汽車輾死一個每天來送報的小童，她心裡又驚、又怕、又悲傷，回到家裡，老爺看她神色不對，問她是什麼事，她說：「我想一個人在房間裡躺一會，不要管我。」這也就是說，一個人有所感所思，只求表達，不求傳達的情形是很多。

許多人記日記，不願任何人看，這也是一種表達。

人有傳達的慾求，也有表達的慾求。表達可以說是下意識的我，向意識的我的一種傳達。我們處在種種社會的、道德的傳統的束縛之中，有許多自己不願意向人、甚至向自己「傳達」的慾求，往往也要找表達的出路，那就是「做夢」，這在佛洛伊德的心理學中有很詳盡的解釋。這些解釋雖是從壓抑方面來著眼，但從表達的要求上來看，正是下意識的我對意識中的我一種傳達，也可以說是一種宣傳。譬如一個人愛上了一個不能愛，無法愛的異性，他不願意讓任何人知道，也不想給被愛的人曉得，這是說他不願意向外「傳達」，可是他在睡眠的時候，就常會做夢，甚至說夢話。這是下意識的我的一種傳達，這也即是我們在這裡所謂的表達。我們每個人都有一個人自言自語的情況，這種情況可以說都是一種表達。而這表達的語言，有時候往往是含混不清，有時候簡單紊亂，有時候嚕嗦不合文法，有時省略不成語句，因為這只是對自己負責的。

我所說文藝創作第一步的程序是表達，就是指我們在腦子所醞釀的，在下意識裡所壓抑的，在感情上所排盪的，漸漸清楚地浮現在自己意識中，成了一種可捉摸的苦痛或喜悅，而可以由語言文字（儘管是不完全的或殘缺的）來向自己報導的一個階段。

人類都有表達的本能，但通過語言文字，自然是有後天的成份在內。如果說一個人要有自由，最基本的自由應當就是表達自由，這也可說是做夢的自由與自言自語的自由，也可以說真是思想的自由，因為思想也就是語言。

我們普通所謂言論自由，自然必須包括出版自由、發行自由、廣播自由……這乃是傳達的自由。但言論自由最基本的則還是表達的自由。

我上面說到傳達自由在獨裁國家是沒有的。但是在共產黨統治的國家裡，它還不夠，它還要剝奪人民的表達自由。這就是說它要用洗腦或勞動改造……等方法，改造你的思想與意識，要你表達它所叫你表達的，自然同時也剝奪你「不表達的自由」，你必須時時依著他所希望的去表達。

世界共產黨對於傳達的控制可說是十分之八的成功，但對於表達的控制恐怕只成功十分之一、二。如果他們真的可以依靠洗腦的方法，完全控制了人類的表達，他們對於傳達的自由就用不著有任何的管制了。這因為你的傳達正是傳達他們所要傳達的。你的傳達也正是為他們宣傳，他自然不需要再管制了。

在文藝工作上，共產黨對作家的控制表達，它要作家表達黨所要表達的。他們迫害了一切反對他們的作家，剩下的都是時時在洗腦，時時在改造思想，目的就是要控制他們表達。但是表達的控制不容易，所以他們只是給你內容，叫你傳達；這就是不要你有表達，只要你來傳達了。由這而產生的作品，我們可以稱之為傳達主義的文學。

傳達主義是為黨為政府傳達一切的對人民的要求。我們知道，歷來文藝是作家良心的表達，越偉大的作家越是代表時代人民的呼吸的脈搏。在暴虐無道，貪行無能的政府統治時，偉大的文學必是表達人民共同的意念與情感，傳達了一切人民對政府的要求；現在共產黨治下的世界則剛剛相反，他們要文學為政府傳達對人民的要求。

這種傳達主義的文學，也即是所謂文藝是宣傳，也即是文藝是政治的武器的文學。文學家是靈魂的工程師，實際上工程師自己是沒有靈魂的。它只是傳達黨魂的工具。

因為是傳達文學，它在風格上就要求通俗淺顯明朗，也即所謂要求文藝大眾化。

所謂傳達文學也可說只是個名詞，文學離開表達，那就只是個沒有靈魂的形骸，或者說是沒有內容的形式。也可說是沒有藝術的本質，只有藝術的技巧。

道種傳達主義，在民主自由的世界中也是存在的，不過他不是傳達政府的或黨的號召，而是迎合市場上的低級趣味，如偵探小說、古裝小說、新聞小說…等。這些小說都沒有作者思想表達的東西，他只是用一種行家的聰敏，把過去或別人表達過的，從新傳達而已，這可以說是市場的傳達主義的文學。

這種市場的傳達主義的文學，現在在自由民主世界中，已不承認它是文學。文學在自由世界中，必須是先由於作家親身有所感而表達，但二十世紀以來，有一種新的文學出現，這種文學，我們不妨暫時稱它為表達主義的文學。

為什麼稱之為表達主義的文學呢？

上面我曾經說過，文藝創作的程序第一步是表達。表達是從下意識的我向意識的我的一種傳達。這種下意識的我向意識的我所傳達的東西，無論思想或情感，有時候往往是極不清楚的或者說是模糊的一種形象。我常常看到我的小女兒有時忽然不高興起來，她嘸著嘴，顰著眉，一個人獃在那裡。這就是一種表達。她雖沒有說話，實際上她的言語器官是活動，也即是在自言自語的。

她已經表達了，但是她不願傳達，或是詞彙不夠，無法傳達。我如果問她：

「你要糖嗎？」

她不響。

「你不舒服嗎？」

她不響。

如果我再問下去，她忽然哭了出來。

她的哭泣可能是表達，也可能是傳達。我如果再問她為什麼？她換了一種更激烈或一種斷斷續續的哭泣。這是由於我的問她，她開始「傳達」，但是她還是無法「傳達」。

我看她手心發熱，臉有點紅，我說：

「頭痛麼？」

她搖搖頭。

「肚子痛？」

她搖搖頭。

我為她量熱度，發現已經有三十九度。

「你不舒服？」

她點點頭說：「我有點不舒服。」

現在她向我傳達，也即向我「宣傳」了：「有點不舒服。」

這「不舒服」實際上正是她所「表達」的，是非常含糊的一句話。所謂「不舒服」，可能因為別人有糖吃而她沒有吃的不開心，也可能是因為算術做不出的不自在。

她是一個五歲多的孩子，無法傳達她所表達的。是我，引她說出她的不舒服，而發現她原來已經有了熱度，她已經生病了。

我覺得在文藝創作的過程中，有許多作者，或者在理論上相信藝術是自我的表現，不需要傳達；或者在氣質上看輕傳達，他們往往於到了「已經表達了」的一個階段，算是完成了創作的任務。這情形，其表達的正如五歲孩子對於她的不舒服的一種表達，是一種含混的模糊感覺或形象。

言語的社會化可以說是極其複雜的，我們幾個朋友天天在一起，自然而然會產生許多外面聽不懂特殊的語句或詞彙。如果把我們一個人孤獨起來，那個人在自言自語的過程中，也會產生許多外面人聽不懂的特殊的話句和詞彙，只要我們常常注意孤獨的老年人的自言自語，我們就可以發現我們並不能完全瞭解他，因此一個詩人或作家，如果他不注意於傳達，他雖是完成了他的表達——在他認為這就是創作——時，而別人是無法完全瞭解，這是很自然的事情。

在言語文字的傳達之中，一個人的言語很難說可以百分之百為第二個人所解，稍微複雜了一點的事情，說的人同聽的人常常有些距離，人間許多誤會都是起於言語。更何況詩人或文學家所要傳達的是極其深奧與微妙的東西。所以一個詩人或文學家如果注意這一點，他在表達以外，必須還要努力於傳達。傳達就要依賴共同的語言文字，語言文字有一定的規範，不忠於這個規範就是不忠於這個傳達。同時也必須肯站在讀者與欣賞者的立場，才能充分瞭解傳達的方法與技巧的完美與新鮮的重要。實際上，表達是素材，傳達才是一種加工；表達是自然的流露，傳達才有藝術的剪裁。

自然，這種說法，許多詩人或文學家並不肯贊同。他們的意思是：就因為人與人之間的傳達，無法精確，所以藝術的傳達不求瞭解，而是只求反應。他們說，藝術的作品正如陽光，它射在不同的反射物體上呈現了不同的顏色，樹的綠、花的紅不過是對陽光不同的反應。陽光並不要求，也無法要求牠們一致的反應，而越有不同的反應，正是說明陽光本身的豐富。一首美妙的詩只是作者的心靈吐露的一個符號，讀者根據這個符號可有不同的暗示而有不同的想像。

這種說法在創作者講，不能說是不通，可是在欣賞者講，尤其在批評上講，那就無法成立了。一個藝術作品的美醜好壞的標準，事實上是有客觀的意義的。我們同時欣賞一個作品，可以互相研究討論，就是因為我們對於這作品的反應有共同之處。倘若每個人對於一個作品的感應是完全異趣，我們如何建立文藝的批評？即使曲高和寡，有許多作品不是大眾所能接受，也總是可以由通過講解解釋而讓大家欣賞。如果說藝術作品只見一個符號，那麼任何人都可說他是藝術家或詩人，任何人畫一個雜亂的形狀與顏色，同畫家所畫的有什麼不同？任何人湊一組字，同詩人寫詩有什麼不同？反正它也是在每一個人身上都能喚起一個反應的。創作者的符號論雖是給創作者一個自由的天他，但無法說明他的作品之所以被稱為藝術，而別人的夢囈被否定為藝術的理由。

許多年以前，當愛因斯坦的相對論出現時候，據說全世界能夠瞭解它的只有七八個人。當時我還年輕，我偶而問一個有名的物理學教授，他說，這因為愛因斯坦所遵循的是另外一個不常用的數學體系，後來大家遵循他的體系，自然大家也懂了。這是科學上的話，用在藝術上也可說是一樣的。新派的藝術，往往因為所用的角度不同，所以不能為習慣於別的角度的觀眾與讀者所瞭解。譬如說，印象派的畫是反寫實主義，寫實主義的畫是繪客觀的物體，印象派的畫是繪主觀的印象，這就是角度的不同。欣賞者只要換一角度來看，慢慢的也就習慣而覺得極易欣賞了。這就是說，一個新派的藝術與文學的興起，它很可以告訴人家一個欣賞的方向。同時對它的作品，不用說，更不難對不懂的觀眾或讀者作一種解釋。

有人問為什麼二十世紀以來，所謂新派的藝術、文學會如此紊亂複雜？我在另外一篇文章裡曾經談到這個問題，我覺得這是反映二十世紀飄盪不定的思想的浪潮。

二十世紀的思想界，有兩方面巨大變化，一方面是二十世紀物理學否定了十九世紀確確實實，有條有理的客觀存在的世界；另一方面是二十世紀的心理學否定了十九世紀所假定明朗清澈的靈魂，所統一的人格。二十世紀的物理學所指示我們的世界是飄忽無定混亂無序的世界，二十世紀的心理學所啟示我們的人格是破裂的，歪曲的，有壓抑綜錯的人格。以這樣不尋常的人去反映這樣雜亂的世界，所以產生了這些新奇的詭譎的藝術上的流派。

可是這個二十世紀思想界的浪潮，並沒有衝破一個堡壘。這個堡壘就是共產主義政治力量所維護的馬克斯恩格斯的思想體系。這是十八世紀唯物論的世界觀，加上了辨證法演進的歷史觀。他們把世界秩序建立在矛盾鬥爭發展之中，可以說是非常有條有理的一種機械結構。他們把藝術、文學規定在一個所謂社會主義的現實主義的模型之中，完全作為配合這個哲學思想與世界觀來運用的。而其所謂哲學思想，原也只是政治鬥爭的武器。

當這個堡壘擴大到中國大陸以後，中國文藝慢慢的流落成為單純的「傳達」。這也是說，文藝已經失了靈魂，或者說已經不是文藝了。

同時，在海外與臺灣，也出現了不少的屬於商業的傳達文學如劍俠小說，新聞小說、古裝小說、時裝小說之類。而勇敢地揭起莊嚴的文藝旗幟的，則也出現了所謂現代主義的文藝。特別是許多詩人都在這方面要求。

在這個可注意的動態之中，我們自然還記得前幾年臺灣的一個論戰，那是有一群學者與作家批評新詩的傾向，一群新詩的作者來衛護它。我遠在海外，無法一一拜讀這些論爭的文章。好像胡適之先生是站在反對新派詩的一面的。他說，偉大的詩歌一定是清楚明白顯豁易曉的。其論爭的主要論點，如果我所記的不錯，大概是：

反：「現代詩無法叫人懂，所以沒有價值。」

正：「詩不是叫人懂，而是叫你欣賞。」

反：「我無從知道你詩裡的意義，叫我怎樣欣賞？」

正：「藝術的意義是主觀的、抽象的、獨立的，由作者直覺表現出來的。」

反：「但我們從你的作品看不出你的藝術意義。」

正：「那我可管不著。我們詩人只注意藝術本身所表現在美學上的新的價值。」

我覺得這樣的爭論本身是不會有什麼結論的。問題是創作的人沒有肯站到欣賞方面來。一站到欣賞方面來，就應該誠懇地把你的詩講給人聽，你說不懂，哪一首詩不懂，我們的詩人隨時都可以為你解釋或說明。

在西洋，有許多名畫欣賞會或音樂欣賞會的組織，他們不時請了畫家與音樂家講解如何欣賞某些作品。大家看看畫幅，聽聽唱片以後，由畫家、音樂家解釋，再由會員發問、解答。我覺得新詩人如果想征服反對者與爭取讀者，這種欣賞的組織，倒是很可以效法的。

詩歌沒有意義，這句話是要問意義之所指。詩歌可以沒有具體的意義，但總有抽象的意義。美學是一種研究美、解釋美的科學。通過美學，作品的意義一定是存在的。而且可以摸索的。

到臺灣以來，讀了不少朋友的作品。我有許多感想。這些感想，實在也沒有發表的價值。但有一天，警察電台的羅蘭女士來找我，要我對於新詩問題發表些意見，作一個錄音訪問。我說對這問題雖有點感想，也不成系統，電台廣播，恐怕也不會是聽眾愛聽的玩意兒，而且我讀的新詩還是很少。後來羅女士又寄我一本新詩選集，我讀了一些，感想又多一些。覺得把這些感想寫出來，也許可以給新詩人一些參考。

我是一個半路出家的文人，記得我開始寫小說的時候，我也是受了當時反寫實主義的思想影響，喜歡用自以為新奇的手法。這些小說也曾向雜誌投稿，有的用了，有的被退，後來我給一個研究中國舊文學的親戚看。他看了覺得故事太少，文字又晦澀，雖是有很好主題，但是很難捉摸。其中有一篇題目叫〈內外〉，是寫一個當舖的朝奉的。〈內外〉意思是說當舖櫃台很高，我說它是像牆一般，內外就是指櫃內櫃外的兩個世界。他看了這篇小說很喜歡，可是不喜歡我的題目，我們後來為寫作技術上問題討論很久，最後他說：

「我不管你什麼主義或派別，你的作品寫了出來，就需要讀者是不？」我說：

「是的。」

「那麼像我這樣的讀者都無法來瞭解你，你到哪裡去找讀者呢？」

這句話很感動我。在新詩討論的過程中，新詩人應該謙虛他反省。如果你的讀者如胡適之之輩，還認為不夠格的話，那麼你到哪裡去找讀者呢？

我覺得文字是有意義的媒介，它不能同顏色與聲音相比。畫家用顏色表達他的感應、感覺、感情或思致，音樂家用聲音表達他的感應、感覺、感情或思致，都可以不通過意義；唯有文學或詩人，他必需通過文字——文字本身就有了意義——才可以表達感應、感覺、感情或思致。這點我們必須深切地瞭解。想離開文字的意義去表達的，雖有人試過，然而都沒有成就。因為用文字表示顏色永遠不能同繪畫比，用文字表示聲音也永遠無法同音樂比。

在二十年代初期，詩人們曾作各種試驗，如下面一類的嘗試：

天體在旋轉，在旋轉，
日月星辰無時無刻，
都在旋轉旋轉，
旋轉旋轉……

以為這樣可以引起讀者旋轉的感覺，又如：

我們用我們的炸彈，
用我們的大炮轟吧，
轟毀道個罪惡的世界，
大炮來了，炸彈來了，

轟
轟
轟
轟
轟

炸
炸
炸

炸
炸

字越來越大，表示聲音越來越大。如果在朗誦時候，配著大鼓的聲音或真的炸彈的聲音，或者更為有效吧！藝術模倣實在生活原是極其原始的玩意，我們無法把實生活搬到畫幅上或紙上，所以我們覺得遠不如用暗示、象徵等手法來表現比較有力。但上面這些手法，則是又回到原始的玩意，因為它已經超越了媒介的極限。

文學既是通過文字表達我們心靈的所感所思，作為一個詩人或文學家，就必先瞭解並克服這個媒介物的性能。這正如一個作曲家必須瞭解樂器的性能，一個鋼琴家必須瞭解鋼琴的性能一樣。

任何美的思致與情愫，凡是不是用文字表達出來的，就不能稱為文學。一個詩人或文學家如果無法從文字表達他所要表達的，就不是一個詩人或文學家。

當我讀了臺灣許多新詩人的時候，覺得大致可以分為四類：第一類是作者的表達對我已經起了直接的傳達的作用。我已經欣賞了它而且瞭解它，有的我知道很好，有的則並不好。第二類是作者的表達並不直接對我起了傳達的作用，我讀了好幾遍，用猜謎的方法發現了作者的意思，可是這意思我覺得實在很膚淺。第三類是：有的詩很有意境，但作者偏偏要用一二個洋文字，用一個希臘神話的典故，或用一點自然科學上的詞彙，想象徵什麼或暗示什麼，可是並沒有效果，只令我覺得反而毀壞了它的本色的美好與完整。第四類則是我完全不懂的一類，因此我也完全發現不了什麼。

關於第一類詩，我雖是接受了，但我還進一步的想到：它是不是可用一種更簡潔明朗或顯豁的手法來「傳達」呢？我發現至少十分之八是可以「加工」的。

關於第二類詩，我他得這是文字上謎語似的玩意，談不到是藝術，因為沒有看清好像很神祕奧妙，看清了很膚淺。

關於第三類詩，我覺得很可惋惜，這正如一個美好的中國小姐到了外國一趟，回來後，把外國買回來的假首飾叮叮噹噹都戴在身上一樣。

第四類，我沒有資格批評。只覺得，像我這樣愛好詩歌而謙虛的讀者，他都無法吸收，恐怕不會有成打的讀者了。——而它們也許是在一種正在第一類的邊緣，或者是第二類的邊緣的東西，只是我還不識貨而已。

上面已經談到過，現代主義是代表對於世界秩序的幻滅，對於人類有新的認識與對於自己有新的懷疑的一種精神。對於世界秩序的幻滅是由於物理學的進步改變了對於世界的看法，再加上戰後政治的混亂與原子彈的威脅；對於人的認識，發現人是一種或多或少有他的壓抑綜錯的。有不正常的與歪曲的潛意識的蘊積，人不可能是完整無缺。對於自己的懷疑，即承認自己也不是一個可以十分健全或十分客觀的人。

當一個藝術家或詩人，用他歪曲的心靈忠實地反映他所見所感的混亂的世界，產生光怪陸離，新奇的與美妙的各種不同的作品。這就是現代主義的產物。

但是這裡有三個程序。

第一是有「感」，這「感」可能是隱諱的、混亂的、模糊的、但確是忠實的「感」。

第二是表達，是從作者下意識的我傳達到意識的我，這可以說是一種反芻。所謂歪曲的心靈——受過創傷壓抑的心靈——是我們下意識的存在傳達到意識中時，那就可以讓我們反芻。我們已經可用自己的言語文字或其他符號來訴述了。

第三是傳達，是從意識的我傳達給讀者，這就是說，要運用一種共同的媒介——言語文字（包括文法詞彙）——去讓人接受，而別人通過這媒介能感應你所感的效果。

胡適之先生以為世界上偉大的詩作都是清楚明白，顯豁易解的，這句話我並不能完全贊同，但是偉大的詩人之所以偉大，一方面自然因為他的所「感」是比別人深廣，另一方面也一定因為他有高超的傳達技藝，足以配合他的深廣的所感。這正如礦產的豐富的寶藏，要有足以配合的運輸工具才可與世界相見一樣。

這就是說，儘管你的所感是如何的光怪陸離，新奇玄妙，混亂無序，你必須用一種最可能使其清楚的方法傳達給人。這一點非常重要。因為這是與現代心理學所解釋的人生剖面相符合的。我們每個人心理上都有壓抑蘊積，但是我們在生活上仍必須在公認的情理範圍中與人相處。

詩人有了所感，把所感用了自己的言語符號傳達給自己意識的我。這些言語符號，往往是含糊不清，顛倒雜亂的。以為這就是「成品」，可以作為傳達，這決不是第一流的作品。

我覺得在我最近所讀的詩中，這一類的作品佔得很多。這就是我上面所說的表達文學。作者似乎只求「表達」，以為「表達」了就已經完成創作。這站在欣賞方面來看，可以說是不完全的。

屬於上述第二類的作品的，還有是詩人的所感並不新奇玄妙，可是他在傳達的時候，故意用歪曲顛倒的字句來傳達，以表示他所感是新奇玄妙的。或者是用解剖概念的方法，把概念粉碎了排在一起，或是用拼湊或引申概念的方法，把概念揉在一起，以表示他要傳達的東西並不是普通的字彙可以傳達的。這種故作玄虛的詩作，我覺得會帶給後學者一個很壞的影響。

我以為詩人固然有權倒裝句子，折摺語意，拆拼概念，甚至牽強文法，但都需要一個非常堅強的理由，就是說一定到了不得已，或用盡任何辦法都無法表達時，才可以勉強使用一次——而這也僅顯得你駕御文字能力的低弱。

人的生理、頭腦都有一個限度。對於顏色，人的眼睛限於紅橙黃綠青藍紫，畫家不能說他用紫外的色或紅外的色來騙人，因為這不是畫家也可以說的話；人的耳朵只能聽固定的，有限的音階與音量，太高太重則耳膜會震破，太低則無法聽到，音樂家不能用額外的聲音；文學家也是一樣，你是用那一種文字寫作，必須限於那一種文字的性能與文法。譬如，中國文字，常常用對仗之法，增加聲韻意義的對稱排比的效能，這在西洋文字上是決不可能的。如果你強在英文上用對仗，那就無法使人瞭解或欣賞。這一點，正像我們應守的法律一樣，我們住在中國就應守中國的法，住在美國就應守美國的法，我們不能說倫敦汽車靠左走，在臺灣左走也是合法的。

我認識一天主教的老年神父，他告訴我他學講道時的情形，說他在聖堂講壇上講道，他的老師在聖堂的遠處聽著，有一個字不夠清楚，就要把這句重新講過，如果第二次仍無法讓老師聽清楚，那麼，這個字必須換另一個不同音的字彙，或者把句子重新改造過。

這就是傳達的功力的修煉！一個詩人，當讀者們說：「我看不懂你的詩」時，不肯反省自己傳達的技藝之低劣，還狂傲地說：「我的詩就是詩，不是為你懂的！」、「我是詩人，有權說不合文法的話啊！」、「我們的詩是有美學上的新價值的，不是凡夫俗子所能懂的。」甚至以為自己是有上帝的特權似的，看輕一切的想讀你的詩的人，這實在是非常可恥的事情。

多麼高超的詩人也是母親養的，你所聽的第一首詩就是母親對你唱的睡歌。她在你什麼都不懂的時候，已經讓你聽懂了她的愛與溫柔，現在你會寫詩了，如果你的母親看不懂你的詩，請你解釋，而你竟說你的詩有什麼高超的美學價值，不是凡夫俗子所能懂的。那麼該慚愧的是你還是你的母親呢？

我們不要忘記，蘇格拉底是在街頭講他高深的哲理的，耶穌是在凡夫俗子販夫走卒間傳道的，釋加牟尼是在窮鄉僻巷裡說法的，我們是什麼人？才學了寫幾句詩，就以為讀者們不配瞭解我們的詩了！

新詩如果有前途，決不是靠幾個寫新詩的朋友互相標榜、恭維、稱讚、捧場就可以生長的。它必須與民族的生命的韻律聯繫，它必須與地理的、生活的韻律聯繫，它必須有它的讀者。

前些天聽到一個朋友說，這裡有一個報館的社長，每逢副刊上刊載了「新詩」就要請副刊編輯來為他講解，因為副刊的編輯對新詩講不出內容來，所以就不敢刊登了。我覺得副刊的編輯如果不會講解，大可以請新詩原作者來講解。

我對於這個社長是完全同情的。我們說音樂不能講解，（事實上每個音樂欣賞會裡都有人在講解。）是說得過去的，因為它是直訴聽覺。我們說畫不能講解，（其實名畫欣賞會也都是有人在講解。）也說得過去，因為它是直訴視覺的。但是詩，既然你的傳達是靠文字，文字原是有意義的。在小學，中學裡，每個字的意意義都是切切實實有老師教過的。二千年來，每個字的沿變都有案可查，我們毫無理由說現在我們用在詩上，這些字是無從解釋的。每個中國人都有權利，請文藝創作人解釋它創作中的字義，因為這是共同的、共有的。唯其這個是我們所共有，我們才有我們的民族。

如果新詩人有藝術的良心，有志於促進新文藝的進步，他應該細細的把他的詩集一首一首的重新看一遍，誠誠懇懇地，謙虛地做幾種工作：

一、看是否有些詩可以重新加工，使其在「傳達」上比較便於讀者接受。

二、仔細地從美學上說明你詩中的句子的支離破碎的意義（美學是一種科學，是有意義可尋的。）就是說你要誠懇地說明你把句子弄得支離破碎的理由——為音樂之美？為意義的完整？為表達一種意境？

三、坦白地對自己供認，是不是有幾首詩，並不是你的創作，只是因為你喜歡一首七律，把它翻譯變化成白話文，顛倒了幾句，折摺了字義，變成了「你」的新詩呢？是不是有幾首詩並不是你的創作，只是從你所讀到的洋文詩，把它翻譯化成中文，顛倒字句，歪曲了字義，變成「你」的新詩呢？

四、請你考查你所用的從古典文學或西洋文學所移用的典故。這些典故是你新鮮的想像，還是爛調；是你的創見，還是沿襲？有沒有另外不透過典故來表現的方法？

最後，每個從事新詩寫作的人，必須誠懇而謙虛的回答一切對於新詩的攻擊、譏諷與非難。

以前《論語》半月刊上有一篇文章，寫他如何用詞彙抽籤的方法「寫」一些新詩。他把新詩常用的詞彙，如「幻滅與新生」、「赤裸的癌症」、「飢餓與反飢餓」、「復活的藍色」、「兩條線的相交」、「愛的直覺」、「心跳的斜度」、「現代的天空」、「古羅馬的建築……」……一類詞句與普通的基本的名詞，形容詞等湊成了數千個單詞，每個寫幾十份，寫在紙條上，裝在袋子裡，用手來摸，摸出來拼湊在一起就成了「詩」，他還把摸成的詩舉例出來，放在新詩人的詩篇中叫人來辨認。

在香港還有一個反對新「詩」的朋友，我同他辯論很久。他第三天就拿了幾首詩給我看。我以為他是集錄中國現代新詩人的詩來叫我解釋的，原來他是從西洋詩的「變調」地「歪曲」的編譯而成的。他說：「做新詩人是多麼容易！」但是他也並不是擁護舊詩的人，他認為現在千千萬萬舊詩的唱和，幾乎每一首都是前人有過的想像與意境。他的結論是：詩是一種編抄的藝術。

對於上面兩個否定非難的說法，我是有我個人的解答的，我說：

「我承認你們編抄的詩篇，也是及格甚至是很好的詩，但是這仍是沒有生命的詩。藝術的生命就是作者的生命，一首兩首詩不能代表一個作者的精神，也不能代表作者的生命，精心模倣一個作家成一派作品以亂真，沒有什麼希奇，冒充古畫而成功的人不是很多麼？以一首兩首詩來說，李白的有些詩，我也寫得出；但我不能寫李白的全集。一個人可以寫一首像李白的詩，並不能做李白。李白的全集有一個統一的精神，裡面正是表現了作者的生命。拜倫的詩是我最不喜歡的，我覺得他的每一句詩我都寫得出，但你如果讀了拜倫的全集，你可以看他的氣象萬千的一個活躍的生命，我可冒充拜倫一句詩，一首詩，但無法冒充他的全集。這就是說，你儘管可以靠編抄模倣做成一首詩，但你永不能靠編抄模倣做成一個詩人。老實說，一首小詩，用一點新鮮活躍的想像，抒寫一種偶然的真實的情感並不是難事，難事是一個詩人的靈魂通過了生活，表達了各種感情、各種感覺而成的各種詩篇。這些詩篇是篇篇都不同，可是有一個整個的統一。它一方面是一致，另一方面是繁多。儘管一個詩人的作品，在一篇詩中表現的一個混亂的、分裂的、顛倒的、歪曲的感覺，但是在他一百首詩裡總一定會表現出他的統一的風格與精神。如果沒有這個，他決不是一個詩人，或者正像你那樣的，只是一個編抄拼湊的『槍手』！」

我不敢說我的答案可以代表新詩人們的答覆，但如果詩人們對我的答覆認為可以接受，那麼我們就可以問問自己的作品是否有統一的精神？是否表現了自己的生命？

偉大的作家可以在作品裡超越自己的生活（第二流的作家則連自己的生活都無法超越）但決無法超越自已的生命。這就是作品的統一性之根據。

在一九三七年，巴黎舉行的世界博覽會中，巴黎市政府主辦一個獨立畫展（L'Art de L'Independent），其中包括一切被摒棄於傳統以外的畫派，我曾在這個展覽會中流連好幾個日子。這是以作者為單位的一個畫展，每個作者都展覽了多幅的作品。我對於繪畫是完全外行的，但是繪畫並不拒絕外行的人去欣賞它。我雖然對於一幅畫解釋不出什麼，但當我看完那個畫家所展覽的多幅作品後，我就體會到那位作家在作品中所表現的生命與情感，以及他對於世界的某些反應。

我常說藝術是最沒有架子的，它也最不勢利，誰多接近它，它就會同誰交往，它輕視富貴，它也不重視學問。許多學者對於藝術無緣，他的欣賞藝術的能力往往不如一個中學生。許多權貴富商對於藝術也無緣，他的欣賞能力往注不如一個窮措大。我對中國舊戲有一點典欣賞能力，得自帶我看社戲的鄉下的文盲農民。我們族中的地主們，包括秀才、舉人與大學生，除了少數以外，都只會用性的眼光看旦角，他們對音樂、歌唱根本一無欣賞能力。

藝術的作品既是如此清白，為什麼我們新詩人可以勢利到看輕讀者？我並不是說我們的文學應該重視文盲，既是讀者，就決不會是文盲。文盲是教育問題，本不是文學的對象。一個社會有文盲是「教育」的恥辱。一個已無文盲的社會，不接受文學，也還可以說是文藝教育不夠發達，但當別的文學被接受了，而新詩不被接受，則是新詩人的恥辱。

一個作家有權利看輕批評家，但沒有權利看輕讀者。批評家是有成見的讀者，讀者則是最天真，無成見的批評家。只有一種作家可以看輕讀者，這是決不把作品發表的作家。作家把作品發表，就已經是讀者的僕人，即是為讀者服務的人。這正如政府的官員不過是人民的公僕一樣。難道我們的新詩人寫了幾首詩，都像一些頭腦落伍的官吏一樣，以為讀者是你們的婢僕麼？

當文藝的作者擺著「表達文學」的架子，輕視讀者之時，傳達文學——商業的傳達文學——可非常活躍與熱鬧。

商業的傳達文學，上面已經講過是一種不需要經過創作過程的東西，使用行家的技藝傳達過去的人家的「表達」，作改頭換面迎合讀者趣味的傳達。這裡面包括武俠小說、偵探小說、古裝小說——是寫穿著古裝的人物說現代的言語，談現代的戀愛的一種小說，時裝小說——是寫穿著現代衣裝的人物，而思想、言論、行動都停留在五四運動以前，或北伐以前的時代的一種小說。這些作品，可以統稱之為低級趣味的東西。因為它迎合讀者，我們不能否認它們的娛樂價值。據我所知，許多大學教授、政府官員、科學家、工程師、太太、少爺之類，都可以此為娛樂。分析其娛樂成份不外為驚險與香豔，驚險之極致，變成男盜，香豔之極致，變成女娼。

因為這些作品牽涉道德問題，文藝工作者曾經取締它、禁止它。前幾年好像動用過政治力量去排斥它。我在一本舊雜誌中也看到警備司令部按攤沒收武俠小說的公案，我覺得這是一種很不應該有的事情，尤其出於文藝工作者之「發動」。我不反對文藝作家不喜歡這些低級趣味的東西，但我們並沒有權利去取締它，或者要求別種權力去壓迫它，甚至不應該當因別人非法的取締它而覺得幸災樂禍。

在民主自由的國家中，作家們永遠是站在寫作自由的立場，同道德的、法律的、政治的壓迫抗衡，以保衛作者與作品——那怕是誨淫誨盜的作品。這並不是作家們不明事理，而是為社會上起一種公理的均衡的作用。這正如任何律師都應為犯人辯護一樣，以免冤枉了別人。作家之站在文藝立場，不站在道德立場，是因為作家的工作不是依照道德的教條，否則像莎士比亞的作品中的叔嫂通姦，兄弟仇殺之類，豈不是也都可判作誨淫誨盜了。所以作為文藝工作者，總是覺得一切控制壓迫都是不必要的。作家之站在作家的寫作自由上說話，可以說是民主國家作家與詩人的行規，正如民意代表永遠要站在老百姓的利益說話，工會代表永遠站在工人立場說話一樣。

獨裁國家則正與此相反，因為他們那裡只有官吏和幹部，並沒有作家、律師或民意代表。作家即是「傳達」幹部，律師即是幫兇幹部，民意代表則是鼓掌幹部。所以一切都談不到，不能與自由世界相提並論的。

我們的作家，如果因為低級趣味的作品侵佔了文藝作品的市場，而贊成硬性取締它們的，我覺得這是侵犯出版自由、寫作自由的行為。這如果不是「幹部」的舊意識，就是落伍的「官」氣。我們自由中國的作家應該自己有這點的反省與覺悟才對。

低級小說較純正文學作品之擁有更多讀者，這是世界各國都一樣的，而且我覺得也應該如此。其實，真正好的作品，其銷量在時間上講，還是多於低級的作品。這因為低級的作品，風行是平面的，好的文學作品則是立體的。莎士比亞的作品到現在還風行，可是莎翁同時的低級作品，我們已經連名字都不知道了。五四運動時的幾個作家如周氏兄弟……等的小說、散文現在還有人看，可是當時的武俠小說，禮拜六派的作品，大家連名字都不知道了。這正如爵士音樂雖普遍，但第一次大戰後風行的爵士音樂早已不時行，而古典音樂則始終有人在聽一樣。我覺得藝術文學及低級作品與讀者的關係，用一個比喻來說，前者是戀愛的境界，後者是色慾的趣味。色慾的趣味自然要比愛情的境界普遍。前者是寶石，後者則視偽貨，假寶石因便宜易得，所以被人更普遍地戴用。我以為文學作者沒有理由要對這些低級的小說歧視，它的存在有它的存在的權利。

但有一點，文學工作者可以做而必須做的，可是竟還沒有人注意到，則是我們所重視的純正的文藝，必須與那些武俠小說、禮拜六小說、古裝小說、時裝小說劃分界限。我想三十五歲以上的人，一定都可以記得，我們在抗戰以前，文學與低級小說二者分得清清楚楚的。許多報紙都有兩個副刊，一個是娛樂性的（不是娛樂版），一個是文藝性的。有的報紙只有一個副刊是娛樂性的報屁股，另外每天有週刊如哲學週刊、史地週刊……等。其中就有一個文藝週刊。商務印書館有《小說月報》與《小說世界》兩個刊物，前者是文藝性的，後者則是娛樂性的（也即是禮拜六派），二者可說劃分得清清楚楚，儘管兩者排版印刷相倣，讀者也因此有兩種。一種是愛好文學的，一種則只是隨便解解悶的。河水與井水絕不相擾。

那麼什麼時候，這河水與井水開始混亂了呢？

那是抗戰的時候，當左聯所領導的口號，所謂國防文學與民族革命大眾文學鬥爭之後。當時一切以抗戰為第一，既然是抗戰了，文學都可作宣傳用，何分新舊高低呢？這點好像很對，實際上這也正是反映共產黨把文學看作「傳達」的工具而已。當作「傳達」的工具而言，文學與所謂禮拜六派這本是一種商業的傳達文學——也就沒有什麼分別，把張恨水當作一個文藝作家也就是那時開始。其實張恨水的東西，始終是庸俗低級的時裝小說，為什麼後來左派的人士要捧他呢？就因為他在政治態度上跟隨了他們。他在重慶出版了一本《八十一夢》，是一本文筆拖泥帶水庸俗無聊的譴責式的東西，可是因為他罵當時的政府，竟為左派人士棒為了不得的諷刺作品，可說是一種最滑稽的事情，而這事似乎到現在都沒有人提過！

現在，在臺灣，熱心的文學界人士好像都想建立些什麼，或甚至想迎接文藝復興，我不敢對熱心的人士澆冷水，但總覺得如果沒有把文學與非文學劃分清楚，則什麼建立什麼文藝復興都談不上。

但是當任何無聊的小說都隨便冒充文學的作品時，再要劃分就並不是容易的事情了。唯一的辦法是要有不計較銷路的嚴格的文藝刊物，慢慢建立一個權威與重心。在中國，只有我們以文學為生命的人，才肯莊嚴地去認識文學，一般看小說的人，甚至有名的學者們，都沒有把小說當做莊嚴神聖的工作。他們用極舊式的眼光在看小說，往往一開口就顯得外行，這並不是程度的問題。而是「意識型態」的問題。

我覺得中國最顯得落後的地方有兩點：一點是下意識的看輕藝術與藝術家（包括文學與作家）。一點是下意識的看輕女人。五四運動雖是提倡賽先生與德先生，其口號與內容極模糊，倒是重視小說文學與提倡男女平等兩點是很明確的，可是似乎到現在還沒有什麼澈底的效果。

看輕女人不必說，許多有學問、有見解的人，談到女人問題，無論在道德方面，在行為方面，對女人的要求，都還是舊式的。往往在政治思想見地上，很值得我們看重的朋友，偶而講一個男女的玩笑，就透露出他下意識的落伍的態度。這一點是很奇怪的。

至於看輕藝術與藝術家，特別是電影或戲劇演員與小說作家，則其普遍似乎還有甚於看輕女人。如過這些藝術家也算是人才的話，在他們看起來，那是最不必要的人才；一般人總以為軍事、政治、經濟、科學的人才是一個國家所必需的，而文學藝術的人才不過是有雕蟲小技的人物。有沒有是無所謂的。前幾年，在《中國半月刊》上居然有一個有名的大學教授，寫了一篇文章，說「學術第一」，「文學第二」一類的話呢！——他把文學提到第二，也許以為很客氣了！在某些人看來，小說不過是解解悶的玩意，文學的小說同非文學的小說沒有什麼兩樣。如果他們用心來讀，日子久了，他們自然能分別。但他們不屑用心，他們輕視文學——最偉大的文學家是秘書長，最末流的文學家則是小說家——他們不用辨真寶石與假寶石，以為戴在官貴身上的總是真的，而戴在平民身上的都是假的，就已經夠了。

我常想，中國可說是最看輕文學、藝術與科學的民族，中國沒有純粹的客觀的獨立的學問，一切的學問不過是為做士大夫，士大夫的成就是正心、修身、齊家、治國、平天下。為學問而學問，為愛知而知，為藝術而藝術這種思想是從來都沒有一個思想家想到過，這一點則正是一切不進步的重大因素。

在這個傳統下，除了用以治天下的「經」，與可作為治天下借鑑之「史」外，一切純學問都被稱為江湖，文學、藝術則被稱為雕蟲小技。譬如醫學，總是事關人類生命，該可被認為重要的學問了吧，但是傳統眼光看來，這是屬於江湖的玩意，做醫生必須加上「儒醫」，表示也是有學問可以做官的人。在中國文學史中，我們因此就無法找出不做官的詩人與文學家，也沒有一個不想做官的詩人與文學家。有之，也只是極少數民間文學的作者，而還是功名場中失敗，灰心無勇氣進取的朋友。究竟這是因為我們的平民——不是官僚階級的人民——根本就沒有人對詩文有興趣呢？還是我們平民中的詩人與作家，雖然有卓越的詩文，但因為不是「官」，所以他們的作品不為人重視而不得流傳呢？

不管怎麼樣，我們的文學家與藝術家都是業餘的，職業的文學家與藝術家，在我們史上是不存在的。文學與藝術從來就不能稱為獨立的行業。這個傳統，使我們的社會始終沒有看得起藝術過，「演員」、「舞蹈家」，不是一群家奴玩物嗎？如果說「文藝」與「詩人」稍被重視，其原因還是它是附屬「官僚」身上，一個人如果不做官而專門寫詩，那等於不務正業而專門「玩」。其品流同「戲子」是一樣的。

五四運動時，有兩個主張出現，可惜只曇花一現，沒有普及全國即行消滅。否則，也許人們的觀念不會如此落後。這兩種主張，一個是戀愛至上的主張，戀愛至上是對於女性的一個很大的解放，是對於禮教的一種解脫，對於男子的一種挑戰。一個是為藝術而藝術的主張，在把藝術作為獨立的事業上講，是最有力量的姿態。

這兩種主張之消逝，也可以說是左派文化運動把它趕走的。那就是革命的文藝或普羅文學的勃興。他們認為戀愛至上是小資產階級的思想，為藝術而藝術是資產階級的玩意。

戀愛不過是人生一小部分，藝術必須去改造人生，這一種說法，無形之中，又把戀愛與藝術置於革命事業或道德教條的下面了。所以，當時的文學家、詩人與藝術家雖開始覺悟，認為自己的事業同政治家、銀行家、法律家以及工程師等一樣的是社會上的一行，有其獨立的莊嚴神聖的意義，可是影響甚微，一般社會的看法始終沒有改變，人們對於戲劇，歌舞一類的藝術，其觀念始終是「玩玩」而已。搞戲劇運動的朋友們，搞歌舞團的朋友們，都有經驗告訴我們，他們是到處被人輕視，到一個「碼頭」，「女演員」們還不是要應酬當地官員縉紳們的「條子」！

現在這裡正在發電影的獎金，如最佳演員、最佳導演、最佳編劇之類，也許這是獎勵海外的文化吧？可是不瞞大家說，這在戲劇圈子裡，並沒有以獲獎為光榮，大家還認為這不過是當年小城市的官僚們向草臺戲的戲子擲紅包一樣，是一種「老爺高興賞錢」的觀念。原因是這些「獎賞」，並沒有經過合理的委員會公開的選舉與評判。我與電影界人士都很熟，在工作上，我可以說，他們對於臺灣的影劇空氣，都非常厭惡。最近還有一個來臺北拍片的電影演員同我談到這些問題，說他們覺得這裡的空氣同三十年來在內地「演戲」一樣的痛苦。簡單的說來，就是沒有給他們工作的尊嚴與生活的自由。他又說：

這句話在外行人聽起來，也許不容易瞭解，我且舉個實例來說。譬如我們拍戲的時候，無法拒絕外人參觀，諸如大官小官，大官小官的太太，大官小官的小姐、少爺、大官小官的小舅子、大嫂子川流不息在攝製棚裡看拍戲，這就是侵犯人家的「工作的尊嚴」。

外行人也許要說：

「我又不妨礙你，我不過坐在遠處看看。」

我們的答案是這樣的：

「你們在外交部，省政府或銀行，在辦公時候，也可以讓人隨隨便便的坐在你辦公室，看你辦公麼？」

又譬如那些毫無關係的人的請吃飯。這些人大都是官員，目的是要交結電影明星，特別是女明星。往往我們在工作十小時以後，只想換上睡衣睡覺的時候，偏偏你們要請吃飯，拒絕你們，你們就要罵（或者心裡在罵）：

「你是什麼東西，擺什臭架子？我們要不讓你片子進口，看你再做明星。」

沒有辦法只好換上衣裳，打扮乾淨，來赴大人們的宴會，這裡杯盤交錯，談笑風生，我們只好強作笑容相陪。不瞞您說，許多外行的誇讚話，我聽著都很不舒服，不要說席上那些無聊的「玩笑」與低級的「風趣」了。

總之，圈子的內外，心理是不同的，但是這種空氣與情形，則正反映社會上始終輕視藝術工作者的傳統心理。

我說的這些事實，作為我的論據也好，作為插曲也好，這不過說明這個社會對於文學藝術是多麼不尊重。因為社會沒有把文學當作獨立的事業，因此寫小說、寫文章，甚至講學的人，也都要在作品賣點膏藥。如以前馮友蘭談思想，要為往聖繼絕學，為萬世開太平……一類頭巾氣的話，寫任何小說、劇本、詩歌也都要放點憂國憂民一類的胡椒，以表示文學的高貴。小說中有些道德教訓，本是古已有之的調門，這原是要把小說給無知之愚民去消遣的一種想法，使他們在消遣之中有點益處。現在文學家們自己都不知道文學是什麼，覺得教訓才是文學的靈魂了。

現在有人笑我們是文化沙漠，這是說我們是沒有文化的地方。沒有文化，那麼文化人士又是在幹什麼呢？簡單地說，一種是做官，一種是賣藝。以文藝來說，其實我們養不起職業文學家原沒有什麼。文學家可以是立法委員，可以是鐵道部長，也可以是銀行職員，但是職業是職業，事業是事業。文學作為文學家的事業，則其事業與他們的職業可以說是並無關係的。我希望他們的面孔都有文學家的面孔，不要意識著我不過把「文藝」當作消遣的一種票友面孔。一種是賣藝，正如「戲子」一樣，懷著自卑感，覺得寫作也只是謀一個生活，不惜迎合讀者的趣味，迎合政府的要求，也沒有把文學當作一種莊嚴的事業。

我也聽到文化人之中對「文化沙漠」這句話很有不平，想努力使其成為綠洲。這自然是可敬可愛的態度，但如果文藝也算是文化要目之一，我想最重要的是使社會瞭解文化的莊嚴與神聖，並不亞於任何科學與學術。瞭解其其實還不夠，要緊的還是要把舊觀念改變過來才對。

文化作為政治的武器，文化人也就是政治的婢僕；文藝作為官場的脂粉，文藝家也就淪為官場的丫環。我不反對有人建立反共、反極權的文化，但其存在與生長則在文化去作政治的靈魂，不是把文化去作政治的鑼鼓。我也決不反對名門閨秀學點鋼琴，漂亮太太學幾筆中國畫，或者達官貴人賦幾首詩，但是這只是附庸風雅的韻事，談不到文學與藝術。

把文學與非文學劃分，把事業的文藝與逢場作戲的玩藝劃分，這正如把女學生與妓女劃分一樣，這並不是看輕妓女，而是要嫖客們認清對象，不要對正派人輕薄無禮。文藝之需要讀者，正如少女之需要一個可託的終身知己，這些讀者必須對文藝有敬有愛，如果是些目的在玩弄女性的嫖客，那麼請他們去讀讀劍俠小說、古裝小說與時裝小說好了。

歸納上面的論證，文藝工作者應當尊敬讀者，在表達之後，應站在讀者的立場來反省自己傳達的功力；同時文藝工作者還應該清楚地讓讀者知道什麼是文藝，什麼不是文藝。但最重要的還是文藝作家要自己尊重文藝，把它當作神聖的，莊嚴的事業。

臺灣是自由中國，我們有充分的表達的自由，也有不少的傳達的自由，但文藝的氣候還不能與進步的民主國家並提，這自然與現實的政治有關，但一部分也是文藝作家的責任。我覺得文藝作家最要緊還是需要認識文藝是什麼。文藝可以是道德的，可以是非道德的；文藝可以是色情的，可以是非色情的，但是在文學目光中要問的應該只是一個問題：

「文學的還是非文學的？」

作者有感、有表達、有傳達是文學。

作者沒有感、沒有表達、只有傳達，則不是文學。

色情的作品同政治的作品都同樣可以這個尺度衡量。政治小說有八股，色情小說也有八股。非文學的作品，日子久了都成八股。古裝小說、時裝小說，劍俠小說等，實際上都是八股。

一個作家說另一作家的作品不是文學，是政治宣傳，是春宮都可以，但承認它是文學，而又想排斥它，則不是文藝工作者所應該有的態度。最可恥的莫過於作家們說另一個作家的作品是「黃色」，而要叫官方來取締了。奇怪的是美國黃色小說在臺北滿街都可以買到，竟無人作聲。有多少人們以為偶而帶點性描寫的中文小說就會誤害了他們的子女，但是他們儘量把子女往美國送。他們竟沒有先通過外交部，叫美國國務院把美國黃色小說——有的竟被認為輝煌的文藝作品——禁絕取締了，再送子女出去？

文藝工作者要清楚地將文學的與非文學的細分清楚，這是一個最重要的工作。正如畫家應與月份牌畫匠劃分一樣。至於作品的有毒、有補、有益、有害，則是社會、法律或其他範圍的事情。誰也不能保證莎士比亞、曹雪芹、托爾斯泰、福樓拜（Gustave

Flaubert）、關漢卿……所描寫的色情之處貽害於青年的，一定比他高貴之處有益於青年的少。因為主題的高貴不容易瞭解，而情節的色情容易被吸收，恐怕其害處還比益處要多，但是我們也不能作這樣的評判。我從大陸出來以後，中共對我的作品作一次清算。我的女兒，那時候是個初中學生，寫信給我，說學校裡清算我的作品，大家認為我的作品是有毒素的，說有許多姊妹都受過我的毒害。我當時回她一封信，記得是這樣寫的：

親愛的女兒：

收到你的信，所說關於我的作品的毒素問題，自然是不敢辯，也覺得無需辯。因為我想你現在應當也會有點辯證法的常識了，根據辯證法，天下沒有絕對的東西，一切東西的有害有益也都是相對的，比方飯是有益的，吃得過多也就有害，砒霜是有害的，作為藥物也就有益。任何食物都可以有害，也可以有益，而對甲有益的，對乙可能有害；對乙有益的，對甲也可能有害。食物如此，學問思想也是如此。一切文藝也都是如此。你自然可說你父親的作品有毒素，但千萬不要相信別的作品別的思想沒有毒素。另一方面，其實，只要你善於辨別、選擇、判斷與運用，什麼有害的思想與作品，對你也都可以化有還為有益的。

父字

我對於這個想法，還是沒有改變。我覺得有害、有益本難有什麼標準，但是選樣適宜的食物給兒童與病人吃，則是為父母、醫生的責任，選擇適宜的讀物給兒童與少年們讀，也是家長與教育家的責任。大魚大肉雖有營養，但不能給吃奶的嬰孩與病人吃。有許多小說、詩歌自然也不應該讓孩子們來讀。但這是文藝以外的問題，而文學家與詩人也沒有資格來決定什麼該讀不該讀，誰該讀誰不該讀的，只有社會學家、心理學家與教育家才有資格來做這些選擇。

我們文藝工作者對於道德問題、社會問題、教育問題雖可以有主張，我們也可有權在我們作品中表現我們的主張，但我們無權去干涉別的作家怎麼去處理這些問題。

共產黨的理論上要以辯證法詮釋一切，可是對於一切真理都是相對的原則，他們自己反不相信。在共產黨治下，他們所說所行的都是絕對主義。在理論上，凡是他們所說的都是絕對的正確，他們的教條也是絕對的有益。因此凡是違反他們的教條的都是有害，妨礙他們的「絕對」的即是有毒。

絕對主義原是根據政治的獨裁而來，文藝的本質，在對政治絕對上講，可以說都是有毒素的。遠溯到詩三百篇，裡面就已經有對統治者澆冷水，唱反調了。在道德傳統上講，也可以說文藝永遠是有毒的，因為文藝總是最早的感應時代的新潮，而對現存的傳統有所批評與挑戰的。

因此，目的在維護政治的唯一的教條，或維護道德的唯一的傳統的文藝，最後必流於傳達文學。

我們不妨承認一切文學是宣傳，但無法承認一切宣傳是文學。文學流於單純的傳達，實際上也只剩媒體的宣傳。這十五年來，臺灣的文藝作家輩出，新鮮的、發亮的才華到處在閃光；但有的囿於表達主義，未克完全與社會接觸，有的則偏於傳達主義顯得空虛。

現在已經有人在呼籲「文藝復興」了，我雖然看不見中國現在有什麼文藝復興的跡象，但是我相信新起的一代一定比我們這一代有所作為；我們應該讓他們更有機會發揮他們的才華，我們應該給他們更多表達的自由。我們想到我們在這動亂的時代所負過的各種包袱，現在應該不要叫下一代作家再來擔負，讓他們可以比較輕鬆地走他們自己的道路。

我們曾經反抗我們前一代所加於我們的政治的與道德的要求，我們也知道這些要求在生活上多數是害多於益，在文藝上更是一種發展的阻力。

我覺得我們（早於新生一代的文藝工作者）沒有理由再對他們（新生的一代文藝工作者）的寫作作政治的、道德的要求了。我們唯一要求他們的是：「誠實，誠實，三個誠實。」

第一個誠實是忠於他們的所感。

第二個誠實是忠於他們的表達。
第三個誠實是忠於他們的傳達。

一九六二年十月九日

《紅樓夢》的藝術價值與小說裡的對白
——就教於勞榦先生與石堂先生

近年來因為許多新材料的發現，以及許多學者的努力，對於《紅樓夢》的研究有很大的收獲與發現。但這都是考證上的成就，至於《紅樓夢》這部書的藝術價值與其在創作上的功力，則很少有人談到。

這原因很簡單，是中國新文藝運動以來，始終沒有出現過一個文藝批評家，也沒有出現過一個體系有規模的藝術批評的理論。社會上的所謂文藝批評，不是捧捧自己的朋友，就是罵罵別人的朋友，所反映的很像政治上派系與圈子。

關於《紅樓夢》的藝術價值，大陸上的說法不外是教條主義的公式，這公式可以引王耳先生為例：

《紅樓夢》是曹雪芹依據自己的生活感受，通過高度的藝術手腕，所唱出的封建貴

> 族階級走向滅亡的輓歌。曹雪芹在一定的程度上對於他的時代，還保有某種傷感的氣息——依戀和徘徊。因此，從他這部作品的世界觀看，不可避免流露著若干對垂死階級的悲惘情致，但是，在方法上，毋庸置疑的，作者身上所滿蘊的現實主義得到了偉大的勝利。

把《紅樓夢》的藝術價值安在教條主義的模子裡，任何人都可以建立同樣的結論。但從欣賞藝術的人讀《紅樓夢》，實際上，誰也無從看到「作者身上所滿蘊的現實主義得到偉大的勝利！」

這樣的評語，可以說並未接觸到《紅樓夢》的藝術價值與創作上的功力。

最近，我在《文學雜誌》第二卷第六期上讀到老同學勞榦先生的〈中國的社會與文學〉，這裡面有談到《紅樓夢》的：

> 曹雪芹才華蓋世，《紅樓夢》的文學價值可以說很高，但裡面所含的卻只是根據老莊思想中的淺薄部分形成的人生見解，這是明清世俗談論中所常見，並未超過當時的庸俗社會。

雖然他又說：「但是思想一點，並不足以成為批評小說的絕對標準。」可是他仍以為：「偉大的作品所以能稱偉大，不僅需要高度技巧，還更需要超脫庸俗的思想。」《紅樓夢》既然未超過當時的庸俗的思想，自然《紅樓夢》是不足稱為偉大作品了。

這裡我不能確切知道勞榦兄所指的「裡面所含的卻是老莊思想中的淺薄部分而形成的人生見解」，究竟是指什麼。所謂老莊思想的淺薄部分是哪一部分。所謂形成的人生見解是什麼樣的人生見解。

如我所推想的不錯，這「人生見解」應當是指賈寶玉的人生見解。那麼，以此來代表《紅樓夢》，則是不對的。儘管曹雪芹怎麼樣以寶玉自喻，也無法推說寶玉的見解就是他的見解。進一步講，賈寶玉那時候不過是十幾歲的孩子，曹雪芹以懺悔的心緒寫他自己的過去，要說是他的見解，則一定是他童年時的見解，在寫書的時候，正是不斷地在笑自己了。這在小說裡是到處可以看到的。

許多弄學問的朋友有一種通病，他們愛在文藝作品中尋找思想的含義，結果是把哲學的課題放在文藝家的身上。這樣接近文藝，若不是他們缺乏一種欣賞的感能，就是他們根本沒有享受過藝術的美。如果我們在藝術作品裡，去尋找思想，那麼莎士比亞，福樓拜，托爾斯泰，米開朗基羅（Michelangelo），貝多芬（Ludwig van Beethoven），莫扎特（Wolfgang Amadeus Mozart），高更（Paul Gauguin），米葉（Jean François Millet）……

的作品裡，請問有些什麼呢？西洋所稱為代表文化尖端的藝術品，不是希臘哲學的淺薄部分而形成的人生見解，也就是基督教裡的淺薄部分而形成的人生見解了。

不用說，全部的建築史，歐洲不同時代的教堂，印度的廟宇以及敦煌的壁畫，還不是根據基督教佛學哲理的淺薄部分甚於迷信部分的一種表現麼？而全部舞蹈史，從祭神到芭蕾以及近代的象徵派、印象派所努力的，不也都是只根據宗教迷信的神話所形成的人生見解的詮釋嗎？

藝術與文學的任務並不是表現思想或人生見解，而是表現赤裸裸的人生。這並不是說藝術文學裡沒有思想與見解，可是思想與見解在藝術文學創作者手中，是當作人生的一部分來處理的。因此藝術文學作品裡的思想或人生見解不是冷冰冰的思想，而是通過了作者的生命的思想。

因此一個藝術與文學創作者不一定要瞭解哲學或思想，他沒有義務去研究哪一家思想，也沒有義務去表現別人的思想。《紅樓夢》作者曹雪芹，固然不能說沒有受過老莊思想的影響，但是他決不是「根據」明清世俗談論來寫《紅樓夢》的。

要瞭解一件藝術作品所含蓄的思想與見解，那自然要問到這個作品的主題，儘管有許多作家借小說主人翁發表他自己的意見，可是除了作品的主題恰巧放在主人翁的身上外，主題決不在小說主人翁的意見上。

要問《紅樓夢》主題是什麼？這是人人可以回答的，一句「人生若夢」的話已經夠了。人生若夢這句話的含義是人人都清楚的，這正如「兩點中最短之線為直線」一樣可以稱謂公理。我們可以說凡是有人的地方都有人生，凡是有人生的地方都有「人生若夢」一類的話。印度的詩人唱過，希臘的詩人唱過，波斯的詩人唱過。

中國的詩人說：「人生若朝露」，而這句話正也見於《新約》：

For what is your life? It is even a vapour that appeareth for a little time, and then vanished away.

所以這個主題，可以說與老莊思想是不一定有關係的，《紅樓夢》是無須乎借重老莊。曹雪芹沒有義務去「根據」什麼，也沒有義務去瞭解老莊思想。

《紅樓夢》的主題是「人生若夢」，但是他由什麼來表現這個主題呢？我們不妨借一句佛經裡的話，那是「色即是空，空即是色」。這只是我隨便引來作說明的，《紅樓夢》並不是根據佛理來寫的，作者只是從過眼煙雲的生活中體驗到「色即是空」來表現「人生若夢」的主題。

人生若夢，原是說人生的短促，因此作者對於時間非常敏感。在時間的變易上，作者看到了色與空的衝突，盛與衰的矛盾，生與死的對立。

生命原是從衝突矛盾中顯現，人生也是衝突矛盾中演進，所以藝術所表現的就是這些衝突。我們可以說一切中外藝術與文學，所表現的都不外是各種的衝突。有些作品在衝突中有和諧的答案，有些作品則留下一個衝突的問題。這些衝突，歸納起來，可能是很簡單的。我並沒有把古今中外的偉大藝術作品的主題作過分析統計與歸類，不過就我平時的閱讀，從許多偉大作品想起來的列在下面：

生與死，個人與社會，生活與命運，愛與恨，性格與環境，理智與情感，個人幸福與道德良心，理想與現實，物與心，時間的永久與生命的短暫，神的感召與魔鬼的誘惑，上升與下沉，新與舊，此外當然還有理想與理想，意志與意志，情感與情感，人與人……

這些衝突矛盾的問題，也許都是哲學上早就提出過的問題，但無妨於藝術與文學上的一再表現。只因為藝術與文學所表現的則並不一定要「別人沒有提過」，而是別人沒有充分感受過，或感受過而沒有充分表現過。

一件偉大作品之所以偉大，乃是作者在作品中充分表現了他在人生中深刻的感受。充分的表現是屬於技巧的，深刻的感受則屬於內容。所謂感受即是從各種矛盾衝突中而來，這些矛盾衝突，可以屬於時代，也可以屬於時間，可以屬於社會，也可以屬於個人的內心。

莎士比亞劇作的故事，許多都采自當時的傳統，其所表現的思想，也沒有一項不是希臘哲學家所提及過的，但是他藝術上所表現的則是他的感受。他對於各種人物各種性格在各種環境中的感受，他都能洞悉如親身的感受，深刻而廣泛，這就是他之所以使我們覺得偉大的理由，也無怪後世有人懷疑，莎士比亞應當不是一個人而是一個公司了。

我覺得《紅樓夢》的偉大是足以與全世界任何偉大的作品媲美的。這因為他所提出的問題是人生中人人都感到永久的問題，他的感受是深刻而廣泛，他的表現是充分而有力。

《紅樓夢》所表現所感受的衝突，有生與死，有個人與社會，有生活與命運，有愛與恨，有性格與環境，有理智與情感，有幸福與道德良心，有理想與現實，有物與心，有時間的永久與生命的短暫，神的感召與魔鬼的誘惑，上升與下沉，出世與入世，永生與現世，利己與利他……這可以說，他的感受真是包括了所有文學上的各種永恆的主題，在世界文學史，是很少有人可以與他相比的。

自然，《紅樓夢》只是一部作品。或者減去高氏的所續，只有半部作品，在上述的各種衝突，各種問題，曹雪芹表現得最充分親切的則是「生與死」、「入世與出世」、「性格與環境」、「時間的永久與生命的短暫」、「個人與社會」、「理想與現實」的矛盾。

還不止此，《紅樓夢》對當時時代提出的問題，在社會上當時是「經世之學」與「老莊人生」的矛盾，在婚姻上，「自由戀愛」與「父母媒言」的矛盾，在教育上是「嚴厲管束」與「放縱溺愛」的矛盾。

這兩種衝突，一種是永恆的問題，一種是時代的問題。時代的問題可以解決，永恆的問題可以說是人生永遠沒有解決的問題，曹雪芹也並沒有解答，他只是表現出他深切的感受。《紅樓夢》是一部可以與任何悲劇媲美的悲劇，而這悲劇則是人生中這些千千萬萬的矛盾所造成的悲劇。

以《紅樓夢》的表現能力來說，在世界小說中，它也真可以說數一數二的。我所知道的小說中，人物在量與質上講，是沒有超過《紅樓夢》的。所謂量，是一部小說中所創造人物的數字；所謂質，是這些人物不是隨意一個人可以代替而言。小說裡的人物，如果非常特殊的如《水滸傳》裡的一些人，還不難創造，即所謂畫鬼容易畫人難。可是《紅樓夢》人物則是非常平常，每個人的身分大同小異，能夠表現得生動活躍，各個人都見個性，則決非大天才不可。在許多部小說中寫人物，一部寫吝嗇鬼，一部寫勇敢的兵士，一部寫慷慨的賭徒，這還不難，在一部小說中，出現這麼些人物，前後統一，而表現不同，這就難了。許多西洋名家的小說，雖然作品很多，可是所創造的人物實際上不過幾個，只是安排在不同的故事上出現罷了。《紅樓夢》如許的人物在一個故事上出現，而每個人物都能有血有肉，可以說是前無古人的。

現在因為心理學發達，有許多心理小說出現，《紅樓夢》時代並沒有聽見過心理學，但是曹雪芹處理人物，處處都有心理上的分析與暗示，中國的說法，是小說家必須具有很深的世故，世故就是了解人的心理；像《紅樓夢》裡這許多人物，要使他們個個栩栩如生，活躍紙上，見靈見血，倘若沒有能力刻畫心理，那可以說是不可能的。

以小說論小說，《紅樓夢》最足為批評的，是結構嫌鬆，但是如此不緊湊的結構，竟無損於它的一氣呵成的魅力，其原因還在主題的聯繫與人物的統一。主題的聯繫可以說是各種矛盾的發展，人物的統一則是人的活動與心理的發展。《紅樓夢》更足為詬病的是許多詩詞的穿插。詩詞的穿插是作者賣弄才華，論學講道是作者賣弄學問，這都是小說裡最庸俗的成分。但曹雪芹那個時代，並無發展的小說技巧可據，故而難免流俗。不過他的詩詞，許多都是有暗示與象徵作用的。還有一些則陪襯作為人物個性的表現的。這也正是沒有離開小說的主題的難能可貴之處。

如果在技巧上《紅樓夢》有不及西洋文學名著之處，那還是中國小說因為一向被輕視而沒有發展，曹氏並沒有可能讀到其他偉大的作品。在這樣貧乏的小說環境裡而產生《紅樓夢》，因更見曹雪芹之天才實在是遙遙地遠在任何西洋作家的上面。我們甚至可以設想，曹雪芹如果有更多小說的薰陶，他的成就一定更偉大，而任何西洋的大作家，如果放在這樣一個沒有小說傳統與環境之中，其成就一定比他們已有的成就為少。這是以作家的崇高與偉大來作的比較。

二

中國文化界，五四運動以來，似乎一直有兩派，一派是太看重西洋，認為中國什麼都不行；一派是太自尊自大，認為中國什麼都有。實際上都是自卑感與自大狂的心理所造成的幻覺。

我很同意居浩然先生〈講學問〉那篇文章裡的意見，他說：「中國的大學問，具有一種整合的作用，一方面是個人人格的整合，一方面是社會全體的整合。與西洋的學問是兩件事情。」我記得金岳霖先生在馮友蘭的《中國哲學史》上也有過相仿的意見，他說，中國似乎並沒有西洋所謂哲學這個東西。這也就是說，所謂「中國哲學」是西洋所無的另外一種東西。

這一種瞭解，我想是可作我們以後研究中西文化的一個通道。如要把西洋的各種思想到中國思想上找根據，則大概不外兩種結論，一種是我們中國早就隱隱約約有過，覺得樣樣是我們早發明，不過是沒有發展罷了；一種是我們中國講的都不是那麼回事，覺得什麼都不如西洋。前者可以產生自大狂，後者可以產生自卑感的。

可是這是學問。在藝術作品上，則是不同的。學問上我們有客觀主觀之分，屬於科學的或非科學的之別。在藝術作品中則無論中外古今。因此藝術作品，中外古今都可以拿來衡量。藝術所表現的是人生，藝術家對於思想只作人生的一部分來瞭解接觸，一個藝術家沒有研究哲學或瞭解哲學思想的必要，他的創作也不必「根據」什麼思想什麼人生哲學。他可以有哲學、社會學、政治學、心理學的修養，但不是必要的；固然也有許多文學家因為有這些修養，而有助於他作品主題的選擇，但也有文學家有了學問上的修養，處處炫耀學識，妨礙了他的藝術表現。這因為藝術的表現來自感受，沒有感受，任何思想不過是冷冰冰的理論，就談不到藝術的表現。

現在談藝術的創作，要有生活體驗，廣義地講，這句話是不錯。但這不是說每樣生活都要作者去親身經歷。老實說，我們有親身經歷的人而毫無感受的很多，可是一個有天才的藝術家他可以憑觀察想像與同情，有廣泛深刻的感受。一個雕刻家他雕塑希臘神話中被毒蛇咬死的女性，他表現出人與死神搏鬥的生的意志，就成了偉大的藝術品。這因為他象徵著人生，他廣泛地表現出人在生死邊緣的感受。作者並沒有被毒蛇咬死過，但是憑他的想像，他可以有親切的感受。

這生與死的題材，我們在文學作品中是熟見的，在繪畫中，在音樂中，在舞蹈中更是常見的一個主題。為什麼這樣一個主題，可以為古今中外藝術家屢次採用，而我們欣賞者會百看不厭，這很簡單，這因為他們所感受的固然各人不同，他們所表現的也各人不同。

不但如此，同一個舞蹈，如也是以對死亡掙扎為主題的芭蕾舞——〈垂死的天鵝〉來說，它的音樂也永遠是一樣的，可是由不同的樂隊與不同舞蹈家來表現，就有不同的味道，這因為舞蹈家各個人的想像與感受不同，表現也就不同了。

藝術是人生的表現，中西的藝術都是人生的表現，因此這是可以比較的。這比較就是在作品所表現的對人生這種矛盾激撞的感受與表現深刻與廣泛上。

藝術與文學有許多永恆的課題，如生與死，新與舊，個人與社會，性格與環境……因為這是人生中永遠沒有法子解決的問題。這些主題人人在用，但是要有深刻與廣泛的感受與表現，則要看藝術家的天才之高下了。

《紅樓夢》的作者雖然不見得不知道什麼是老莊的人生見解、孔孟的人生見解或者是佛教的人生見解，可是他所創造的人物也幾乎沒有一個是澈底有這些信仰或照這些信仰來實踐的人。

《紅樓夢》裡有自認名教正統的賈政，有信道煉丹的賈赦，有渾噩無為的寶玉，有孤傲自賞出了家的妙玉，有秀逸不群多情善感的黛玉，有深於世故大家風範的寶釵，這些人物並不是代表什麼思想或遵守某種人生哲學的人，而是一個一個活生生平凡的人物。這些人物每個人都有自己解決不了的矛盾，與外界又有無數矛盾的關係。這些人物各個都是在現實中生活而又想脫離現實的人，個個都想逃避現實而又無能逃避現實的人。《紅樓夢》是現實與空幻的交響，也即是入世與出世的激盪。它正面所表現的人生是當時社會的功名的進取與淡薄退隱的矛盾，可是骨子裡大觀園就是一個人生的舞臺，裡面的人物個個都是在進退的矛盾中，明明知道樹倒猢猻散，飛鳥各投林，可是人人都想沾些大觀園的風光，有的欲進不得，有的以退為進，有的欲退不得，有的謀進無門。可是人人還是從人生舞臺上退去，不是被逐，就是為情勢所迫。不是出家，就是出嫁，否則就是死亡。

他寫一個家庭之衰敗，正是寫一個龐大無比的生命的死亡，掙扎、呼號、哀鳴、呻吟，以至於任人宰割。作者的感受之深刻，表現之超絕，實在不是隨隨便便讀讀的人所能體會的。

要說《紅樓夢》所表現的思想，一句「色即是空，空即是色」的話雖可以包括。可是他所感受所表現的色，則是入世最深的色，他所感受所表現的空，則是出世最澈底的空。《紅樓夢》之所以偉大者也就在此，高鶚的續作在這方面可以說完全失敗。《紅樓夢》的題材是文學上永恆的題材，他寫家庭的盛衰，個人的進退，青春的短暫，生命的無常。都是人人會用，人人可用的題材，可是其感受與表現竟是前無古人後無來者的。

勞榦先生以為《儒林外史》曾有不為時代庸俗思想所囿的表現。我以為它是無從與《紅樓夢》相提並論的。《儒林外史》是一部諷刺小說，諷刺小說的題材可以是人性，可以是社會現象，人性是文學上永久的題材，可是社會現象則是暫時的平面的東西。《儒林外史》的失敗，就是它把握的人性太淺，他所注意的只是社會現象，光注意社會現象而加以諷刺，則幾近於黑幕小說，這可以說談不到有什麼文藝價值的。社會現象的諷刺，當這些被諷刺的社會現象都已不存在的時候，這些諷刺還有什麼意義？讀起來恐怕只是些低級滑稽而已。所以《儒林外史》的失敗，決不光是「結構卻是一團糟」；我覺得它是否夠得上說是一部第二流文學作品還有疑問，豈能與千古絕唱的《紅樓夢》相比。

自從唯物史觀在中國流行以後，談到藝術文學的價值往往愛用社會背景與時代意義來考核，這並不是不對，因為既然是人生，他就有社會背景與時代意義，可是這並不能測量所有的藝術作品與文學作品的。這因為有許多藝術的文學的題材正是超社會與超時代的。這就是說，這些題材是永恆的題材，是任何時代任何社會都存在的人生中的問題。

《紅樓夢》的課題正是文學上永恆的題材。作者的故事儘管放在一定的社會，一定的時代上，但是作者的課題不是在社會上不是在時代上，《紅樓夢》的作者因此不在時代上落墨而在時間上落墨。歐洲許多小說寫一個貴族家庭的崩潰與沒落是放在時代上社會上的，就是說，因為時代不同，社會變化，所以他不得不趨於死亡。可是《紅樓夢》作者處理賈府所以崩潰死亡則不如此，他把它放在物極必衰的自然律上，這也就是說放在時間上的。由於時間的推移，那群驕奢淫逸的老爺太太小姐公子們不斷的裡虧外空，以致無法避免滅亡。

所以，批評《紅樓夢》，相依社會時代的意義來測量往往是不著邊際的，用當時社會的庸俗的見解來衡量《紅樓夢》的內容尤其是空無所指。

一切文藝都對於現實不滿，這是對的。因此代表一個時代一個社會的文藝，他必是超於時代，因為時代與社會也正是現實的一面。這也沒有錯。但是許多藝術上永恆的題材則以整個人生為現實，他對於現實的不滿則是對於整個人生不滿。這就不是社會與時代的尺度所能夠衡量的。

小說裡一個社會一個階級的人物，是社會與時代的產物，這是不錯的。可是人性，則是永恆的。在《紅樓夢》裡，這個特殊社會特殊環境的人物，是遠離時代的生存了，其所以能夠活躍於紙上，讓現代的我們欣賞著，因為作者深刻地接觸了人性。《紅樓夢》作者對於這些人物的描寫刻畫，在表面的行動與舉止上從未使他們有失身分，可是在個性創作，心理塑型上則永遠緊依著人性。

人性是什麼，用孟子的話，是：「食色性也。」用現代的話來說，則是人性不外兩個本質：一個是求個體的生存，一個是謀種族的延續。一切人生的活動，儘管千變萬化，都不能超出這兩者的演變。把個體生存依附在階級解放，以此而解釋人類活動，那是馬克思主義；從種族延續看到性的壓抑，以此而解釋人類活動的則是佛洛依德主義。人性既然是任何時代任何社會的人類都有的本質，因此任何時代的任何社會的小說裡的人物，只要是接觸人性的，他就可為別個時代別個社會的讀者所欣賞，因此這也是文學上永恆的題材。

但是小說裡的人物，不是抽象的人性就可以站住，它還要個性。我們在理論上人性不過兩種不變的本能，可是在藝術創作上，它必須放在有血有肉的人身裡，這就是人物的個性。人性則是有人類以來就存在的一種性質，身分則是特定的社會時代環境的產物，而個性則是個體的生理心理所賦予的性質。

人物的創造，要有這三個成分，這是不錯的。但其中最容易注意到的則是第二種——身分。這因為身分這一項是可以有模型參考的。而人性與個性則是融化在個別人物身上作各種不同的表現，是不容易捉摸的。

所謂諷刺小說，僅作社會現象諷刺，用到人上，不過是身分的諷刺，這裡就談不到人物的創造，作者也談不到感受，談不到表現，所以也就談不到藝術價值。《儒林外史》人物創造的不夠，往往只限於身分上。因為他是諷刺社會現象的，就算表示超時代社會的進步思想，那麼《笑林廣記》，也正多這一類諷刺，難道也可以稱為文藝傑作嗎？

《紅樓夢》的主題是文藝上永恆的題材，它不是諷刺小說，它不必注重社會現象，《紅樓夢》的人物則是個個有充實的個性的表現的人物，這些人物正是賈府這個家庭一樣，他們並不是在時代中淘汰，而是在時間中消滅。《紅樓夢》所表現的不滿，不光是對於一個社會一個時代不滿，而是對於整個人生現實的不滿。在文藝永恆的題材上，作者對於時代可以說是不放在眼睛裡的，時代在永恆時間裡算得了什麼？在文藝永恆的題材上，他已經宣佈了一切都要死亡，也豈止預告了「這一種社會將要死亡」。所謂超越不超越時代這個批評標準，放在藝術文學作品上，所得到的往往是第二流作品。碰到第一流作品，如米開朗基羅的雕刻，貝多芬的音樂，莎士比亞的戲劇以及《紅樓夢》，那就無從量起了。

寫到這裡，我覺得有一件事情很有意思，即勞榦先生對於《儒林外史》的褒詞：「例如對於形式化的科舉制度，及冷酷的禮教的諷刺，預告了這一種社會將要死亡。」恰恰同一位王先生對於《紅樓夢》的褒詞一樣：「……通過高度藝術手腕，所唱出的貴族封建階級的輓歌。」、「……這部不朽的著作不止是描寫了一個貴族之家走向敗壞的三代生活，抑且卓越的描繪出封建貴族階級的無恥和墮落，進而明顯的暗示了封建時代的必然消亡。」

我覺得用這個公式作文學藝術批評的根據，則是太容易了，因為他到哪裡都可應用。任何文藝作品都有暴露社會，說到社會現象，或不滿社會現實的話，而任何社會都一定在變動一定要滅亡，因此我們用到哪裡都可以覺得合適的。

小說裡的一些對社會黑暗暴露，現象諷刺，可以說並不需要有什麼思想，更談不到超越時代的。報紙上有不少連環圖畫，茅廁上有許多粉筆聯句，老媽子廚房裡也有怨言，小官僚天天都在發牢騷，我們何嘗不可說這些都是：「預告了這一種社會將要死亡呢？」

自然，你可以說，文藝作品還需要加高度的技巧；可是文藝家有點技巧的很多，是不是揭點社會黑暗，挖苦一點社會現象就可以成為偉大的作品呢？

文藝作品，當其深切地表現作者在社會上的感受時，當然有希望改革社會的理想，也自然會引起社會改革的思潮。但這並非作者思想上超越社會。他的理想可說是沒有不早被世界思想家說到過的。這只是提出一個社會上壓抑的一種主張，如婦女參政，反對科舉，反對纏腳，解放農奴。這類文藝作品，自然也有偉大的，但這不是所有文藝作品偉大的唯一條件。因為許多偉大的作品我上面已經說過，它的題材是永恆的題材，不是時代所能包括的。可是，在這些所謂反映時代的小說之中，倒必須內含著接觸到永恆的人性或永恆的題材時，才配說是偉大。如果僅僅限於時代的社會現象，它不過是很庸俗的社會小說。《黑奴籲天錄》這本小說也夠動人，可是它之不足稱為偉大作品者就在此。

這就是說，所謂「不為社會上庸俗思想所囿」這個標準，能用在文藝作品的衡量上實在是很有限的。

三

上面的話，我不過是說我對於《紅樓夢》及其作者的評價，所以敢牽涉勞榦先生的意見，因為他是我的老同學，我是特別要就正於他的。

但因為談到《紅樓夢》對於人物的創造，這就很容易想到《紅樓夢》人物的對白。恰巧《文學雜誌》第三卷第三期有石堂先生一篇〈《紅樓夢》對話〉的文章，而他的文章裡面，竟把《紅樓夢》的對白與我的《風蕭蕭》裡的對白來對比，這怎麼不使我慚愧惶恐。這正如把一粒沙石放在金剛鑽的旁邊，有什麼比較的意義呢？

但是說到《紅樓夢》對白的藝術，倒是正接著我上面所說的人物創造上的話。

小說裡對白的成功，許多人好像只要求它符合身分，「像真人說話」、「會運用口語」，實際上這只是人物創造上最淺近的一步，這在第三流的內幕小說，以及落難公子中狀元私訂終身後花園這一類小說已經做到的。石堂先生注意到它還要符合一種要求——「另外還要有情節，還要隨時帶著情節發展」的要求。這當然是正確的。但還是說得很淺，因為這仍不是小說家最大的困難，這些還是表面的屬於技術方面的；屬於深一層的，則是對白要表現人物的個性，再進一層則要表現這人的個性在小說「事」的場合中的心理，再進一層則是對白創造事的場合中的空氣。這則是小說家真正的難題。

為符合身分，我們用各色人等的口語方言。小說家如果要在這方面努力，最好用一本簿子，帶在身邊，隨時聽到茶館裡市場上各種言語就記錄下來。如此訓練日子一久自然很有收獲。許多相信寫實主義的作家往往由此而見成就。

為符合「情節發展的要求」，這是與故事的發展不能分離，配合組織安排，這是任何藝術的基本要求。

至於個性在「事」的場合上的心理，與乎創造事的場合上的空氣，則是小說裡人物甚至是小說的靈魂了。

許多把符合身分的條件做得很完滿的對白，也只管很好地配合情節的發展，因為缺乏第三種的注意與努力，這就使人物陷於典型，沒有個性；壞人一開口是壞人，好人一開口是好人；諂媚只是諂媚，淫蕩只是淫蕩。等於平劇中紅臉花臉小花臉一樣，語言變成人的代表，而不是人的表現了。

要把對白表現人物的個性，這就不很容易。人的個性裡有人人共有的一種人性，也有基於不同個體而人人各殊的特性，自然還要因他後天的生活環境階級地位，對他造成的身分特徵。把這些化在一起，是一個活生生的人。這個人在事的場合上的心理反應，這時候對白比敘述更見效果，因此也就更不容易。再進而對白還要創造事的場合中的空氣。這往往就是用人物客觀的反應來代替作者主觀的敘述了。

羅勃史蒂文生說過一句話，說他創造的人物在小說裡往往自己活動起來，而變成不是他所能控制的存在。這句話倒是切實的經驗之談，因為小說裡人物的個性一經建立，他有他的情感與意志，作者不得不隨他自己發展。因此小說裡人物個性的活動，他很自然要牽動作者預想的情節與佈局。這當然是說人物的一切活動。對白是人物活動之一種，當它來創造場合上的空氣時（甚至來改變場合時），則正是所創造人物個性的要求，而作者的意志往往是強它不過的。

身分的表白是完全可以用作者敘述的，個性的表白作者也可以用借喻與過去的歷史來描摹。而人物在事的場合的心理反應，作者的描摹就不夠直接真切，因為這個人物已經自己能夠反應了。因此，對白的效用最見有力的，是用於事的場合上心理反應，與用於創造「事」的場合上的空氣。

因為這些關係，對白「像真人說話」，用「口語方言」所謂作者身分籍貫年齡階級職業的一種表現，許多作者就認為可以不必看重了。這種不看重對白「像真人說話」的作家雖是在寫實主義前早就有過，但要說到作家們認為運用口語方言表現人物後天身分只是一種小道，則是反寫實主義的一種理論。

原來要把對白寫得「像真人說話」，原是為了要逼真，即是寫實。可是寫實主義在理論上有一矛盾之處，就是小說根本無法寫實。小說所寫的只是回憶。

最能寫實的應當是繪畫了，但是反對寫實主義的人就說：「這是說謊，你所寫的現實，不過是現實通過你眼睛到你腦海中的印象。」又有人說：「如果繪畫只是寫實，那麼照相豈不更好？畫家的任務是要表現藏在現實形象深處的事物。」又有人說：「畫家所選擇的對象，乃是畫家的精神與對象的交流，因此畫家所表現的，乃是這被選的現實中畫家所貫注的生命。」

繪畫裡寫實都無法存在，那麼何況小說。如果小說的對白，只就活潑自然，配合籍貫的口語方言，那麼電影豈不是更好，要小說有什麼用呢？因為小說的文字根本就不能與電影的聲音相比。小說是回憶，不是記錄，所以無法做到寫實。回憶是什麼呢？回憶可以說是一種翻譯。每一個人都有每一個人的語言，我們的回憶就是把任何我們聽到見到的都譯成自己的語言，表為文字，這也就是風格。

即以電影來說，各國的電影，無論故事發生或開展到什麼地方，都是用本國言語來做對白的，現在美國電影有時也插一二句法語或華語，但是大都與情節故事沒有關係之處才採用。電影尚且如此，何況小說。

說電影是低級的東西，談不到藝術，那麼莎士比亞的戲劇，把那些丹麥、義大利各處的人都寫成說英文，又是怎麼講呢？戲劇都無法做到，怎麼能向小說要求？

譬如小說裡寫一個外交家或旅客，周遊世界，他自己可能會七八國語言。可是在小說裡，最多也只能用一句「他用德語回答說」，「用義大利話問道」，如果作者想賣怪，一本小說用十幾種語言的對白，這除了妨礙讀者的欣賞外，可以說一無好處。因此，這些對白，都是要翻譯成讀者自己的一種語言的。

小說既然原則上無法作記錄，也不是作記錄，而回憶只是一種翻譯，既是一種翻譯，碰到外國話對白時也一定是需要翻譯，那麼口語方言為什麼一定要保留著而不翻譯成普通語言呢？

現代心理學已經證明人的思想就是語言，文字不過是語言的記錄。我們的思想活動，可以說沒有一樣不是將所見所聞的現實譯作語言的。小說家對於現實的採納與表現，根本就是一個翻譯的程序，而欣賞者則又是從作者的文字經過了翻譯，變成自己的言語來欣賞的。

石堂先生在引了拙著《風蕭蕭》一段對白以後，他說：「若有人說它是外國小說的譯文（假定我們不知道它是徐先生的創作），我們是沒有理由不相信。」這話當然沒有錯。但如果舉《紅樓夢》裡的一段對話（假定我們不知道是曹雪芹的創作）說它是外國小說的譯文，我們有什麼理由不相信呢？我們最多也只能說這譯文高明而已。他說，《紅樓夢》裡的對話，在「句法上、詞彙上、味道上看，說它不是中國人的『話』是不成的」。那麼我似乎應當仔細看看石堂先生所引的那一段《風蕭蕭》對白裡的不是中國人的「話」的成分了。

句法上，也許不十分合於「口語」，但並無違背中國的文法。為什麼不是中國人的「話」呢？

詞彙上，對的。這裡的詞彙，的確有許多曹雪芹所不用的，我把它仔細地找出來：「跳舞」、「情感」、「理智」、「美感的距離」、「警告」、「色彩」、「意志」、「接近」、「解釋」。這些詞彙，我仔細想想，是不是可以用其他的所謂《紅樓夢》式「中國」味的詞彙來代替呢？但是竟找不出。這也許是我笨。但我竟發現了這些詞彙則正是現代人的詞彙。語言的發展是無形的，在這個時代，要避免現代人的「話」來要求「中國」味（實際上是古典味），真是不容易。我還非常科學地做了一份工作，我用了三星期的時間，在往來的朋友們對白中，看是否有這些詞彙的出現，我的記錄是這樣的：

「跳舞」——四千八百十二次。
「意志」——二千三百十一次。
「理智」——五千六十四次。
「情感」——五千七百八次。
「警告」——六千十九次。

「色彩」——五千一百六次。
「接近」——六千五百次。
「解釋」——四千九百次。
「美感的距離」——三十四次。
「衛星」——一萬六千多次。（這是因為蘇俄人造衛星成功的關係。）

除了「美感的距離」以外，這些字匯竟是很普通的在流通了。

味道上，我不知道道地中國話應有什麼味道。我以為用中國文字，照著中國文法表示一種思想或感情，一定是中國味道。這正如用中國材料，照中國燒法燒出來一定是中國菜一樣的正確。但是現代的味道自然與過去的味道不同，這不同，怎麼可說現代的不是中國的味道？言語無異於流水，有接觸有溝通就必有變化，也豈止中國為然。老實說，言語就因為溝通接觸而豐富。舊的言語因為多用而成陳腐的不知有多少，如「亭亭玉立」、「如花似玉」之類，現在用起來就已經變成不明朗了。

用過去中國味道來衡量現代的中國文字，那麼任何文章哪裡還有「中國味道」呢？石堂先生可以細讀三遍他自己的「假如我們不知道他是徐先生的創作」這句簡單的話，其「句法」、「詞彙」、「味道」夠得自己所說的「中國味道」麼？

四

上面所說小說家在對白上把口語方言運用得流利活潑，不過是小道，有時反是欣賞的阻礙。這因為文學的欣賞在空間與時間上要求普遍與永久。而口語方言，非深通這地域上的口語方言者不但無從欣賞，甚至無從懂得。我們看翻譯小說，所以可以欣賞其文藝的美者，因為他的美並不在於原文的口語方言；身分背景的表現，靠「對白」的表面成分可說是很浮淺的。譬如我們讀譯本的俄國小說，一個俄國貴族說話明明是中文英文，我們怎麼並沒有懷疑他不是俄國貴族呢？這因為我們的欣賞在心理過程上很自然的是經過一層翻譯程序，我們用自己的言語在讀文字。這可見作家在表現俄國貴族身分的並不完全靠他「對白」的口語了。《水滸傳》裡的許多方言與口語，現在我們讀起來，有很多不懂。這也是這些方言口語變成欣賞的阻礙的證據。即使有深通這些方言口語的人來讀，有時候也不一定是好。這因為方言口語的字眼往往不是常用的字，在聲音上我們因為是同鄉，所以懂，可是在文字上看起來我們可能比看普通文字還陌生。這時候，欣賞翻譯的程序就需經過兩層。本來我習慣於從普通文字譯成我自己的語言，就可以欣賞，如今則必須先譯成普通文字，再譯成自己的言語了。

幸虧欣賞並不要求小說裡的對白「像真人說話」，否則不要說我們讀翻譯小說，看到俄國貴族說「中文」，會哈哈大笑。即如《紅樓夢》，發現林黛玉的對白竟是自己的聲音，豈不駭死人？我們說《紅樓夢》《水滸傳》的對白成功，說只在他們像真人說話。這倘若不是一句看輕《紅樓夢》《水滸傳》的話，就是自己是一個不懂得小說的外行話。

偉大小說的對白之所以成功，可以說都是我上面所說的三點的成功，因為這才是藝術的成就，不是技術上的小功夫。

這三點就是：第一，對白表現人物的個性；第二，對白反應個性在「事」的場合上的心理；第三，對白創造「事」的場合上的氣氛。《紅樓夢》當然不是例外，即以石堂先生所引為印證的話為例：

那鳳姐……端端正正坐在那裡；手內拿著小銅火箸兒撥手爐內的灰。平兒站在炕沿邊，捧著小小的一個填漆茶盤鍾兒。鳳姐也不接茶，也不抬頭，只管撥那灰，慢慢的道：「怎麼還不請進來？」一面說，一面抬身要茶時，只見周瑞家的已帶了兩個人立在面前了，這才忙欲起身；猶未起身，滿面春風的問好，又嗔著周瑞家的：「怎麼不早說！」劉姥姥已在地下拜了幾拜，問姑奶奶安。鳳姐姐忙說：「周姐姐，攙著不拜罷。我年輕，不大認得，可也不知是什麼輩數兒，不敢稱呼。」周瑞家的忙回答：「這就是我攙回的那個姥姥了。」鳳姐點頭。劉姥姥已在炕沿上坐下了。板兒便躲在背後。百般的哄他出來作揖，他死也不肯。鳳姐笑道：「親戚們不大走動，都疏遠了。知道的呢，說你們嫌棄我們，不肯常來；不知道的那起小人，還只當我們眼裡沒人似的。」劉姥姥忙唸佛道：「我們家道艱難，走不起，來到這裡，沒的給姑奶奶打嘴，就是管家爺們瞧著也不像。」鳳姐笑道：「這話沒的叫人噁心；不過托賴著祖父的虛名，做個窮官兒罷咧。誰家有什麼？不過也是個空架子。俗語兒說的好，『朝廷還有三門子窮親呢，』何況你我？」說著，又問周瑞家的：「回了太太了沒有？」周瑞家的道：「等奶奶的示下。」鳳姐兒道：「你去瞧瞧。要是有人就罷；要得閒呢，就回了，看怎麼說。」周瑞家的答應去了。這裡鳳姐叫人抓了些果子，給板兒吃，剛問了幾句閒話時，就有家下許多媳婦兒——管事的——來回話。平兒回了。鳳姐道：「我這裡陪客要緊呢，晚上再回來，有要緊事，你就帶進來現辦。」平兒出去一會進來說：「我問了，沒什麼要緊的，我叫他們散了。」鳳姐點頭。只見周瑞家的回來，向鳳姐道：「太太說：『今日不得閒兒。二奶奶陪著也是一樣。多謝費心想著。要使白來逛逛呢，便罷；有什麼說的，只管告訴二奶奶。』」劉姥姥道：「也沒什麼說的，不過來瞧瞧姑太太姑奶奶，也是親戚們的情分。」周瑞家的道：「沒什麼說的便罷；要有話，只管回二奶奶，和太太是一樣兒的。」一面說，一面遞了個眼色兒。劉姥姥會意，未語先紅了臉；待要不說，今日所為何來，只得勉強說道：「論今日初次見，原不該說的；只是大遠的奔了你老這裡來，少不得說了……」剛說到這裡，只聽二門上小廝們回說：「東府裡小大爺進來了。」鳳姐忙和劉姥姥擺手，道：「不必說。」一面便問：「你蓉大爺在哪裡呢？」只聽一路靴子響，進來了一個十七八歲的少年，面目清秀，身段苗條，美服華冠，輕裘寶帶。劉姥姥此時坐不是，站不是，藏沒處藏，躲沒處躲。鳳姐笑道：「你只管坐著罷，這是我侄兒。」劉姥姥才扭扭捏捏的在炕沿兒上側身坐下。那賈蓉請了安，笑回道：「我父親打發來求嬸子。上回的那架玻璃炕屏，明兒請個要緊的客，略擺一擺就送來。」鳳姐道：「你來遲了。昨兒已經給了人了。」賈蓉聽說，便笑嘻嘻的在炕沿上下個半跪，道：「嬸子要不借，我父親又說我不會說話了，又要挨一頓好打。好嬸子，只當可憐我罷！」鳳姐笑道：「也沒見我們王家的東西都是好的；你們那裡放著那些好東西，只別看見我的東西才罷，一見了就想拿去了。」賈蓉笑道：「只求嬸娘開恩罷！」鳳姐道：「碰壞一點兒，你可仔細你的皮！」因命平兒拿了樓門上鑰匙，叫幾個妥當人來抬去。賈蓉喜的眉開眼笑，忙說：「我親自帶人拿去，別叫他們亂碰。」說著便起身出去了。這鳳姐忽然想起一件事來，便向窗外叫：「蓉兒，回來。」外面幾個人接聲說：「請蓉大爺

起親戚來，原該不等上門就有照應才是。但只如今家裡事情太多，太太上了年紀，一時想不到是有的；我如今接著管事，這些親戚們又都不大知道；況且外面看著雖是烈烈轟轟，不知大有大的難處，說給人也未必信。你既大遠的來了，又是頭一遭兒和我張個口，怎麼叫你空回去呢？可巧昨兒太太給我的丫頭們作衣裳的二十兩銀子還沒動呢；你不嫌少，先拿了去用罷。」那劉姥姥先聽見告艱苦，只當是沒想頭了；又聽見給他二十兩銀子，喜的眉眼笑道：「我們也知道艱難的，但是俗語說的：『瘦死的駱駝比馬還大呢。』憑他怎樣，你老拔一根汗毛，比我們的腰還壯哩！」周瑞家的在旁聽見他說的粗鄙，只管使眼色止他。鳳姐笑而不睬，叫平兒把昨兒那包銀子拿來，再拿一串錢，都送至劉姥姥跟前。鳳姐道：「這是二十兩銀子，暫且給這孩子們作件冬衣罷。改日沒事，只管來逛逛，才是親戚們的意思。天也晚了，不虛留你們了。到家，該問好的都問個好兒罷。」一面說，一面就站起來。

在這一大段對白中，第一層是一個陌生窮苦的老太婆到榮華富貴的親戚來求救濟，由一個大家富豪的少婦來接見。

如果只是一個老少、貧富貴賤的對比，（身分）這不是什麼困難。困難的是第二層劉姥姥雖是貧窮粗鄙，但是飽經世故胸有成竹的女人；鳳姐雖大家少婦，但是一個幹練機智潑辣風騷的人。（個性）與第三層是場合變化中的心理反應，（心理）與由此而轉入場合中的新的氣氛。

像這樣的對白，如果只表現前者，第二三流的作家都可以寫得很好。可是第三層就不是平常的人所能寫好了。

照劉姥姥的情形，雖是為求助而來，但是到了裡面，一定會說不出話來的。要照顧這個心理上的事實，所以第一用「周瑞家的遞了個眼色兒」，由她「會意」、「紅臉」於是開口；於是她推板兒道：「你爹在家裡怎麼教你的——」但是雖是這樣，作者還是沒有使劉姥姥把話說出，而鳳姐已經笑著說：「不必說了，我知道了。」我覺得這句話很表現鳳姐的個性，作者用一個「笑」字接了這樣一句話，襯出鳳姐的風度。更妙的是鳳姐打斷了話馬上問劉姥姥有沒有吃飯。這因為鳳姐還不知道劉姥姥究竟同賈府是什麼關係，不能定怎麼樣打發。就在劉姥姥去吃飯的時候，她問了周瑞家的，才定了二十兩銀子的數目。

為表現劉姥姥，周瑞家的與板兒演了一個重要的角色。

為表現鳳姐，陪襯的人周瑞家的以外，由平兒回來回管事的回話的對白。這是對於「事」的場合中空氣的創造。賈府這份氣派，幾乎使劉姥姥不敢說出來意，所以她只說：「也沒什麼說的，不過來瞧瞧姑太太姑奶奶，也是親戚們的情分。」於是周瑞家的下面提醒的話就來了。

但是這還不夠，這裡使鳳姐性格突出之處，是賈蓉的陪襯。鳳姐在生人面前，當然落落大方，句句話有分寸，無法插入她另外一面的性格。（倘在劉姥姥對白中插進去，那就是第三流的筆觸了。）

曹雪芹用了一個賈蓉。這個十七八歲漂亮的小侄子與鳳姐嬉皮笑臉的對白放在與劉姥姥長長的端莊大方的對白中，真顯得無限風韻，這才不是第二流筆所想得到的。鳳姐聽見賈蓉要來，就對劉姥姥搖手：「不必說了。」這是一個事的場合中的心理反應。以後賈蓉進來，大段對白，句句見聲見色，就變換了整個場合上氣氛。這豈是什麼如「真人說話」或是「十足口語」所能完成的？

她第一句可以說是撒嬌：「你來遲了。昨兒已經給了人了。」這句話很普通，文字究竟是文字，雖用了標點符號，還不是說話可以由重輕抑揚來表達。作者並沒有寫鳳姐的表情，但接著就寫賈蓉笑嘻嘻的在炕沿上下個半跪，這可見鳳姐這句話決不是很端莊地說的，而且他們平常就是這樣開玩笑慣的。

鳳姐第二句話：「也沒見我們王家的東西都是好的——」這就表示鳳姐的低俗了。王家的東西？怎麼不是賈家的東西？即使是你陪嫁過來的，此處又何須點明。這氣氛可以說要點在打情罵俏。

鳳姐的第三句話：「碰壞一點兒，你可仔細你的皮！」這正是鳳姐的潑辣口吻，雖像厲聲厲色，可是玩笑也更大了。

同美秀的少年侄子這樣一問一答的開玩笑，風情已經畢露，然而作者還不夠，畫龍點睛還在賈蓉走後，向窗外叫他回來。於是，出了半日神，忽然把臉一紅，笑說：「罷了你先去罷。晚飯後，你來再說罷。這會子有人，我也沒精神了。」（「晚飯後，你來再說罷。」不見得是口語。但寫盡了鳳姐當時的心理。）

把這個鳳姐與同劉姥姥對白的鳳姐對比看看，才出現一個活龍活現的鳳姐。她在賈蓉出場後的心理反應，以及整個場合上的空氣的轉換，對白發揮很大的效力。

鳳姐在與劉姥姥全部對白之中，沒有一句不是有身分有禮節而落落大方的，也沒有說錯一句話。但是有一句話是出格的。這就是一聽到二門上小廝回說：「東府裡小大爺進來了。」她馬上和劉姥姥搖手，道：「不必說了。」而一面便問：「你蓉大爺在哪裡呢？」這些地方都是作者刻畫鳳姐心理反應的微妙處。

五

上面所分析《紅樓夢》那一段對白的微妙處，可以說完全不在他的十足的中國味道中國詞彙中國句法，而是在他如何運用對白創造空氣，如何運用對白表達性格與心理的波瀾。如何把它譯成英文，拋去中國味道詞彙與句法，我相信，仍是可以為懂得英文的讀者所欣賞的。

《紅樓夢》的對白，是不是處處都在用二百年前當時的北平方言？實際上恐怕不盡然。我也仍舊只是用石堂先生那篇文章所引用的小小幾段來說。

如雨村與士隱的對白：

> 老先生倚門佇望……
>
> 非也，適因小女啼哭，引他來作耍，正是無聊得很。賈兄來得正好，請入小齋彼此閒可消此永晝。

這裡如「倚門佇望」，如「非也」，如「適因」，如「消此永晝」，我想二百年前的談話，也決不是這樣的。

又譬如張友士論醫的話：

> 看得尊夫人脈息，左寸沉數，右關沉伏；右寸細而無力，右關虛而無神。其左寸沉

數者，乃心氣虛而生火；右關沉伏者；乃肝家氣滯血虧……或以這個為喜脈，則小弟不敢聞命矣。

這顯然更不是口語。

如果因為這些地方用了書本上的詞彙，因而批評曹雪芹不會運用對白，那豈不是因名畫上多了一二點灰塵，而怪畫家多畫了兩點，一樣的可笑了。

言語是隨時代與地域的變化，而對白成就的力量並不受時代與地域的限制。

司馬遷的《史記》是兩千年以前的作品了，他以文言所寫的對白，應當我們現在來看覺得不夠生動活潑了吧。但是並不，舉例來印證：《項羽本紀》：

秦始皇游會稽，渡浙江，梁與籍俱觀，籍曰：「彼可即而代也。」梁掩其口，曰：「毋妄言，族矣！」

這短短的兩句對白，真是不但表現出項羽的性格，而且也表現出這性格對於這個場面的心理狀態，而項羽的一句話，寥寥幾個字，也已創造了當時觀秦皇渡江的空氣。像這樣的例子，在《史記》、在《左傳》、在《戰國策》……在無數中國經史子集中，真是俯拾即是的。如果我們以為既然這些不是口語，何不用敘述手法，豈不經濟？那可為真是完全不知道文章上用對白的意義了。

對外國文學的翻譯，中國已經有了不少。在小說中，任何人都可隨便翻到裡面的對白，即使稍稍譯得生硬一點，但仍可以為我們所懂所欣賞，這也用不著我來舉例。其原因就是作者運用對白上的成功，是因為他必是表現了人物的個性與心理或者創造了場合上的空氣，並不僅僅要靠口語表現國際身分與階級地位的。觀念限於庸俗的寫實主義，用人物的身分、籍貫、階級衡量對白的意義，那就等於以風聲雨聲去衡量交響樂裡的象徵一樣的可笑。

在莎士比亞的劇作中，掘墳墓的人發出哲理的對白當然是不現實。十五六歲的林黛玉論文論詩，獨具見解，豈是可能？她與薛寶釵「你一言我一句，『交戰一番』，其含蓄鋒銳，恐怕是現實生活中二十歲的姑娘都說不出的」。又豈是「聰明」兩個字可以解釋。在大陸解放以後，文藝作品裡對白曾經吸收無數的口語方言，表面上作品的確多了一點色澤，可是內容是什麼呢？所表現的又是什麼呢？主題是口號，人物是死呆的，意義是教條的。我並不是說寫實主義就沒有好的作品，我也並不是說對白絕對不必描摹，我只是說：寫實主義在理論上是無法站住，而這也正是寫實主義衰微的原因。對白的描摹，不管你多麼真切，可是這於小說的成功的幫助是太有限了。

上面說過最近因為有許多新的材料的發現，《紅樓夢》考證上的研究有不少的成就。但是對於曹雪芹在《紅樓夢》中藝術上的成就，則很少有人作分析的研究。石堂先生「《紅樓夢》對話」實在是一個很好的題目。但是可惜沒有論到它的對話在藝術上的效果。這句話仔細推敲，也是很含混，因為即使是論文，如石堂先生的那篇文章，在我讀來也是真的人真的話。因為文字，凡是我懂得的不過是一種言語，怎麼會不是真的話呢？僅僅把《紅樓夢》裡的對白同二百年前北京話或者與現代人說話作比較，那是無從瞭解它的對白藝術上運用的成就的。好的文章譯成任何文字都可以被人欣賞，《紅樓夢》如果只限於近乎口語運用，那就太低估《紅樓夢》了。運用口語成功而為人欣賞的小說，恐怕要算《九尾龜》了，但是，它在文學上講，有什麼價值呢？

六

至於拙著小說裡的運用對白，那是不足為訓的，與《紅樓夢》放在一起，自然更顯出我的低能。可是說我的對白的句法詞彙與味道都是濃重的洋味兒，那可真使我不知怎麼了。原因是我寫的英文、法文或者說幾句洋涇浜的英語法語別人都說是充滿中國味兒；如今有人說我的中文裡是「洋味兒」，豈不是叫我不知適從了麼？為證實石堂先生這個論斷，我只得廣泛地去請教幾個朋友。有幾個朋友是正面的，可以舉其中一個的話為代表，他說：

這話沒有錯啊。但是我們平常所說的話都帶著洋味兒，比方說：「你明天給我一個電話，我再告訴你是不是有事。要是有事，我就不可能同你一道去了。」這種話如「給我一個電話」，「不可能同你去」，都是帶洋味兒的。

有幾個朋友則是站在反面的，可以舉其中一個的話為例，他說：「白話文嗎，都是這樣。」

仔細歸納一下，得一個結論：凡是認為我小說裡對白有洋味兒的朋友竟都是會點洋文的朋友。而不認為我小說裡對白有洋味兒的倒是完全不懂洋文的朋友。這使我頓然悟到，文字語言的演變是自然的，是跟著社會的演變而來。知道洋文的人也就想到了洋文；不知道洋文的人則直截了當就承認了這是白話文了。這好像是我家外祖父看到父親吸紙煙就認為是「洋派」，也正像民國初年前輩看到剪了頭髮的人是充滿「洋味兒」一樣。因為他們開始看到紙煙是洋人吸的，開始看到無辮的人是洋人。但到了我們這一代，看到父親輩早已在吸紙煙同沒有辮子了，因此就覺得這些是中國人自己的事情，同洋味兒沒有什麼關係。倒是看到留著辮子，吸著旱煙筒的人覺得是滿清的遺老，不是異族的感覺，也是歷史的感覺了。

不留心，不知道；一留心，就暫且使自己托上辮子，看看別人的作品是不是充滿「洋味兒」呢？就以第三卷三期的《文學雜誌》為例，從第一篇開始，除了寫明翻譯的不算（因為這些似乎是特許可有洋味兒的）以外，我隨便摘一句，看這些作家們是否有「洋味兒」呢？請瞧：

但有了浪漫主義和作品這觀念，就使浪漫時期的確定發生了困難。

——第一篇，張沅長作。

夜安夫人們，夜安，嬌美的美人們夜安，夜安，這樣子一個繁華的夢消逝了，只剩了使人微笑的追憶，和談話的資料。

——第二篇，梁文星作。

某時代的「文藝思潮」，政治經濟對於文學的影響，某作家的政治理想與其人生哲學——這些題目我們不能否認是屬於文學批評的範圍，而且二十世紀的批評家仍舊不斷地有人介紹討論著。

——第三篇，夏濟安作。

他在生活和行動上追求盡善盡美和真實；恨不得有一個特別的世界，單單為滿足他藝術上的需要而設——雖然這樣一個至高的藝術境界未必是另外一個藝術家所滿意的。

——第六篇，思果作。

但他不能從醜惡的現實奔向他日夕嚮往的東西——「那陽光炫目色彩鮮麗的地方」，所以唯有全心灌注藝術上，從那裡他能獲得真正的安慰和希望。

——第七篇，林光中作。

天氣陰沉得像重傷風的鼻涕，膩膩的，逗引得他的情緒如當年錯過了女朋友的約會一樣懊喪。

——第八篇，何言浩作。

我們讀《紅樓夢》，不管是為了欣賞，還是為了寫作的目的去研究，若不能看出「對話」對於這部小說成為不朽名著的重要性，那是很可惜的。

——第九篇・石堂作。

「明天就要死。」細細想來對於我們是一種新鮮的感覺，試想假如有那麼一天，一個權威的天文學家向全球提出警告說：「地球明天將會與什麼什麼星球相撞，全球生物，連一個螞蟻，都無法倖免。」

——第十篇，劉紹銘作。

爸爸有點動心了，可恨那倒楣的梅阿姨不知怎麼的年年把我的生日記得這麼牢，她在早兩天就送了一個大洋娃娃給我。

——第十一篇，陳秀美作。

除了譯文以外，沒有遺漏，全部三卷三期的《文學雜誌》的每一篇作品我都引到了。因為篇幅有限，我每篇只引一句，《文學雜誌》的讀者，自然不難找出幾十句的。有目共賞，這些文句，連石堂先生自己的作品也在內，有哪一篇不是帶著石堂先生所說的「濃重的洋味兒」的呢？其句法、詞彙、味道，恐怕許多即使說明是創作，或許還無法令人相信不是從翻譯來的呢！這只是說明，現代中國的文字語言已經不是以前的文字語言了，沒有任何人可以阻止它改變。一定要說是「洋味兒」，那麼一照鏡子，自己也正是一身「洋味兒」呢。

從香港到臺灣，那當然回到中國。可是臺灣的小姐正都是充滿日本味道呢！不但如此，因為氣候的關係，居住房屋的關係，許多從內地去的人也染上日本味兒。他們房間的佈置，衣著，進門換拖鞋等等的習慣都使他們的談話動作有了改變，可是我同他們交往則仍是充滿著中國的情味。

在臺灣，《文學雜誌》社曾經請我吃飯，那天到的客人有三桌，少說也有三十個人吧？我已經記不得是否有人穿著中國的長衫，所能回憶的則都是穿著西裝或夏威夷衫。我們的交談一點沒有華洋不同的感覺，要是阿Q在座，恐怕要被罵為一大群「假洋鬼子」了吧。

時至今日，再要把句法劃分中西，詞彙拘泥華洋，甚至「聽敏」也要別以「洋聽敏」，恐怕也太「閉關自守」而「望洋而嘆」了。其實，世界各國的語言文字，在句法詞彙上，哪一國不是經常的在受外國語言文字的影響？要是有一種文字言語一直不受外國的影響，這一種言語文字一定是垂於死亡。有了蒸汽機以後，沒有「蒸汽機」這個概念的文字與言語，就是這個民族還不知道這個事實。有了「氫氣彈」、「人造衛星」以後，如果沒有代表「氫氣彈」、「人造衛星」這些概念的文字語言，就是這個言語文字已經為人類所棄置了。我們能因為物理學上來了「中子」、「質子」，經濟學上來了「剩餘價值」、「邊際效率」，美學上來了「美的距離」、「感情移入」的一類新概念，而認為表現這些概念的詞彙都是「洋味兒」麼？

現代的英語、法語、德語、俄語……其演化變遷的歷史所告訴我們的，還不是因貿易因戰爭而彼此交流，互相影響，吸收擴充而形成的。只要以sputnik這個詞來說，現在英文法文德文日文都已普遍地吸收，而且已經是被當作動詞來運用了。語言上的詞彙與概念越擴充越增加得快，越顯得這個民族有進步。這是無法否定的事實。這些吸收溝通，是極其自然而寶貴的事情，「中」、「外」、「華」、「洋」劃此分彼，守舊非新，那麼我們恐怕只好回到三皇五帝的時代，或者說最好回到穴居時代，甚至廢棄文字，說我們中國本來就沒有文字，為保持「中國味」，我們不用文字，當然最為澈底。

我是最笨的人，中國聰敏固然沒有，何來「洋聰敏」？要是這是一個不帶譏笑的名詞，我想應該給我們今年得諾貝爾獎金的兩位物理學家吧。雖然他們已經入了美國籍，完全是洋人了，但是招待歡迎之中，我們對他們的洋聰敏總還要拉點血統之聯繫吧。

我的作品與《紅樓夢》之比，在文學藝術上講，雖是沙粒與鑽石之對照，但若文字言語上講，那無疑的是我的要比《紅樓夢》的為進步，更足代表現代中國人的文字言語，這理由很簡單，因為曹雪芹是二百年以前的人，而我是現代的人。勞榦先生所說的「《紅樓夢》只代表二百年前的一種北平方言……」，而我所寫的文字言語則代表了國語已經廣泛地普及以後，受了各種科學名詞與新思潮洗腦禮後而產生的一種「普通話」。說曹雪芹的文字言語比我更代表現代中國，這話應該是出於兩百年前的人們的嘴才對。只要翻開任何一本臺灣出的書刊，把我的文字同《紅樓夢》的文字來比。即以《文學雜誌》為例，誰都可以看出裡面的文字與我的遠比與《紅樓夢》的要接近。什麼是「現代中國人的文字言語」，不用說，即是「現代中國人普通流行的文字言語」，也可說是現代報章書刊，包括《文學雜誌》多數所用的文字言語。而與這些比較接近的我的文字言語，怎麼說比《紅樓夢》的文字言語要遠違現代中國的文字言語呢？我這話，自然與《紅樓夢》的文藝價值無關。

莎士比亞所用的文字言語，當也不是現代的英文；我們從來不說現代的英文充滿了「洋味兒」，因為它受了許多別國言語文字的影響，也不硬認為莎翁的英文才是英國詞彙、英國句法與英國味道，而我們還是可認為莎士比亞作品的光芒照耀全世。

我常見道地的北平人，打著滿腔京腔說，只有他的話代表真正的國語，以為他的話才是中國句法，中國詞彙與中國味道，可是他並不能同我們談到現代科學上的許多問題；等到他學上了現代各種科學上許多詞彙，他的話也就有了洋味兒。所謂「中國味道」也失去了。（事實上是他接近了現代的中國言語的味道。）下面可以舉一個很普通的例子：

你的病恐怕是腎臟發炎，吃消炎片也許有用，可是頂好還是去打一針盤尼西林，我倒認識一個德國醫師，他叫司巴得司拉維克，他的一個診所在西門町，恰巧是一個可口可樂霓虹燈廣告的對面；一個在羅斯福路，門上有一塊塑料的牌子，就寫著他的名字……

這一段話，用十足京腔的人來說，恐怕也變成了普通的國語，請曹雪芹來寫，恐怕也就接近了我們現在所寫的文字。但是這是一段太簡單的日常的話語。複雜一點的如果談到人造衛星、火箭、心理變態、美學、哲學上的唯心唯物、文學上的浪漫主義寫實主義？……不管他發音的京腔多濃，中國舊味道恐怕也就沒有了。

最大的原因是現代中國話的詞彙變了，豐富了，也擴大了，而不用說，許多詞彙都是外國來的。以前我們談天下大事用不著「聯合國」、「阿拉伯」、「中東問題」、「艾森豪威爾」……這些詞彙，現在無法不用。以前談醫藥用不著說：「腎臟炎」、「盤尼西林」、「消炎片」……現在也無法避免。以前談地名，東城西城，長安街，騾馬市街……現在不得不用「西門町」、「羅斯福路」；這裡還有「霓虹燈」、「塑料」、「可口可樂」一些我們都無法避免的字眼。

其次，我們的生活變了，我們住洋樓或者日本房子，咖啡店代替了茶館，我們也有了各種工廠，我們有國際貿易，我們有大學——大學裡有文學院、理學院、醫學院，我們用洋貨有各種牌子，這些生活上的變化，不但詞彙增多，而句法也因而有了改變。

其次我們的服裝打扮都變了，舉動也變了。以前我們用「拂袖而去」，現在已經無袖可拂；以前「袖手旁觀」，現在只能說：「兩手插在褲袋裡在旁邊看」。以前「手內拿著小銅火箸兒撥手爐內的灰」，現在也許只能說：「手內拿著手帕揩橡膠熱水袋口上的水」……

其次我們的客套禮節都變了。拱手長揖已變成握手；寒暄話早已減縮；寫信也用不著八行；諸如此類都影響我們文字言語的味道。

但是這些新的味道正是現代中國味道，如果說這些味道就是「洋味兒」，那也是生活上、經濟上、學術上……外來的味道。生活上政治上經濟上學術上……的各種交流與輸入，在現在世界內既無法也不能阻止，要僅僅輕視文字語言之新氣息而以為舊的是中國句法詞彙味道，這不是很可笑嗎？

七

要是把「洋味兒」的「洋」字廣義地解釋作「外來的」，那麼我敢說《紅樓夢》裡的所用的言語實在也是十足充滿「洋味兒」的。這因為《紅樓夢》的產生，在二百年前，那時滿人統治中國已有幾十年，而曹雪芹又是旗人，儘管滿人用漢字，但我們敢說他們言語的「句法」、「詞彙」、「味道」對固有的能沒有影響改變嗎？這只要我們拿明代的戲曲與小說與《紅樓夢》相比，馬上可以發現其文字言語的句法詞彙味道上的不同的。

滿人統治漢人二百六十多年，歧視漢人壓迫漢人也不可謂不厲害。為什麼他們影響了我們的文字言語，而我們要認為「道地的中國味兒」呢？

那麼要「道地的中國味兒」，就需要一直追溯上去，元朝是蒙古人統治中國，元以前有金有遼，再加溯還有五胡亂華，當時鮮卑語風行得像現在的美國話，最後恐怕只有學漢魏古文才是「道地的中國味兒」了。那麼為什麼對於這許多外來語影響，特別受過滿清影響的言語文字不覺得是「洋味」呢？這因為我們習慣了，我們也沒有去比較。如果在《紅樓夢》出世之時，有一個一直隱居鄉間明末隱士的後裔讀到了這部書，他一定也會說他是充滿著「洋味兒」的。這正如清末民初的人看到穿西裝的人，會罵他「假洋鬼子」。可是他正沒有想到他身上的長袍也正是異族輸入的服裝，對鏡一看，仔細想想，也就會覺得自己也是一個「假洋鬼子」了。

文字言語是依著生活的變化而變化、發展而發展，是自然的流動的東西，即使現在宣統重新登基，也無法叫《文學雜誌》的文體句法味道回到了《紅樓夢》的文字的味道。許多詞彙的增多，固然無法阻止，許多詞彙的淘汰與變易也是無從防禦的。

現在我且把上面所引那段《紅樓夢》中的一些已淘汰與快淘汰的句法詞彙列在下面：

「周瑞家的」現在普通話很少用「什麼的」去代表人，即如「掌櫃的」、「看門兒的」都說成掌櫃，門房。「周瑞家的」就需說「周瑞家的媳婦」或「周瑞家的老婆」。

「要得閒呢，就回了，看怎麼說。」這個「回」是「回話」的意義，現在普通話恐怕要用「報告」或「請示」。「就有許多媳婦兒——管事的來回話。」、「媳婦兒」現在普通話裡也業已淘汰，「回話」同上條。

「有要緊事，你就帶進來現辦。」、「現辦」在普通話裡沒有這樣用法。

「……來到這裡，沒的給姑奶奶打嘴……」、「沒的給姑奶奶打嘴」這是道地北京話，連我也不知道它的確實意思，現在或者該說：「沒有帶禮物來送姑奶奶」吧。

「因他爹娘連吃的沒有，天氣又冷，只得帶了你侄兒奔了你老來。」現在普通話或者應譯成：「因為他爸爸媽媽連飯都沒有吃，天氣又冷，只得帶了你侄兒來求靠你了」。

「快傳飯來。」普通話：「開飯」、「快叫他們開飯來。」，「傳」字已經沒有人用了。

「改日沒事，只管也逛逛。」這「逛逛」兩字，普通話裡，現在也沒有這樣用法了。這些句法詞彙並不是特殊的名詞如「炕沿邊」、「小銅火箸兒」，但是如果給在臺灣的大中學生來閱讀，恐怕已經要一一翻譯或詳加注解了。

我們這一代可以讀《紅樓夢》，但讀元曲南曲，困難就多了。下一代人讀《風蕭蕭》決不會感到困難，可是讀《紅樓夢》，就不是這樣容易了。這因為時代在演進，言語文字同人類一樣，它們也是在配合結婚生子。希特勒想找純亞利安種的人都感困難，石堂先生想辨別什麼是真正中國的句法詞彙與味道恐怕更不容易了。

認為《紅樓夢》的言語比《風蕭蕭》更有中國味道的石堂先生，他那篇文章的題目是：「《紅樓夢》的對話」。這「對話」兩字就不是中國詞彙。比方現在有人寫小說，來下面幾句「對話」：

「您看見過臺灣出版的第三卷第三期的《文學雜誌》了嗎？」

「昨天美國新聞處寄了我一本。」

「裡面有一個作家寫了一篇〈《紅樓夢》的對話〉，他是誰啊？」

「……」

你說這是《紅樓夢》式的中國句法詞彙與味道嗎？自然不是。可是再看下面：

「昨兒您去廣和樓了嗎？」

「是啊，戲真好啊！」

「余叔岩梅蘭芳那幾句道白，真是沒有話說。」

「……」

夠中國味兒了吧？可是京戲裡的說白叫道白，而石堂先生的題目不是「《紅樓夢》裡的道白」，上面的對白裡如果把「對白」改作「道白」就顯得說話的人把題目弄錯了。而不用說，「美國新聞處」雖沒有「廣和樓」夠中國味道，但是無法改為廣和樓；「第三卷第三期的《文學雜誌》」自然更不是《紅樓夢》的語匯所有的。

這就是說「對話」這個詞彙，雖是充滿洋味兒，現代人用起來倒比「道白」方便些，我們改了舊有的，自己往往不知道。

這也可見新的詞彙是怎麼在無形中代替舊的詞彙了。

八

中國推行國語，以北平話為骨幹，但到現在，言語的統一已經完成了十之七八，但所流行的普通話究竟不是北平話。旗籍作家老舍常常以他的北平話道地，表示他的小說的優越，而我獨討厭他小說裡「貧嘴」式的北平腔。小說裡偶而點綴一點口語方言，固然也可使小說多點色澤，但常常耍弄，就等於在小說裡作詩填詞賣弄學問一樣，只顯得小說的空虛了。

現在香港的作家們，受廣東話影響很大，作品裡就摻雜了許多廣東詞彙，最近雷震先生一篇文章，「餛飩」就被編校的人改為「雲吞。」抗戰時期，我們也曾吸收了許多四川口語，這些變動往往很自然地由交流混合淘汰來決定。正如國語的推行，變成現在流行的普通話，因中西文的接觸，變成現在流行的文字。

勞榦先生以為「語言和文字是有階級性」的，這句話沒有錯；但是光是階級性，並不足以說明言語文字的類型。言語文字，除了階級以外，有地域性，有民族性，有行業性，有小圈子性……即使幾個常在一起的朋友，他們也隨時都會產生新的詞彙與術語，往往為外人所不能瞭解。我們到臺灣，談到政治與時局，馬上就可以提到許多與海外不同的詞彙與術語。這也是語言文字因環境氣氛而起的變化。我們現在去看看中國舊式的商店用在通信上的文字，同我們的文字也有很顯然的分別。強調言語文字的階級性，這是不必的。以前貴族與平民不往還，言語文字往往可保持分別；現在民主社會，達官顯要，不與平民往還，也就會失去選票。英國的查理皇子也進了普通學校去念書，報紙已成為大家平等的讀物，階級性的意義是遠不及地域性與行業性為大了。如果把知識階級列為階級之分野，那更是題外的話，知識包辦的時代已經過去，倘若有所謂知識階級存在，則是教育與社會的問題，並不是文藝家的問題。寫文章的人是行業，「文體」本是他們的專業。許多工程師，音樂家，他們偶爾寫點東西，並不用我們的「文體」。他們難道不是知識階級？他們與寫文章的人文體上的分別當然不是知識階級與非知識階級的差別，而只是行業的差別了。小說的文體同報紙的文體不同，談不到階級不階級，小說是藝術，所以不同於報章雜誌，因為他要有他個別的風格，說文字有階級性，不如說文字本身就是一個階級，因為他總不是任何文盲階級所能懂的。但是文盲是教育與社會的問題，我們不能說因為要小說大眾化，因而不用文字作寫小說的工具了。

說舊小說的起源是說書，本來鄙俗，勞榦先生這話似乎是說新小說的起源或者說西洋小說的起源是高雅了。其實這是不然的，西洋小說的起源也是「說書」，原也只是在朝聖進香的路上，有人講講傳說新聞與故事。我們所謂新小說，不是承繼舊小說的傳統，也總逃不出西洋小說的傳統吧。藝術的起源都是民間的，而且還都是文盲的。但這並沒有限制小說成為嚴肅的文學作品。至於文字與思想，在歷史演化中，它正是不斷地在變化，高雅的文人學士，有志於把它根本解決恐怕只能像林琴南先生一樣，否定地說指斥他不登大雅之堂而已。

中國小說沒有西洋小說豐富，這是事實；但中國有一部《紅樓夢》，這是足以與任何一部世界第一流小說比較的。我們沒有理由因為自卑感而因此都不敢承認。我覺得小說在中國所以不發達的原因，是中國始終沒有把文藝當作獨立的事業，也沒有把小說當作文藝。這也不僅對小說如此，對繪畫音樂詩歌也無不如此。

勞榦先生以為中國小說不夠深刻，原因可說由於「閒書給人讀」，作者並無「為天地立心，為生民立命」的抱負。我的意見剛剛相反，我覺得中國對於學術、思想、哲學、藝術，似乎都處處要求「為天地立心，為生民立命」。因此使哲學沒有「純理的批判」，「思想」脫離不掉「治國平天下」的實用，科學也無從有純理論的建立，藝術因此也從不重視。中國人生活腐敗的很多，可是對藝術文學……因其不能「為天地立心，為生民立命」，而看不起。西洋藝術家或文學家幾曾有什麼「為天地立心，為生民立命」的抱負。他們所以認真，因為他們不看輕「閒書」，不輕視「娛樂」。莎士比亞是一個戲子，但是戲劇是他的事業，他自己看重他的事業，人家也看重他的事業。在中國對於專門寫寫劇本演演戲的人決不會重視。所以藝術只是做官的文人閒下來玩玩的小玩意，小說詩歌也只是遊戲筆墨而已。直到現在，中國的知識分子還是下意識地看不起閒書，以為，「閒書」是無益於國計民生的。最近還有有名的教授為文稱文藝沒有學術重要呢。因此過去的小說作者都沒有把生命放在小說裡面，所以作品都是詞偽意假的。曹雪芹的《紅樓夢》所以有大成就，就因為裡面有他自己的生命。

藝術的欣賞也是一種感受，這與學問思想基本上可以說毫無關係。學問思想在藝術作品裡是一個界限，有許多作品，不越過這界限無從欣賞，但越過這界限的也不見得就會欣賞。正如文字是詩詞小說的界限一樣，不識字的人是無從欣賞，但識字的人也不見得會欣賞。

離開界限來說，我覺得「引車賣漿」之流，不見得比大學教授缺乏欣賞力。這可以用音樂來作試驗，因為音樂是較沒有界限的藝術。讓一群學富五車未接近過音樂的學者同一群「引車賣漿」之流共同聽一星期好的音樂唱片，看誰能夠發生欣賞的興趣。這馬上可以證明，藝術的欣賞並不是靠知識的，我們還在許多名人傳記裡看到，很多有學問的學者，他們對於音樂自己承認是毫無欣賞的能力的。

中國人看輕娛樂，因此對於藝術有兩種態度，一種是太看重藝術，要求「文」以載道，要求藝術家有「為天地立心，為生民立命」的抱負，一種是太輕視藝術，以為藝術不過是玩意兒，把藝術家看作無足輕重的人物。

「娛樂」的意義實在很難講，以我自己來說，偶爾讀些外行的書，在別人以為是「為天地立心，為生民立命」的著作，無論經濟學與社會學，無論生物學或人類學，倒是一種娛樂。在別人所謂閒書，在我倒不是娛樂。我相信有許多朋友也是同我一樣的。

藝術之特別具娛樂意義，正是因為欣賞藝術不需要學問與知識，虛心去接近，慢慢就會發現味道。莎士比亞的戲，貝多芬的音樂，到現在還可以賣座，就因為它有娛樂價值。小說在這點上講，的確是閒書。但閒書不見得就沒有價值，也不見得就低於學術知識或思想的書籍。

有許多學者，因為他們知道藝術在文化的重要，但又不承認「娛樂」在人生中的重要，因此總想把藝術拉作幫凶幫閒的夥計，要藝術家有「為天地立心，為生民立命」的抱負。現在流行的要藝術為政治的號角與宣傳的武器，其出發點也正是在此，思想家政治家以為自己的理論學說與主張「為天地立心，為生民立命」，因此希望藝術家也都有他同樣的抱負。這結果往往是等於宣佈藝術的死刑。

我覺得藝術或文學，在西洋所以發達，就在人家看重藝術的娛樂性，戲劇要觀眾，音樂要聽眾。莎士比亞的戲劇，貝多芬的音樂，所以歷久未衰，就因為他始終有觀眾聽眾。因為重視娛樂，寫閒書演戲的人，才會認認真真去當做事業，把生命獻給藝術。這也才有藝術的創作。

美學上有許多欣賞的學說，但沒有一種學說承認美的欣賞可以由判析其中之思想成分而成立的。現代美學對於欣賞的心理的瞭解，都承認需要成立一種忘我的境界。所以充滿音樂知識的學生想在名家演奏中學些什麼的人，往往還不及專為享受的聽眾更能欣賞。藝術不是什麼尺度可以死板地量高低的東西，批評文藝，第一步還是先要欣賞。文學之累積就因為它的表現是通過文字的，所以凡是識字的人都以為他自己是有欣賞能力，而總以為沒有超越文字界限的人是決不會有欣賞能力的。音樂就不同了，它的界限只是耳朵，有沒有欣賞能力與是否可以從音樂中得到欣賞的享受，則是自己很容易瞭解的。

自然，能欣賞音樂的人不見得能欣賞小說。要測驗對於小說的欣賞，在識字通文的「知識階級」倒也不是難事，他只要體驗自己是否能在閱讀小說中得到享受就得。當然許多小說可以不合個人口味，但如果讀了十部第一流的小說，他閱讀時並不能使他有去看一部低級的電影的享受，那麼他的欣賞力可以說是很低了。

有不少朋友，談到文學滿口是理論，可是他在作為消閒的享受的則是低級的武俠小說；談到音樂，滿口是理論，聽別人演奏，有這樣批評，那樣批評，可是他自己當作享受的則是流行的電影歌曲。這正同許多人在小說戲劇電影上要求這個道德，那個道德，要愛國愛民要積極有為……可是他自己的私生活則是貪汙，奢侈，納妾，假公濟私等一樣的可笑。

藝術的欣賞與享受可說是最沒有階級性的。誰有愛好，肯去接近，誰都可以享受。它對於一個農夫一個工人同對科學家思想家是一樣的。文學這東西，因為有許多界限，文字以外，還有時代、地域、社會背景及賴以表現的思想與智識，所以要欣賞的人必須超越這些界限，但是這是屬於教育與社會的責任，不是文學家的責任。

勞榦先生所說的：「對青年人的關係而言，《紅樓夢》的時代已經過去了。」這原因實際上就是「界限」問題。文學上的界限，除言語文字外，有歷史、地域、社會背景、時代背景種種的界限。

為什麼翻譯的西洋作品，不易為人所欣賞。這也因為一般讀者對於西洋社會背景與風俗習慣不熟稔，因此有一種界限；要欣賞這些作品，就先要有越過這些界限的常識。但這與欣賞本身是兩件事。

對於時代也是一樣。古代作品所以難以欣賞，也就是要先有種種知識才可越過界限。譬如讀《離騷》，文字以外如果一點不知屈原的時代社會，自然根本就無從欣賞。讀古典作品可以說多多少少都要越過一些這類界限的。無論是漢魏文、唐詩、元曲，也都有這種界限，不越過這些界限，所有文學作品都是「讀不下去的書」，也豈止《紅樓夢》而已。

勞榦先生說：「《紅樓夢》的事實不是現代生活，這不算重要，然而《紅樓夢》的感情不是現代的，就麻煩了。」我很瞭解勞榦先生的意思，但是這句話很有語病。感情如果是指喜怒哀樂，有什麼現代古代？人之有愛有恨，正是人性，這是有人類以來，沒有變過的。所以這裡只能說「感情的表現」不是現代的。如果是指「感情的表現」，說它不是現代的，那麼，「感情」的本質還是現代大家有的。那麼這也是「界限」問題。文藝的永久性也就在這裡。感情的表現不同，不但因時代不同而不同，也因地域階級社會甚至個人的職業身分不同而不同，但是越過「界限」，我們都可以瞭解。不然希臘悲劇，我們怎麼還能夠欣賞？莎士比亞的《羅密歐與朱麗葉》的戀愛，難道還是現代的戀愛？照勞榦先生的感慨，那麼，一、希臘悲劇與莎士比亞劇作，因舞臺不同，一般結構方式大不相同。二、希臘悲劇與莎士比亞劇作的語言也不是現代言語。三、這些戲劇的事實不是現代的，感情也不是現代的。四、這些戲劇裡的許多諷刺幽默，也不是一般人所能瞭解。難道希臘悲劇與莎士比亞的劇作也因此就過時了？

我記得以前北京大學國文系的小說一課，就是以《紅樓夢》為讀本，我不知道現在臺灣大學是否還有小說這一課？是否仍以《紅樓夢》為讀本？我想《紅樓夢》上的界限，正如楚辭漢魏文杜詩等一樣，有待於教授先生幫助學生去超越的，因為不超越這些界限，文學的欣賞是無從產生的。只有超越這些界限以後，讀者才能在藝術作品中感受到作者的感受。

藝術所表現的是人的感受，藝術家任何高超的理想都需通過人生的感受來傳達，人生的感受不外是生命的與社會的。他可以把這些人生的感受讓觀眾聽眾讀者有同樣的感受，因這些感受而啟發有思想的人去思想。藝術家的人生感受可能符合某種流行的思想，但沒有理由要瞭解或傳播某種思想的。

說這些話的意思，還是從一般藝術的欣賞態度與批評態度來說時下對於《紅樓夢》價值看法的錯誤。

大陸上稱《紅樓夢》之所以偉大，乃在：「……通過高度的藝術手法，所唱出的封建貴族階級走向滅亡的輓歌……」而勞榦先生貶抑《紅樓夢》，說它：「根據老莊思想中的淺薄部分而形成人生見解……並未超出當時庸俗社會。」我覺得都是沒有把文學當作獨立的一種藝術來看，而是用對思想家與政治家的要求在要求藝術家的作品。

這在一二人的主張與看法上，最多是於《紅樓夢》的價值有所歪曲，可是，倘若大家把文學藝術批評都建立在這樣的立場上，那麼我想這倒真會阻礙了中國文學與藝術的發展的。這因為中國的藝術與文學之所以不發達，正是「知識階級」太在藝術上要求「功利」。

只有將文學當作文學，文學批評建立在欣賞上；不將政治的或思想的帽子壓在文藝作品上，文藝才會莊嚴地蓬勃起來。所謂嚴肅的文學作品才能夠產生。文字是自然在演變，思想早已有時代在推動，現在所要的倒是尊重文藝的獨立與自由了。要批評文藝，需跳入文藝的園地。沒有閱讀第一流文藝作品的人，無從知道第二流作品的欠缺；沒有能在第一流文藝園地中有忘我的享受者，可試試第二流的作品，甚至第三流作品謀求享受，日子一多，趣味就高，再到第一流作品的園地就會知道欣賞的享受是什麼了。站在文藝的園外，無論是政治家、科學家或思想家來批評文藝，要求文藝，這結果總是妨礙文藝的發展或壓殺文藝的產生的。

一九五八年二月四日晨於香港

關於藝術的表達及其他——答《文學雜誌》石堂先生

大作〈再論〈《紅樓夢》〉的對話〉，拜讀一過，承教為感。

先生謂我沒有看完你那篇文章的耐心，斷章取義，甚至斷句取義，我也是覺得先生沒有細讀我的那篇文章，隨時在斷章取義，斷句取義。先生或者以為我故意那麼斷章取義，有意取巧，我則不敢這樣想先生。因為我要向先生請教，何敢不細讀大作？也相信先生有心指教，不會不細讀拙文。那麼為什麼我們彼此都會覺得對方沒有在細讀自己的文章呢？

我的解釋是：只因為先生的文章，寫的時候是用文字「翻譯」了先生的言語。我又從你的文字「翻譯」了我的言語來瞭解你的思想。

（我們所討論的問題，從頭都沒有談到「創作過程」，這是另一個題目，我想這裡不該把問題擴大或扯遠。這裡只談你的表達過程與我的接納過程，這只是一個傳達過程。）

因為經過了這兩層「翻譯」，所以這傳達不十分完美，沒有法子十分完美。這裡面原因很多：

一、概念上的含義不同。你以為一個詞彙已經代表了你想表達的意念，我從這個詞彙只看到一部分你的意念。

二、客體上的聯想不同，許多抽象的概念，必有一個客觀的聯想，如「顏色」，天下無「無色的顏色」。你寫的時候，或者恰巧因為你太太或情人在你面前走過，她穿的是紅色的衣裳；而我讀的時候，偏偏床上掛有一件綠色的窗簾，所以我們的聯想不同。如馬，你因為房中掛一張國畫八駿圖，聯想的矮矮的短腿的馬，我因為剛剛看了一張英國寫實派所畫的馬，這馬是瘦瘦高高的。

三、句法上重輕的分量在你與我的感應上不同。你的文字表達語言著重在那幾字，我讀起來覺得著重在另幾個字。

四、段落上層次的高低先後，在你我感覺上不同，你以為這樣段落一分就是兩件事，我的感覺則還是一件事。

因此我們的傳達會互感對方對自己的話認識不清。

我們日常生活中，常常會一句話輕重，說的人是開玩笑，聽的人以為是挖苦；說的人是好意，聽的人以為是惡意的很多。簡單的一句話，在夫妻友好之中傳達，都有此誤解。那麼何怪是兩個不認識的人，討論的又是許多抽象的問題。

可是，在數學或物理學這類非常精密的理論中，他的表達與傳達不會發生這種誤會。這因為他們所用的概念不多，而每個概念都已經固定在數字上，含義既完全相同，不准有主觀的聯想。語句上沒有輕重，段落層次又是一定的公式。

為什麼我們討論人文科學文藝批評不能用公式呢？這因為我們所用的概念是無法規定的，不是可以量的；有時候是感覺的，有時候是想像的。表達者儘量想把它表達清楚，可是接納者總不能獲得完全一致的內容。

現在我們談到藝術作品的表達與傳達，這則是比任何論理的文章都要難了。舉一個最簡單的例子：譬如一個畫家要表達一株樹。有人說：「你要表達一棵樹，你就應該向它描摹，愈是描摹得精確詳盡才是真，才是美，才是藝術。」

於是這個畫家就細細微微地畫出一棵樹。他不但畫出每瓣葉子的顏色的濃淡陰暗，還畫出每瓣葉子的脈絡。許多名畫家曾經這樣做過，他以為他的成功是精確與真；可是傳達給我們的不是一株樹，而是他的細緻的線條與豐富的色澤，換句話說，是一幅圖案，不是一株樹。

有人說，藝術既是對客體描摹得精確詳盡才是真，才是美，那麼為什麼你在大脈絡下不繪小脈絡；樹幹上還爬著兩只螞蟻，每只螞蟻有一對觸鬚……

這位畫家說，這是不可能的。

那個人說，可是真的樹的確是這樣的，你畫得不真，所以不美，所以不是藝術品。事實上你猜怎麼樣？在寫意派畫家畫起來，只是簡簡單單的幾筆，看起來就活像一棵樹。他說：「我只表達我所看到的樹，你看到了我所表達的樹愈接近我所看到的樹，才是傳達了真，這才是美，才是藝術。」用「畫」表達「一棵樹」的印象尚如此不能依賴寫實，我們怎麼能夠期望「小說」表達「一種人生」而依賴寫實呢？

我以為藝術家的任務，是充分地表達他獨特的經歷與想像的深刻的感受（生命的、生活的、社會的、時代的）。描摹不過是在表達上的一種技巧。這獨特的深刻的感受可以是主觀的，可以是主客的交流，可以是客觀的。主觀地說，畫家所畫的可以是一個他眼中的一株樹的印象。客觀地說，畫家所看到的樹，可以是一堆光與影，線條與線條的交錯。主客交流地說，畫家可以把樹歪曲得像一個女人，可能這位畫家剛剛失戀，他把一切的形象都看成像他的情人。

在文藝上，我且舉一篇小說〈*Niki*〉。這是一位匈牙利作家所寫的，這位作家因反抗極權政治，被判徒刑九年，他的名字是達里（Tibor Dery）。他寫一隻狗在主人被捕後，跑遍了全城的街道，但不敢找一個地方去躲藏。

我覺得從寫實上講，狗決不會不敢找一個地方躲藏的。而作家作為被捕者的朋友，的確有不敢找地方躲藏的恐懼，但投射到狗的身上表現這份恐懼，就更顯得作者獨特的深刻的感受了。

在先生所舉的「劉姥姥初進榮國府」那段對白中，借賈蓉的輕薄表現鳳姐蕩淫，我覺得就不是所謂寫實的手法。如果要「描摹得真」，大可以把賈蓉與鳳姐放在一個地方，兩個人肉麻一番，而事實上他們間一定是有過這種肉麻。為什麼全書裡不把它露場？不將它真實地描摹一場？

上面的話與舉例，只是說明一點。藝術家在藝術中是要表達的。描摹只是表達的一種方法。對於客體盡真的描摹往往不是最好的表達。而任何大作品，哪怕一段對白之成功，絕不是單靠描摹，他同時必須並用烘托、借喻、象徵、暗示等各種方法。作家中自然有偏重或慣於用某種方法，或標榜用某種方法的，但是這只是理論上標榜而已；在創作上，如果是成功的，絕不是可靠一種方法而收效的。

烘托、借喻，在中國原是古已有之。象徵、暗示雖是西洋傳來的譯名，可是這種方法，中國的偉大作家們早已普遍地在用了。先生如果仔細地想想我的話，再看看「劉姥姥初進榮國府」，馬上可以發現所謂描摹成分實在是很少的。這只是說明我對於藝術的瞭解基本上不同的地方。

下面則根據先生一條一條指出我不合邏輯的地方，我且一條一條說明我的推論是怎麼樣來的；還根據先生給我一連串的問題，我一個個地回答你。

一、像真人的話

先生引了我一段《風蕭蕭》裡的對話，說：「若有人說是外國小說的譯文，我們是沒有理由不相信的。」、又說：「至於《紅樓夢》的對話，隨便抽一段，不管從句法上，詞匯上，味道上，說他不是中國的話是不成的。」

這意思是不是很明顯地說：《風蕭蕭》的那段對白，不「像是」真的人真的話。（因為不像是「真的」中國人的話。）《紅樓夢》裡的對白才像是真人話。我的答覆：「《風蕭蕭》的那段對白是真的現代人的中國話—普通話。《紅樓夢》的對白是『二百年前的北京話』。」

什麼是「像真人說話」？我的意思：即便先生的論文，我也覺得是真的人真的話，雖然裡面充滿了你所說的「洋聰敏」與「洋味」。

先生始終並沒有對「像真人說話」下過詮釋或定義，現在你既然指出即便如：「非也，適因小女啼哭，引他來作耍，正是無聊得很。賈兄來得正好，請入笑齋彼此拒可消此永晝。」也「並不『像』曹雪芹根據許多『真人』所要創造的那三個人物所『說』的『話』呢？你又怎麼證明那一段《風蕭蕭》裡的對白不是根據許多真人說話而來的呢？」

「不像真人說話」的話是什麼？先生曾經舉出《風蕭蕭》的一段對話，說是因為有「洋味兒」。如果以「洋味兒」為標準，那麼有「洋味兒」又是怎麼樣呢？先生又沒有答覆。

二、口語與方言

我以為：口語是一般人談話裡常用的語言。方言是一個地方一般人說話的語言。《風蕭蕭》的那段對白與《紅樓夢》對白不同的地方，我比較了而找出來的，是《紅樓夢》多了些口語與方言。因此，我以為：先生所謂「像真人說話」就是「運用口語與方言」。

這裡，有一點必須說及的，即是「口語」既是一般人談話常用的言語，因此這「口語」是非常流動的。本來很少人在用的語言，隔了些日子，往往就會變成普通的口語。《紅樓夢》所以被先生認為多一點中國味兒，就因為我們沿用二百年，許多話已成為口語。《風蕭蕭》的那段對白，例如「美的距離」自然還未成口語，但「感情」、「意志」等也已經是口語了。

三、記錄與回憶

「小說不是記錄，是回憶。」這裡沒有談「創造過程」，因為我們一直沒有談到這個問題。我現在說得明確一點：「小說不是記錄的藝術，是回憶的藝術。」

小說能寫「過去」——是回憶加組織。

小說還能寫「將來」——是回憶加想像加組織。

小說不能寫「現在」，無法寫「現在」。

四、經歷與想像

小說無法寫沒有「經歷」過的事物，一切小說裡所寫的沒有「經歷」過的事物，都不過「經歷」加想像。

小說可以單純是想像——但一切的想像都是根據「經歷」來的。

五、回憶的「客體」

回憶有客體。這客體乃是「經歷與聯想」。

小說作家即是想在這客體中表達他所要表達的，而不是僅僅盡真地描摹這些客體，因為盡真地描摹客體往往反而不能表達小說作者所要表達的。

六、寫實主義與寫實

寫實主義極端的理論，即是：「愈是描摹得精確詳盡才是真，才是美。」（或愈是藝術。）可是，如果把十九世紀最好的寫實主義的小說來看，它的好處是在描摹得精確詳盡麼？不！因為我們每一個人都可以指出它的欠精確詳盡的地方。《紅樓夢》的好處是在描摹得精確相近麼？不！因為我們每一個人都可以指出它的欠精確詳盡的地方。為什麼它們是了不得的作品呢？因為它們充分表達了它們所要表達的。

即是自榜為寫實主義的作家說：「我的成功就是在我十分細心地把客體描摹得精確詳

盡。」

我要說：「你撒謊，如果你的成功是在客體描摹得精確詳盡，那麼客體既然是同樣客觀的存在，你為什麼這裡描摹得如此精確詳盡，那裡又是如此潦草呢？」

他說：「因為這裡重要，那裡不重要。」

我說：「但是重要不重要是你自己選擇的。那麼你的成功還是因為充分表達了你當時要表達的就是。」

如果他說：「這是因為這裡給我印象深，那裡給我印象淺。」

我要說：「那麼你的成功只是充分表達了你的印象，並不是什麼寫實。」

標榜寫實主義的畫家都自認為此路不通的地方，小說家怎麼通過去？

因此，我說：「小說是回憶（的藝術），不是記錄（的藝術），所以無法寫實。」

七、回憶是言語

心理學上所證明的是：人類思想的活動都是語言器官活動。回憶，是一種思想作用。思想上的推理與判斷，一定是先有概念的回憶的過程。

要證明不難。誰都可以試試回憶。如：「我八歲時候，有一天，母親抱著我在院子裡納涼，風很大。」

我們所回憶的，都是些代表那些「客體」的概念，這些概念都是「語言」。而這回憶的言語是「翻譯」過來的言語。為什麼？因為如果你八歲時候曾經記過這樣一段日記，你可以拿出來看，它的文字、語句、詞彙都可能不同。如母親可能作「媽媽」，院子裡作「大門裡」。複雜一點的回憶自然更不同。

這裡可以做一個實驗。你如果記過日記，比方說你仍存有許多年前初戀時與情人月下談情的日記，那裡有對於那天情景與對話詳細的記載；那麼好，現在請你回憶一次，把那一段的情景與對話細細地寫下來，看兩者是不是相同？是不是你在用你現在的「翻譯」一組當年一連串意象與概念？

回憶，因此只是重新用言語複述或「翻譯」代表客體的一些概念。因為客體早已不在目前，如果沒有代表客體的概念，我們就無法記錄，我們的記憶，簡單地說，就是把客體譯成言語保留在腦子裡；用現在的言語把保留著的言語翻譯出來才是回憶。因此我說：回憶是言語。

八、對話的風格

一個作家在他的文字裡可保留特有的風格，當他寫各種角色在各種場合中說的「話」，作家是在「翻譯」各種角色對於各種場合的反應，自然會不同或想不同於在其他文字中特有的風格。但是，他仍可保留或不得不保持他的專有「對話的風格。」

如司馬遷所寫的項羽與項梁的幾句對話。雖是與其上面的敘述文字不同，仍然是司馬遷所特有，這就是他的「對話的風格」。而決不同於《左傳》《漢書》裡的一些對白。這也是為什麼托爾斯泰、果戈里（Gogol）、高爾基筆下的農奴，他們對白是如此不同。（這裡要特別申明的，是我不懂俄文，我讀到的俄國農奴們的對白，不是英文，就是法文，不是法文，就是中文。）

上面那些話，不敢說是辯白，只是把我的意見說說明白。兩個人的意見無需求其相同，討論問題能做到彼此知道兩個人相同在哪裡，相異在哪裡，那就算是弄清了問題了。承先生對我的鼓勵有加，感甚。

但先生對我太不瞭解。我身為難民，寄身異地，每天為生活惶惶，並沒有什麼時間對小說理論旁及音樂、美術的研究，只是多年來患失眠症，隨手讀點雜書，常識所及，看幫口擺出批評家的架子，評東說西。佩服之餘，不免覺得二十世紀的今日，仍以庸俗的寫實手法諄勸「一般讀小說，寫小說的人」，不見得是「寫小說的寬潤平坦的大道」，所以說點小說本質問題，與現在世界上寫實主義所以衰微的理論而已。

在中國，我知道標榜寫實，推崇寫實是很時髦的，先生所論，實際上倒是國定標準，忝為小民，竟說些反權威的話，自應在圍剿之列了。

我說圍剿，是有根據的，因為夏濟安先生已經函請林以亮等發動了拙文「太離譜」的「紅學」攻勢。其次，我非常可惜先生對拙作讀得太少，不然的話，我想先生一定可以發現，我在理論上雖是不太看得起寫實，自己的境界也許還只到寫實，先生所說的「俏皮、活潑、聰明」，如果不是諷刺的話，則實在是過獎。因為我覺得倒是像《紅樓夢》的對白才可以說稱得起「俏皮、活潑、聰明」，即以先生所引的「劉姥姥初進榮國府」那段來說，鳳姐與賈蓉的那一段話，豈不已盡俏皮、活潑、聰明的能事？要是在庸俗的寫實手法來寫，一定是拖泥帶水的把劉姥姥放在一邊，先讓鳳姐與賈蓉「寫實」一番了。至少，也該在「晚飯後」加多一場，使他們寫實一番才，可算盡寫實之責任。

最後，我要說的是我把這篇答覆先生的小文發表出來，目的只為滿足自己的發表欲，不像先生這樣，對我的一點小小忠告，還「相信對於一般讀小說，寫小說的人不是沒有意義的」。在這點上，我倒是老老實實庸俗的寫實主義，而先生倒是已盡了「俏皮、活潑、聰明」的能事了。

在「忠告」上講，我是很感激的。因為時至今日，很少朋友離開「圍剿」、「打擊」以外，肯真正賜人以忠告。自然，當我年輕的時候，卻曾有過自責，迷信藝術之高貴與文壇之純正。今則閱歷已深，始知藝術難逃幫口，文壇不外派系。身為難民，家有七口，讀書只為消愁，寫文僅為果腹；既不想在幫口刀劍下，得群眾之維護；也不想在派系羅網中，受批評家之賞識。遙見高僧們念咒，教主們搖旗；所悟到的是自己不過是蟻民而已。

記得中國以前輪船艙位，分為「大餐間」、「官艙」、「房艙」、「通艙」四種。大餐間為洋人與洋人買辦而設，官艙為中國官員而設，房艙為商人而設，通艙則為老百姓而設。大餐間裡的客人講的是洋文，吃的是西餐。我自然永遠是通艙的客人。有一次，我從天津到上海，有一個長輩送我，說如果我暈船，吃不慣通艙裡的飯菜，可以跑到大餐間餐廳裡去叫一杯牛奶一客土司吃吃，比較容易消化。一天以後，風浪漸大，開飯的時候沒有吃飯，下午風平浪靜，我就摸到大餐間的餐廳，對穿白衣服的西崽說：

「先生，我想要一杯牛奶，一客土司。」

「土司？」他說，「你要烤麵包，是不？」

「烤麵包就是土司麼？」我非常客氣在問。
那位西崽沒有理我，轉過背，一面說：
「烤麵包就是烤麵包，說什麼『土司』『土司』的，要什麼洋聰明。」
不瞞先生說，我的「土司」詞彙還是別人教我的呢。我也不知道這是洋文的翻譯。後來我把這個故事告訴一個辦洋務的親戚，他說：
「你這傻瓜，『麵包』也是洋名詞。」我說：
「那麼，那麼，中國話是不是應該說來一客『烤外國饅頭』才對？」
現在中國文壇上有不少洋封文學家，也有不少官封文學家，他們正如輪船裡住在「大餐間」與「官艙」裡的客人。先生在《文學雜誌》發表文章，對《文學雜誌》所發表的許多充滿「洋聰明」的詞句、嚕囌如洋文的詩文（如林以亮的詩，吳魯芹的散文，夏濟清，夏濟安的論文），竟毫不嫌其不夠「中國味道」而給以忠告，獨獨對區區愛護備至，要我回到二百年前的語文來寫小說。初則不免受寵若驚，感激涕零，繼而想到我吃「烤外國饅頭」的故事，發現先生的嘴臉竟是我幾十年前所碰見的，對「大餐間」與「通艙」間裡的客人有兩副面孔的西崽的嘴臉，先生攬鏡自鑒，或者也難免臉紅一陣吧？
但有一點倒要請教，「大餐間」的西崽教我「土司」即是「烤麵包」（雖然「麵包」也是翻譯名詞。）——而先生偏沒有教我這些所謂翻譯名詞如「情感」、「意志」、「理智」、「心理」、「生產」、「利潤」等在中國所謂像「真人說話」的言語裡，該怎樣說法？

要請教的實在太多，但為怕又犯了「不管青紅皂白，大加發揮」之病，只得提早打住。就此祝福。

生慣養的東西。但是把文學仔仔細細解剖開來看，文學的本質還是人的本性，文學要表現的是人的思想情感或感覺。人的思想情感或感覺，其實都是普通的東西，人人都有的東西。人的最基本的喜怒哀樂的來源，分析到最後則是兩種本能，一種是維護個體，一種是延續種族；前者是「食」，後者是「性」。這兩種本能也正是動物的本能，但是對動物，只求有營養的東西就吃，有異性就逐追。進化為人，吃有吃的藝術，有燒菜藝術；性則有戀愛與婚姻，如果人人都是生下來有吃有穿，長大就有所愛的異性，像基督教所說的伊甸園一樣，大家都不要勞作，不要費心，那就無所喜怒哀樂，所以也不會有文學。可是偏偏「人」，不管是不是因為亞當與夏娃通姦犯罪，被罰到地球以後，我們就註定了要靠勞動靠努力來滿足我們的「食」、「色」。社會越進步，一方面我們就要求的「吃」也越細致，不但吃的東西，燒菜的技術，還要講究到吃的家具。刀叉又要用銀的，筷子要用象牙的，還要講究到桌子，桌子上鋪上漂亮的檯布，甚至還有房子同房子的裝飾，以及冷氣暖氣等等的裝備。社會越進步，我們追求女性也越難，以前我們在海邊拾些貝殼，用繩子串在一起送給我們的女朋友，我們的女朋友就很高興了，現在她們看不起，她們要金剛鑽才開心。一方面所用以來追求的手段也越複雜。原始社會，一個男人長大了，靠體力就可以生存，現在則要智力，要專門技術，要讀書上學，小學中學大學。因此我們的喜怒哀樂的情感也越來越複雜。本來我們用嘆一口氣，叫幾聲就可表達的東西，現在就要用洋洋幾萬在抗戰時看到我們忠勇的士兵的作戰，我們也可以有感。但這些感則是看作家內心的廣與深而不同，也即是因作家的同情與想像的異殊而不同。但是間接的感自然也靠直接的感而來，比方我現在雖沒牙痛，但是以前痛過，所以看到你牙痛，我容易同情。如果我沒有牙痛的經驗，看到你牙痛，我無從知道是怎麼回事，引不起同情。譬如你們中有人失戀了，向老師去訴苦，有的老師有經驗，他可以知道你痛苦，所以對你同情較深；有的老師在戀愛婚姻上沒有什麼波折，說幾句勸慰你的話也是隔靴抓癢。這也就是普通所說，一個作家要有豐富的生活。有了豐富的生活，「感」也就「豐富」了。還有一種感則是比較的感。這就是豐富生活中比較綜合而產生的，舉一個簡單的例子來說，譬如你曾經燒傷過手，你曾經失去過自己的孩子，現在你看見木屋區著火，有一個女人抱著燒傷的孩子出來，你就會把這兩種經驗加在一起，生了一種新的「感」。還有一種感的來源是從書本裡來的，許多好的書本都曾經引起過你共鳴，這「共鳴」就是感，讀歷史而為古人流淚，這也是間接的感。這間接的感，也可以與現實生活合而成為新的感。

人的「感」既然這麼複雜，牢騷自然有深有淺，有廣有狹，有普遍與個別之分。我們對於現狀不滿而發牢騷，如果這個「現狀」是我個人的，譬如我因為沒有做官而發牢騷，你們不會同感。可是如果這「現狀」是大家共有的，譬如物價高漲，公教人員要求加薪，那就有同感，這就是個人的牢騷有普遍的意義。譬如五四運動時候，反對禮教，反對買賣婚姻是文學上普遍的題材。你個人對於婚姻不自由的牢騷也就有普遍的意義。諸位現在沒有這種牢騷，但從書本上，從你們祖母為爭取戀愛自由時的流血流眼淚，你們可以引起同感。你們從這個「感」也可以寫出動人的作品。

這樣說來，一切文學即是對現狀不滿，一切文學，誠如廚川白村所說是苦悶的象徵，所以我們可以說一切文學也就是牢騷文學。

諸位看許多文學作品，如「關關雎鳩，……窈窕淑女，君子好逑，……求之不得，輾轉反側」，這是牢騷——是追不到我喜歡的女人的牢騷。「前不見古人，後不見來者，念天地之悠悠，獨愴然而涙下」，這也是一種牢騷，是對偉大的自然，永恆的時間一種牢騷。《紅樓夢》是一種對於如夢的人生、色即是空的牢騷。《水滸傳》則是對於不平的社會腐敗的一種政治牢騷。文學一定是有「感」而作。感，可以說就是不滿現狀，如果滿於現狀，就用不著文學。世界還有一種歌頌文學，那就往往是對於過去的牢騷。所以文學可以說都是牢騷，牢騷可以對人而發，可以對社會而發，可以對天而發，可以對命運而發，可以對事而發。希臘的悲劇是對命運而發，革命文學是對社會制度而發，情詩是對情人而發，我們自然可以對匆匆過去的時間、渺茫的未來而發。孔子對流水說：「逝者如斯夫」，也正是一種牢騷。既然一切文學都是牢騷文學，那麼什麼是宣傳文學呢？

我們知道有人說過文學就是宣傳。文學是宣傳，這句話是美國辛克萊說的。辛克萊的作品，因為他描寫美國資本主義社會的罪惡，在中國有一個時候很吃香，他的《屠場》、《石灰王》一類小說在中國曾風行一時。當時他所說的文學是宣傳，這句話在中國可引起很大的波瀾，許多學者為此寫文章來辯論，有人說文學是宣傳，有人說文學不是宣傳，討論最後也沒有什麼結論。這問題是在「宣傳」兩個字的解釋，廣義的說，文學要人家來讀，當然是一種宣傳。宣傳可以就是傳達，人類有「語言」，語言可以說就是為宣傳而用，文字是語言的記錄，自然在空間上可以傳得廣，時間可以傳得久，所以自然是一種宣傳，而且是比語言更有效的宣傳。魯迅先生曾說：「一切文藝固然是宣傳，但一切宣傳卻並非全是文藝。這正如一切花都有色，而凡顏色未必都是花一樣。革命之所以於口號，標語，佈告，電報，教科書之外，要用文藝者，就因為它是文藝。」

這句話固然有它的道理。但是從另外一方面看，我們就是在標語，佈告，電報上，也正可以用文學的技巧與點綴。寫得漂亮的標語，佈告，電報往往需要文藝的技巧。而在文學史上，許多佈告呈文一類的東西，我們也當它是文學作品的。譬如《尚書》裡的〈盤庚〉、〈大誥〉，就是佈告，我們也當它是古代的文學，諸葛亮的〈出師表〉，也就是呈文，但是我們也當它是文學。譬如廣告，當然是一種宣傳，可是我們也要文學的詞藻。正如廣告畫一樣，雖然是廣告，也需要畫的技巧，因此所謂文學與宣傳的界限很難劃分。譬如，「打倒帝國主義」是口號，可是，五四運動初期有些新詩也不過是在口號上加了些形容詞。如：「起來呀，愛國的青年呀，起來起來，打倒壓迫我們的帝國主義呀！」因此我們也可以說，好的宣傳正是文學，而壞的文學還不如宣傳。這也可以說，我們寫一篇文學創作，譬如許多抗戰時的宣傳小說，雖然作者自己以為是文學，可是反不如諸葛亮的〈出師表〉，反不如駱賓王的〈為徐敬業討武曌檄〉，或者是李密的〈陳情表〉。在這方面講起來，我們所謂宣傳的文字，在什麼程度之下成為文學，也不容易有一個標準。

諸位知道，中國文學裡有載道與言志兩派，言志可以說等於我所說的牢騷文學，載道也等於我所說的宣傳文學。諸位一定要說，為什麼我不用載道與言志而要用牢騷文學呢？這因為載道與言志兩個名詞可以說是很不清楚，很含混的名詞。

我們可以用周作人的話來說。周作人開始覺得文學史正是載道與言志兩派互有消長，有時載道派風行，有時言志派風行。可是後來覺得載道與言志很難分。他發現了「載道可能是言別人的志，言志可能就是載自己的道」。這也就是說，所謂別人的志與自己的道正是不容易分別的事情。我們也可以說我們自己的志，也往往正是別人的道。比方我們自己的志是忠孝，實際只是服膺中國傳統的道；我自己的志是在正心，修身，齊家，治國，平天下，實際上我也只是載儒家的道。所以所謂自己的志別人的道這個分別，是很不明確的，所以我想用牢騷文學與宣傳文學兩個名詞來闡明這個問題。而這兩個名詞，則是從創作的過程的分析上來區別的。

我在上面已經談過，文藝創作是有感而發。所謂感是內心的東西，我們因為內心有東西，有感觸，有感覺，有感情，才要「發」。這發就是發表。人有感就會有發表欲。可是這發表，有兩層意義，第一層我叫它表達，表達是什麼呢？是我心有所感而形於色或形於聲。第二步是傳達，傳達就是說要傳給別人知道，換一句話說，有了傳達也就起了宣傳的作用。表達與傳達也許是不容易劃分的事情，但是在我們創作過程中是確確實實可以體會到的。譬如你們都是「君子」，見了窈窕淑女，就寤寐求之，這是你們內心的感，於是就長吁短嘆，飯吃不下，晚上睡不著覺，輾轉反側。這就是表達。可是表達往往沒有人知道你是什麼，等到你把這個表達變成文字或者音樂，讓別人，或者那位窈窕淑女看到了，這就是傳達。表達可以說是從內心到了外表，或者是愁眉不展，或者是長吁短嘆，或者是自言自語；傳達則是成了一個要求別人瞭解的一種清楚的形象。表達有時可以說是模糊的沒有意義的行為。傳達則一定是通過一種別人所能瞭解的媒介，語言或者文字，所以是比較清楚。

文藝創作的過程，本來用文字表達了內心所感，可以說已經完成了。所以有許多文學家詩人就說他的詩文是不必讓人看的。這話是對的。如果他放枕頭上自己看看，那麼等於他在長吁短嘆，我們誰也不必管它。可是等他拿出了發表給人看了，人家看到他別字連篇，文法不通，就可以說你這「根本是胡說八道」。所以我們的文學作品就不光是要表達，還一定要做好傳達的工夫。就是說，如果你傳達的功夫不好，那麼就不能成為好的文學。

因此我們在這裡，可以劃一個界限，就是在表達以前的過程是內容的問題，到了傳達則是技術的問題。這就是說，內心的感，人人都有，有的敏銳一點，有的也許遲鈍一點。有的深廣一點，有的淺窄一點。表達也是人人都有，有的清楚一點，有的模糊一點。可是傳達則是文學家所特有的，這因為文學就是要把人類的「感」，用一種最合適最清楚最有力的文字形式創造出一個能喚起別人共鳴的形象。這表現的形式則是要經過很多年訓練的。因此，一個文學家，他一方面應該比別人更敏感地體會生命、社會、時代或歷史上的變動，一方面他必須要有表現的技巧，可以寬裕地傳達他的所感，一個越偉大的文學家，他的感一定是越廣大普遍深刻，他的傳達能力也一定更有力、更充分、更廣泛。這就是說，我們普通人只會感到自己身邊實感，而偉大的文學家則會感到較遠較深的事物，他們有較豐富的想像，較深厚的同情來面對這廣大的人生。因此雖是同一牢騷，一個所發的是大家的牢騷，大我的牢騷，一個則是個人的牢騷與小我的牢騷，但是文學成為文學，則一定是從表達到了傳達，這也就是說是有了宣傳的效果。

這裡很清楚的是宣傳的效果是文學共同的要求，並不分所謂載道與言志，我們說牢騷文學是等於過去言志文學，但並不與載道對立，因為我認為所謂言志也正是載道，譬如韓愈自認是儒教的正統，他反對佛教，他的〈原道〉一類的文章，可說是載道，但也正可說是言他的志。譬如以前有人主張男女授受不親，反對男女交遊，這是舊禮教的道，但也正是那個人的志，因為他見了一男一女的交遊，他就會覺得世風日下，可見這也正是他內心所感。他就是說不出來，也會頻頻搖頭，連連嘆氣，這就是一種表達。所以他的發而為文，也是有意圖，可是它還是屬於牢騷文學的範疇。

魯迅說文學是宣傳，但宣傳不一定是文學。我則補充說，宣傳可能不是文學，但也可能是文學。這正如廣告畫不一定是藝術，但也可能是藝術。我曾經看見過有人用雷諾瓦（Renoir）的名畫作為賣地氈的廣告，也有人引用莎士比亞的詩句作為賣補藥的廣告。這就是說，好的宣傳也往往優於不好的文學作品。所以這種文學不妨稱之為宣傳文學。

宣傳的意義是傳達，傳達就是我要我以外的人知道。因此我們可以說文字語言就是宣傳，譬如說，這裡你們學校有牌子，這牌子就是宣傳，馬路上的路牌也是宣傳，當我進來的時候，佈告牌上有許多佈告，自然也都是宣傳。諸位平常寫家信，寫給你母親，寫給哥哥弟弟，寫情書，畢業以後寫「找事情的信」寫「討債的信」，都是宣傳，但不是文學。可是李白〈給韓荊州書〉，是找事情的信，我們當作文學作品來讀。第二次大戰美國有一個空軍給他母親的信，作者的名字都找不到了，可是後來大家都當它是一篇最好散文來讀。自然，諸位中也許無意之中寫了一封情書，將來可能傳之千古，成為文學。十七世紀塞維涅夫人（Madame de Sevigne，1664—1696）的書信集，就成為法國的古典文學。這裡所說的同樣是一封信，同樣是一種所謂「宣傳」品，何以有的被認為文學，有的不被認為文學？

諸位中將來有許多人要去做中學的老師，學生問你這句話，為什麼別人寫給母親的信成為文學，而他寫給母親的信不能成為文學呢？諸位很容易回答他說，這因為「別人寫得好，而你們寫得不好。好的成為文學，不好的不能成為文學。」這個答案，中學生都會滿意，可是我們弄文學的人覺得不滿意。我並不是說這個答案不對，而是不清楚。因為「好」與「不好」，這意義太籠統。進一步的答案是：所謂好，在形式方面講，是詞章漂亮；在內容方面講，感人較深。但是這還是一句籠統的話。再問下去，也許我們可以用修辭學一類名詞來解釋它的詞章如何漂亮與美麗，用哲學與社會學上的名詞來說明它的內容如何比較深刻。這自然是對的。但如果從創作過程來回答，則不妨說所謂可成為文學的作品是因為感是有較深較真的感，不能成為文學的感則是一些沒有實感的東西。

因為文學的第一個要求是應該是先有內心的感，再有表達，以後再有傳達。沒有「感」的東西，所以就不能稱為文學作品。這自然是對的，但是我們說過「感」是很複雜的東西，有直接的感，有間接的感，有混合的感。

而我們還可以有偽裝的感。有一個窮人向你求助，你對他並不同情，但可以偽裝同情，給他兩元錢說幾句同情話，目的只在人家說你人好，這是沽名釣譽的做法。還有一種是你連偽裝同情都沒有，只是隨便的說一句：「真可憐，真可憐。」

在文學上因此也可以有一種沒有「感」的文學，只是為著這個題材時髦，你這樣寫，我也這樣寫。或者只是因為教員出題目，你憑你讀過的小說，拼湊成篇，那就不是文學。上面我說過文學創作的過程是先要有感，並不是說有了感寫出來就是文學。因為感的表達，雖是人人都有，但用文字來表達則有技術上的要求，這要求需要長時期訓練文學的技巧以外，還有形式的選擇；而無論是小說，詩歌，戲劇，都有專門的技巧，所以用文字來傳達是不容易的事情。根據上面所說的我們可以說有了「感」的才是文學，根本沒有「感」的就不是文學，譬如佈告牌上的佈告，等因奉此的公文。商業來貨要債的書信，因為作者沒有「感」，自然都不是文學。可是有感而不會用文字表達的，也不是文學。自然，能用音樂表達是音樂，能用繪畫表達的是繪畫。但是如小孩摔一跤，他很痛苦，他哭了，哭是一種表達，但不是「文字」，所以也不是文學。文學一定要有感，而同時要充分美妙地用文字表達出來的，叫做「文學」。這分別自然比較進一步了。

但是還有一種人，他因為文字技巧很高明，寫作經驗很多，他就可以假裝有感而寫出作品來。這在創作過程中，他雖然只是運用「傳達」的手法，可是他假裝的感，有時確能亂真，像假古董一樣。這類作品，我這真就叫他作宣傳文學。他不但沒有感而假裝著有感，他還可以違背他自己所感，寫出美妙的作品來傳達。

這種宣傳文學，也不一定是政治的，或者是獨裁國家才有；也不是現代才有，過去沒有。這種宣傳文學，實際倒是中外古今都有過的。

以前我有一個長輩的親戚，他寫桐城派的文章很有名。所以有許多人請他寫墓誌銘，寫墓誌銘自然要付潤筆的。實際上，寫這類墓誌銘，都是為死人宣傳的。自然有的「好人」做過許多善事，作者也可以有感而由表達傳達，成為一種文學。但是有的「壞人」，在墓誌銘裡也要寫成好人，而壞人偏偏很有錢，我的那位親戚為錢也要寫，可是寫好了以後就要罵他幾句，說：「這種人也要我寫墓誌銘。」這就是違反自己的感，要他用假裝的「感」來寫作品。現在資本主義的商業社會，一切都是商品，文學作品也是商品，商品要迎合市場的需要。譬如有一個時候鐵金剛一類偵探電影、偵探小說風行一時，我們投機取巧為賺錢，也寫這類東西。這也是宣傳文學。因為作家不需要有感，做的只是「傳達」的一步手續。譬如許多公式化的武俠小說、戀愛小說都是只是「傳達」現成的一類空洞的假感。「傳達」就是宣傳。都可以稱為宣傳文學。

自然，有許多人說這些東西不能稱為文學，我也贊成。但這所爭的只是文學的範圍。而這些宣傳的作品現在也正被大家稱為文學。我個人覺得如果加以「宣傳」的名字，使其與牢騷文學有分別。或者也是一個很好的辦法。我們也不得不相信，當文人的寫作技巧高到某一階級的時候，他很容易偽裝一種偽感抹殺他的真感而寫宣傳文學。譬如我說墓誌銘的作者，他的對好人的真頌揚與對壞人的假頌揚，往往在作品上是看不出有什麼分別的。

不過宣傳文學有一個特點，就是很容易流於概念化、公式化，千篇一律。因為沒有感，在工作上只是迎合市場需要，或者迎合任務上需要，大家一樣寫法，就變成千篇一律。這正如我們叫小孩子作文，小孩子為完成任務，根據老師的要求來寫，往往是大同小異的。其次，宣傳文學既然不是從內心出發，只是傳達，因此只能在傳達的技巧上用工夫。所以在形式方面儘量使其多點花色，這也就是許多墓誌銘八股文以及應酬詩一類的著重點，大家注意在八股文破題的巧妙，用典的新奇以及聲韻的鏗鏘，而內容則是空虛無物，你套我抄，繞來繞去是這點東西，我們可以說，這種宣傳文學也正是沒有生命的文學。

上面講過宣傳文學雖只有「傳達」的一個過程，而所傳達，在自由的商業社會裡往往是流行的一種趣味；在獨裁的社會裡，是政治上的一種號召，可是這種趣味或號召開始時雖往往是別人的道，慢慢也可能成為自己的志。譬如某種趣味，因為社會所好，可以使我們賺錢，自然也就成了一個人的志趣。服從某種口號，為之盡傳達的工作，可以使我做官，很自然的也會成一個人的志趣。所以，宣傳文學並不一定純粹是載道的。我們只能知道這類文學的出現，不出幾個姿態：

第一個，可說是「東施效顰」。大家知道西施長得非常美麗，她有點心臟病，常常心跳得很快。心跳的時候，她要兩手捧心，眉頭微蹙。因此這個姿態成為流行的漂亮的一個姿態，正像現在時行扭腰，扭屁股一樣，當時的女孩作捧心，蹙眉才算是有美感或性感的姿態，這就是說你沒有心病也要假裝心病。這也叫做無病呻吟。

五四以後有一陣大家以寫失戀為時髦。真正失戀的人來寫，這是有病呻吟，因為失戀時髦，假裝失戀，這就是無病呻吟。但是東施效顰還不止無病呻吟。有時候你牙痛，皺著眉，別人問你，你是不是牙痛，你故意說是心痛，就因為「心痛」是時髦病，牙痛則太庸俗。當《紅樓夢》盛行的時候，那時候年輕人都希望有一個林黛玉這樣的佳人，因此當時的女孩子故意有做點多愁善病的樣子，所以肺病變成一個時髦的病痛，無論什麼不舒服，都要咳嗽幾聲，以示時髦。所以當失戀是時髦病的時候，有人死了父母，心裡很悲傷，可是有人問他，他不說喪父喪母，他故意要說是失戀。這也就是東施效顰。這種東施效顰，在宣傳文學創作上是常見的。有一次我們有一群朋友在一個地方集會，大家做詩，有人做了一首嘆窮的詩，你也和一首我也和一首，其中有一個很有錢的朋友也跟著寫首嘆窮的詩，寫得非常悽涼，這也就是東施效顰。

第二個是空谷回聲。諸位都曾經到山區裡去旅行，對著山谷叫一聲，四周都是回聲。宣傳文學也是一樣，現在大陸上文學是政治掛帥，政治上一個號召，大家搶著把它傳達，你也寫，我也寫，誰寫得快，寫得多，寫得積極，誰就最能討老闆喜歡，這是不需要經過大腦的一種反射，自然是根本不要有感的。

第三種是荒村犬吠。諸位如果曾經在鄉下走路，經過一個鄉村時，一隻狗叫了，其餘的狗都叫起來，這叫做一犬吠影，百犬吠聲。這就是一個人寫慣宣傳文學的時候，他的意識上就用不著判斷，只是跟著別人來叫就是。他也許是有感，但是這感是習慣了的感，是對第一狗叫聲的感，並不是對事物本身的感。這三種可說是真正宣傳文學的面目。

現在，這個時代也許可以說是宣傳文學的時代，雖然許多愛好文學的人士，還不承認這種宣傳文學也可稱為文學。我以前也是這樣想，這樣說，現在則覺得這種存在是一種不能否定的事實。文學這個名詞本來是很不確定，譬如時代歌曲，民間山歌，我們自然不承認它是文學，可是《詩經》裡許多詩，實際上也只是民歌與當時的時代歌曲，我們則承認它是文學。因此，當人們把文學只當作這樣東西的時候，我們就應該接受這也是文學，不過要很清楚地認識這是什麼樣一種文學就是。認識這種文學的起源與發展，我們將來在文學史上可以很清楚指出這是一個「宣傳文學」的時代。

把文學分為牢騷文學與宣傳文學，我覺得比以前把文學分為載道與言志更能夠說明文學的內容，無論在文學欣賞與文學批評上，用這個標準來看過去與現在的文學作品，也可以更清楚地看到它們的價值與意義。所以我特別提出來供給諸位的參考。

從寫實主義談起

《盲戀》出版以來，得許多認識不認識的朋友寫信給我，或寫誠懇的書評給我許多寶貴的教益，我除了感激與慚愧以外，本來沒有什麼可說的。

但因為許多朋友都希望我給他們一個答覆，因此我不得不將他們提出來的問題重新地想一想，我發覺他們都有一個共同的傾向，就是他們的立場都是現實主義的立場，而似乎又都未深入文學本質上的問題。

所謂現實主義，在文學上也就是寫實主義，寫實主義是反浪漫主義的一種運動。浪漫主義是以奔放的感情寫傳奇的故事，以後就流於空洞虛妄，寫實主義為糾正這個毛病，要求文藝以人生的現實為對象。到十九世紀末，心理主義已經有萌芽，寫實主義就開始衰微了。現代的文藝有超現實主義、象徵主義、新浪漫主義、存在主義出來，幾乎都是反寫實主義的。這因為大家認為寫實主義對於現實的看法是太機械、太平面、太外表，人們要求向自己的心發掘夢幻與意義以求對於現實有更深的了解，因為在一切人所了解的現實之中，沒有再比自己心靈更為容易接觸的現實，而人所觀察的外界，實際上也只是存在於自己心靈之中的印象與體念。而現代小說的途徑，則有一個共同傾向，即是要把故事與寓言融合，表現人生的哲理的體驗。關於文藝思潮與態度，實際上是追蹤哲學的思潮的。十八世紀是唯物論盛行的時期，所以影響文藝上有機械的寫實主義的盛行，十九世紀後半期心理學發達起來，尤其佛洛伊德的學說崛起，文藝上就有了心理主義。二十世紀思想界有新唯心論、新實在論、唯用論等各種的哲學思想興行，於是文藝思潮就有許多不同的派別，然主要的趨勢，則是反對寫實主義的，正如哲學思想是反對唯物論的一樣。

在哲學上仍舊標榜唯物論，在文藝上仍舊標榜現實主義的是蘇聯為首的鐵幕以內的國家，它們的唯物論叫作辯證法唯物論，他們的文藝叫做新現實主義，兩者都是政治的廣告。屬於哲學的不在本文範圍以內，這裡要說的是所謂新現實主義，後來他們也稱作科學的現實主義的文藝。

其實所謂現實，當然是人生的現實。基本的人生現實是謀個人生存（衣食住行）與謀種族延續（戀愛、結婚、養孩子）。政治的現實當然也是人生現實的一種，但是只是現實的一部分。文藝當然也可以反映政治的現實，但只是反映政治現實下人生的才是文藝，而並非政治廣告家所要求的政治的現實主義。

文藝的工作是在政治以外的。把文藝作為政治的手段，則是不要文藝的想法。而這只有鐵幕以內的國家不要文化，不要文藝，不要哲學，而只要政權的一種可怕政策。我們當然也不必去談。現在要談的只是文藝的寫實主義，所謂「面對現實」的寫實。

要談到面對現實的寫實，我們不得不問什麼是現實。十八世紀唯物論以為物質是客觀存在的東西，是無從懷疑的。因此寫實主義以為現實也是客觀存在，據實寫下來就是寫實。但是十九世紀以後的哲學，對於物質就有了新的懷疑。這影響了我們思維，使我們對於所謂客觀的現實就有不同的看法與想法。

舉例來說，譬如描寫一所房子；寫實主義以為只要用許多篇幅精細地描寫這所房子的大小，房間的多少，電燈的數目……就是盡了寫實的責任。但是有人說這只是一種初始的寫實。真正的寫實，應當寫這房子是什麼構成的；又有人說應當用建築師的眼光來寫才是真寫，否則就不會有這個房子，又有人說你看到的房子，實際上只是你主觀的印象，現實只是印象，所以把印象寫下來才是寫實；又有人說印象就是主觀，主觀就是角度與心理的背景，有人看到那房子想家，有人想到住在裡面的人，有人想到這房子的歷史，有人把這房子與窮人的房子比對……諸如此類的不同態度都是現實。

所以所謂「現實」的概念，在新興的心理學光照之下，正如哲學上「物」的概念，在新興的物理學光照之下一樣，反而變成非常不可捉摸，這就是現實主義衰微的原因。

批評我無法面對現實的朋友，可惜始終沒有告訴我，他所謂的現實是什麼？

我個人並不反對有人走寫實主義的舊路，中國嚷了二十多年的寫實主義，並沒有了不得的現實主義的作品。這條路當然可以走。至於我個人，我對於寫實主義則是不滿足的。

第一、我覺得寫實主義一類的名詞只是文學史一種類別，我覺得偉大的第一流作家都並不屬於某一種的風尚。以寫實作家來說，如巴爾札克、如福樓拜的作品幾乎都具有浪漫主義的想像的。

第二、我認為狹義的現實主義的作品，往往流於報導，與文藝的範疇距離很遠。報導工作，好的新聞記者比小說家更能愉快勝任，許多愛寫實主義作品的人，目的往往是求「知」其內容。但文藝的工作同任何藝術一樣，並不是供給知識，文藝到了供給知識，那是報導；正如繪畫到了供給知識，則變成照相，是一樣的。

文藝雖不必要寫實，但仍要真實，這兩者是不矛盾的。譬如神話寓言一類的作品不關現實，但是所寫的內容，則仍要有使人有真實感。有人以為你不「現實」就無法寫得「真實」，這是幼稚的淺見。莎士比亞戲劇裡有仙子有鬼魂，都不是「現實」，但仍能使人有真實感，哥德的《浮士德》也不現實，但仍能使人有真實感。這是為什麼呢？這因為文藝同一切藝術一樣，它的真實感是由想像喚起的。

沒有想像的人，不但不宜於做畫家、音樂家或文藝家，而且也無從欣賞藝術文藝的。

人的氣質各有不同，這沒有什麼高低，也無法勉強，許多大科學家與政治家也可以完全不會欣賞藝術與不喜歡藝術的。

因為《盲戀》的題材不現實，於是有一位批評家就懷疑它的真實了。他說：「不錯，他（夢放）曾為父母所憎，兄妹歧視，世人侮蔑，痛苦、孤獨而奮鬥過。但他奮鬥的目標，只不過是『由冷僻書籍中摘抄別人不注意的材料』，寫點小小的考證，根本對生活不曾深刻體驗過，根本就沒有『生活』。若論微翠，單憑聽覺想像雲、海，都不知道是什麼形象的盲女，會使他變成天才，更是荒謬之至」。

這些話實際上是沒有接觸到欣賞的想像，而只是憑「知」的境界來審判文藝的。憑知的境界或所謂素樸的現實主義來審判文藝，則很可以說莎翁劇中的鬼魂說話是迷信，拉芳丁的動物對白是荒謬了，以知論知，我的答覆如下：

一、夢放奮鬥的目標是「生存」，「由冷僻書籍中摘抄別人不注意材料寫點小小考證」則不是奮鬥的目標。

二、我以為「由冷僻書籍中摘抄別人不注意的材料寫點小小考證」也是很有價值的工作，我們大部分人似乎連這點工作都不曾有，並無法用「只不過」來「看輕」。

三、微翠的天才，並不「荒謬之至」，否則世界也沒有盲詩人了，只要讀讀愛羅先珂的《桃色的雲》，就可以相信現實世界上也是有這樣的例子了吧？

這位批評家對於夢放也是懷疑的，他說：「……大門都不出，整天教兩個孩子，竟會寫出《蛇江的悲劇》而震撼文壇，真令人難以置信」。

這更是一句十足的外行話了，因為只要讀過幾本文學史，就會知道像這樣「難以置信」的作品是很不稀奇的。《咆哮山莊》（*Wuthering Heights*）與《簡愛》（*Jane Eyre*）的作者白朗蒂姊妹（The Brontës），都是在「大門都不出」的家庭中而寫出震撼文壇的作品的。而更神奇的是《聖女小德肋撒傳》作者聖德肋撒，是在「足不出戶」的修道院裡寫的，不是成為文壇的奇葩了麼？王國維先生說：「客觀之詩人，不可不多閱世，閱世愈深，則材料愈豐富，愈變化，《水滸》、《紅樓夢》之作是也。主觀之詩人，不必多閱世，閱世愈淺，則性情愈真，李後主是也。」也就是講這個道理。

其實憑素樸的現實主義的「知」來談文藝，即使是現實主義的作品，也是無從欣賞的。因為現實生活各人接觸不同，如果我寫一個北方冬天煤礦裡的生活，在沒有到過北方，沒有看見煤礦的人也可以發生許多「難以置信」、「荒謬之至」的想法。有人寫北方，貧苦的趕駱駝的人穿一件皮襖，在香港的讀者就可能說「這麼貧苦的人還披皮襖，真令人難以置信」的。所以對於藝術的真實感，於是否「現實」是沒有關係，沒有想像的人是無從感受的。

其實《盲戀》的缺點很多，即使在表現上現實眼光來看。有兩個讀者來信談到微翠死於蘇州，而葬在上海，其中過程上有表現不足的地方。我接信之後，細讀一遍，對於這兩個朋友之所見，欽佩萬分。現在，我在再版時就訂正了。死於蘇州，葬在上海原是很普通的事情，但在表現上可以更充分而無損於主題的就當表現充分。所以我很感激那兩位的指正，在這裡我謹致謝忱。

《盲戀》的主題問題，曾經有許多朋友同我談到，有人以為是「人類的感覺是整個的，缺一樣就什麼都不正確了」。那是根本沒有看懂《盲戀》的說法。有人以為《盲戀》的主題是心靈與肉體的消長、精神與物質的矛盾、內心與外界的衝突，那當然較看到完整了。

但是真正《盲戀》的努力方向與得失，好像還沒有人談到過。這裡談及，也只是希望朋友多指教我。《盲戀》努力的方向，是現代小說的一個主要方向。關於這方向，我想參照孫晉三先生〈美國文學概論序言〉裡關於《白鯨記》的話來說明，或者可以比對簡明。他說：

但是，《白鯨記》並不是一個捕鯨的故事。如希臘史詩《奧德賽》般，它有著宇宙性的意義，故事只是一個浮面，內部深藏著哲學意味的寓言。它有豐富的內蘊，每個讀者可以在裡面找到深刻的含義。……《白鯨記》因為有這種史詩性的深度，所以被認為世界文學一部傑出的作品。這種故事和寓言意味不可分，而寓言又曖昧朦朧難以明釋的小說，是現代小說最風行的一種格式。一九三〇年卡夫卡（Franz Kafka）小說的盛行，和第二次大戰後存在主義的興起，都代表同一傾向，表現出現代人對人生神祕的無可奈何的絕望。這也許是梅爾維爾今日聲名的解釋。

那麼《盲戀》的內部藏些什麼呢？其得失又在什麼地方呢？這是我與周棄子先生通訊中談到過的，現在我把這通訊抄在後面，就算是這篇文章的結束了。

伯訏兄：

（上略）《盲戀》書評，弟讀到者不多。但聽人口頭說論，則非常之多。此書銷行甚暢，名家力作，聲勢固不同也。中副「馬倫」短篇，已連載畢。讀者多惜其太短，而真能對寓意文筆有了解者，似乎不太多。

承教象徵之說，足徵兄境界之高，不勝欽服！弟覺兄所論者，仍可以「文以載道」涵之。古來美人香草云云，言在甲而意指乙，即兄所注意者。弟歷來撰寫閱讀，亦均注意於此。惟弟近年自覺更深一層，即是說：文與道本非二物，可一以貫之。文中最深微處，象徵二字，尚是多餘的。依弟個人體驗，即在《風蕭蕭》以前，兄每一本書，都使弟由小見大，由近悟遠。尤以年來搜讀兄書殆盡，實屬獲益太多，從來「沒有當它小說讀」。憂患餘生，漸能不惑不懼，未始非兄所賜也。掬誠之語，兄勿視為諛詞，是幸。

拙作「讀盲戀」發表後，頗受相當注意。大家說寫得相當深，並有人（自由談彭歌、自由中國聶華苓、暢流王璨如等）來信說，此文對一般讀者很有益。其實弟此文寫時固未敢苟且，而脫稿後極不滿意。假如能寫成二萬字長文或可稍好一點。雜誌催排，只有付之。「文章千古事，得失寸心知」。弟深知揣測作者用意解譯作者觀點皆極愚蠢之行為，故文中兩次提到並非書評。弟亦絕不敢妄想兄對弟所論完全認可。但弟基於解脫內心困擾之要求，當然希望兄能扼要（不客氣的）酌予指教。而手書僅有「所論佩甚」一語，此弟所無法不慚汗而且失望者也。又手書有「過獎」一語，弟亦須誠懇說明，弟個性一切可以隨便，惟對人家的文與詩，苟非我真以為好，則殺我的頭亦不肯隨便說一聲好。行年四十，如此潦倒，也即吃虧在此。拙文推崇兄者，尤在最末一節，此乃弟由衷的佩服，兄實屬「特立獨行之士」，當之無愧。臺灣讀拙文者，亦皆對此一節全體重視，此略可告兄者。

弟棄子上

（下略）

棄子吾兄：

承賜長函，甚深感幸。

所論文道一體之見，佩甚。本來「言志」、「載道」之分是多餘的。「志」即自己的「道」，「道」也是他人之「志」，所以有文必有道，無道不成文。

「象徵」這兩字本不很好，但無適當的字，就沿用之耳。

文學與藝術（畫與音樂）的表現，我以為可分平面的與立體的兩種。平面的所表現的是一種「道」，立體的則是可以由不同的方向與角度以及不同的層次去看各有所「道」，使「仁者見仁，智者見智。」

「象徵」就是說一個意象可以使欣賞者看到他能感的境界與趣味，以及真、善與美（統稱之曰道）。因此，不同的欣賞者對同一作品可以有不同的感應。這等於把金剛鑽磨出許多角度，使站於它周圍看的人所看到光芒都是不同的。

「言在甲而意在乙」，我以為只是「代替」（我說「代表」），不是「象徵」。中國戲劇以鞭代馬，許多人以為是「象徵」，我覺得是不對的，這只是「代替」。但其揚鞭騎馬的動作到藝術的境界時（有舞蹈價值）則是象徵。如打漁殺家之槳代船，只是一種代替，然其下船時之有舞蹈價值的動作（以槳為一種表現的道具）則是象徵。所以象徵是在整個的表現本身上。中國詩中，雖很多都用美人香草，但上乘的方有象徵之功，下乘的則只是「代替」而已。這等於蹩腳的戲子拿著鞭子晃晃，不過是以鞭子代表騎馬而已。只有到了上乘的演員才有象徵的功夫。因為是「象徵」，所以觀眾獲得的不光是知道他是在騎馬，而且可以體驗他是在什麼樣背景與情況之下騎馬（如生離、死別、逃難、追友、作戰……），而且可意會他是個什麼樣的個性的人物，在什麼樣的情緒中騎馬……不但如此，還要這騎馬的表現本身必需美，雖蒼頭抱病落荒而逃的騎馬，在事實上必不美，但在舞台上則需要把形式美化。

拙著《盲戀》，得許多朋友垂教，感到惶恐非凡。在我脫稿以後，我發覺我沒有從微翠的角度來寫是一個很大的缺點。原因是我意圖把夢放象徵「真」，世髮象徵「善」，微翠象徵「美」的。所以整個的故事，只是「真」與「善」衝突的故事。

真與善本不該衝突，但「真」無絕對的「真」，只是憑不完全的理智而信仰的「真」。「善」無絕對的「善」，只是憑良心的直覺所感的「善」。

「美」是藝術，它要接近「真」，也要接近「善」，但當它內心的直覺覺醒的時候（微翠重明），發現所信仰的「真」竟是這此醜惡，一切能憑良心直覺體驗到的「善」竟完全不在它所信仰的真理中。於是「美」就不知所從，因而再無法有所表現而自殺了。

我曾把這些意思同兩個朋友談起，這兩個朋友回去以後又看了一遍《盲戀》。幾天後碰見其中的一位，他說：

「原來那裡面三個人竟是你自己一個人，寫你自己藝術上的追求（美）在你理智的信仰（真）與你良心的直覺（善）間彷徨苦悶而至於絕望。」但是，另外一個朋友則寫了一封信給我說：

「你原來在寫鐵幕裡的作家，因為良心發現（微翠的重明）看到善與所信仰的真的矛盾而停止了藝術的生命（自殺）。」（他還引了《盲戀》一八一頁「……把她盲目改聾啞……改為一個男人……」一段作為例證。」

這種正是「仁者見仁，智者見智」的看法。但此書初步所以未能引起讀者象徵的想像，則是我缺乏一種暗示。這種暗示，假如從微翠的角度來寫，就可以比對有力量了。

在我撰寫之初，對以誰為觀點也曾下過考慮，當時因為想暗示人之信仰不是主動——是由環境氣氛所囿所引，「信仰」往往變成主動的在爭取信徒，使信徒相信這真理是盡善盡美的。我以前曾想寫一本《信仰的誘惑》為主題的書，沒有動手，不知怎麼，這意象竟混淆到這裡了。——所以我採取了以夢放為觀點的寫法。我當初以為有小引與尾語，已夠作我主題上象徵的暗示，但事實證明竟不夠，這大概就是在效果上失敗的原因了。

中副短篇，因主題與人名具有暗示的力量，所以就比對可喚起讀者象徵的想像，不知吾兄以為然否。

辱荷不棄，敢以所感所想上陳，尚祈不吝指教，幸甚幸甚。此頌：

文安

弟訏再拜

兩性問題與文學

自人類有生活以來，就有文學；人類生活中有兩性生活，文學中也就有兩性問題。詩三百篇裡，有不少男女情挑之作；希臘的神話裡，有男女愛恨之情者甚多。

但是西洋的文學史裡，幾乎任何的作品都有兩性的描寫。中國文學，向崇修身齊家治國平天下，小說戲劇發達較晚，詩歌因男女無自由往還，所以情詩遠較西洋為少。以後有文以載道之運動，除了狎妓調笑認為雕蟲小技遊戲之作外，很少有兩性的描寫。宋詩更是鄭重其事，把詩帶向說理載道的路上發展，兩性間香艷離合之情，則多在被視作非文學正統的詞曲上表現。元曲原是從民間的戲曲發展而來，所以多男女之故事。以後傳奇與小說興盛，在當時因從未被看重為文學正宗，所以有許多男女之描寫。五四以後，因西風東漸，反對買賣婚姻，提倡戀愛自由，男女喜悅之情，乃成為正宗文學的題材。而作者也多學習西洋文學，於是兩性的描寫遂開始出現在正宗的文學作品中了。

中國的男女既然授受不親，婚姻要賴父母之命媒妁之言，所以談情說愛只見於嫖妓宿娼。女的幾乎完全是被動的。等公子床頭金盡，逐出妓院，多情的妓女贈金，遣其赴京應考，也只能被動地等男人考中後回來娶她，如果他考中了而另有所愛，她也就只好自殺或出家了局。

性的問題原是生物的本能，人類把性的本能提高到戀愛的境界，原是人類的高貴之處。但是中國的社交不公開，女人甚至無法在公開場合露臉；把戀愛搬到妓院中去，已經可說與西洋的戀愛完全是兩回事了。有人說中國的舊式婚姻是先結婚後有愛情，也即是有性的結合後才發生愛情，其實妓院裡的戀愛也正是如此。看到美女，花錢買淫，日子久了，才生愛情，這所謂愛情也只是性的獨占而已。

因此中國以前的戀愛小說，格局既狹，而情操低卑，愛之結果，也只是討來做姨太太，上侍翁姑下奉元配而已。

五四以來，有反禮教、反封建、反買賣婚姻的鬥爭，青年一代開始有自由戀愛，西洋小說與電影指導我們戀愛的方向，我們開始產生了西洋十九世紀所重視的愛情的情操，為愛情而作自我犧牲的文藝作品也開始出現。

但是正當中國接受愛情說法以後，西洋的戀愛觀於第一次大戰後隨女性的解放而改變。靈肉一致的態度使愛與性行為的距離越來越近，婚前的結合成為普遍的現象，於是慢慢地就與中國以前的由肉體結合而產生愛情的情形相近了——雖然這二者的本質上是不同的。因為在中國是女性的完全被動，在西洋則是女性漸取主動的緣故。

從第一次世界大戰到第二次世界大戰之間，文學作品的戀愛描寫是由靈到肉的發展，如海明威在《戰地春夢》中寫與西班牙護士的通姦，他認為是現代羅密歐與朱麗葉的戀愛，這也可見戀愛的概念在西洋社會的變化。第二次世界大戰以後，戀愛小說幾乎都有變態的成分。性的描寫越來越大膽。一男一女的喜悅，幾乎是必須發展到性交。十八世紀認為有傷風化的如波華荔夫人（Madame Bovary）一類的作品，在現在看起來覺得當時真是太大驚小怪了。

我們平心靜氣看看文學上兩性問題的暴露與描寫，覺得如果太過分了，自然是會影響社會的風化。但究竟暴露與描寫到什麼樣的限度才是藝術可以允許的，則實是一條不容易劃分的界限。而這個問題，還是仁者見仁與智者見智的事。

在民族與民族間，我們可以看到許多不同的習俗。往往在甲民族認為很普通的行為，在乙民族可以認為是非常色情的。

而在一個民族之中，不同的場合又有不同的看法，在一個場合認為是色情的，在另一個場合又不以為如此。不用說，時代的演變也是可使人的見解完全不同，以前認為是色情的，現在竟可視若無睹。以前認為普通的，現在則可認為很色情。

譬如巴里島的女性，傳統上是露乳的，他們對於露乳的女性從不認為是有傷風化的色情，可是在別的民族看來，覺得這是不尋常的暴露，是可以引人作非分之想的。巴里島觀光的遊客很多，因為這個關係，現在已經禁止露乳，露乳變為非法的行為。可是在鄉下，保守的人還是常常露乳。將來如果多與外界接觸，人們意識上也許就會改變，露乳當被認為暴露過多的色情行為了。中國露乳的情形也常有，在江南一帶（在臺灣似亦如此），做母親的幾乎都在大庭廣眾之中，捧出乳房餵孩子，做的看的都習以為常，從來不當它是與色情有關的——除了在登徒子的眼中。現在，我們受了西洋社會的影響，凡是受過學校教育的，或者說受過洋教育的母親，絕不會再這樣餵乳，這也就是意識到露乳是一種暴露的行為了。現在，西方時裝設計家已經創製了露乳的服裝，從游泳衣到晚禮服都有展覽，雖然用的還不普遍，但誰也無法預料將來不會成一個風尚。如成了習慣，人們的意識也許就會同巴里島的人民一樣，覺得露乳是極普遍的事情了。

從中西服裝的不同中來看，西洋人露胸背，中國人露腿，這也是一種很不同的習尚。西洋人雖以為露乳是色情，但露胸背則認為是合乎禮節，並不是下流的暴露，可是他們看不慣中國女人的露腿，特別是旗袍的開衩。

丁文淵先生是駐德多年的一個學者，他常說到許多中國留德的女學生在公眾場所或者在宴會或茶會之中拉絲襪，是一種很失體統的動作。丁文淵先生所說的是指三四十年以前的情形，當時女性的腰封在中國還不普遍，長統絲襪都靠鬆緊帶束在腿上，很容易滑下，所以漂亮的小姐們常有拉絲襪的習慣。殊不知這在西洋人的目光中，這是一種最色情的，幾近下流的動作。

其實露腿的習慣也是旗袍緊身以後的事，在我小的時候，江南一帶的鄉下婦女，出門必穿裙子，她們認為露褲腳管就是一種暴露。真正的旗袍，即是旗人所穿的袍子，原是又大又寬又長，是既不露曲線又不露小腿的服裝，後來的演變的確是從暴露的路線發展。但不暴露上身而暴露下腿，其原因實在是在實際行動上的困難，因為，把原來旗袍的下擺縮緊，走路就無法開步，因此就必須開衩或者是縮短。二、三十年代中國女性的旗袍樣式的變化不外乎下擺長短與開衩上下的移動，上面則只有領子的高低，開襟的斜直兩三寸之間的變化。

雖說西洋人以為露腿是色情的，但是在許多場合上，西洋女人又比中國人更多地暴露。在旅行的船上，在鄉村中，在海灘上，一尺二寸的短褲是西洋女人常穿的服裝。游泳衣不必說，是有更多的暴露，而無聲電影時代的海灘風光同現在的比起來，更是難令人置信。現在任何一件游泳衣，在二十年代時穿出來，完全是犯法的。人們不解的，為什麼當時認為如此有傷風化的服裝，現在看起來是如此平常。

許多學者認為，只有把人體看作不足為奇的自然的存在，人們才可以處之泰然。各國天體營的組織也就根據這種理想而來。大大方方的裸體，穿一尺二寸的短褲，比在旗袍的開衩處拉絲襪則較少色情的意味，脫衣舞之所以被認為色情，就因為脫衣女郎有故作驚人的遮遮掩掩的動作。

性教育是一種很重要的學問，中國人對於孩子與少年以不教育為教育，由他們自己去教育而已，這是很危險的事情。現代的教育家一致認為要在孩子的成長中，逐漸地讓他們了解兩性的不同與關係，使他們對兩性問題覺得自然而平常，不會大驚小怪才好。小孩子大概在七八歲時候對於兩性的關係已可有許多的問題，尤其是都市裡的孩子，他們耳目所及發覺神祕奇怪的事情太多，這時候如不讓他們發問，當作一件不潔的事情去禁止他們談及，則反易使他們想入非非，而至於躍躍欲試，這會有非常可怕的結果。只有大大方方慢慢地講解說明給他們聽，才可能使他們對兩性問題不作不正常的想像。

自從西洋文明流入中國以來，我們曾經站在傳統道德上如何堅強地去求為「用」的「西學」而保衛為「體」的「中學」，特別是所謂「道德」與「風化」上。但是我們始終是失敗的。

我們現在看「天足」似一件太平常的事情，但是在反對天足的當時，正以為女孩子不纏足，像男孩子一樣大腳大步跑來跑去，是一種很色情太暴露的行為。

自由戀愛，現在好像是天經地義的事情。年輕人不會知道在五四運動的時候，這是被保守者認為是有傷風化的。在男女授受不親的原則下，男朋女友的約會，單獨的散步與吃飯，自然都是「色情」的。看到青年男女攜手閑步是遠比現在我們看到他們在公園裡接吻為嚴重。許多年輕人也許從來不知道：

我們曾經有衛道之士，反對男女同學。

我們曾經有衛道之士，反對男女一同演戲。

我們曾經有衛道之士，反對男女的交際舞。

我們曾經有衛道之士，反對藝術學校裡的模特兒。

但是使我們詫異的是有許多在爭取自由戀愛的所謂反封建的勇士與勇女們後來竟變成了交際舞的反對者；而干涉自己女兒自由戀愛的，竟是以前在學校裡，擁護男女一同演話劇的人士。還有使我們不解的，是維持風化講究「道德」，主張女子不燙髮，穿裙子，反對交際舞自由戀愛的道學家，許多都是娶幾個姨太太的人士。

我們有中國傳統的人，如果在郊外看見男女的野合，會覺得這是太暴露的有傷風化的下流行為，可是看到要人們家裡有兩個姨太太在為他揩背洗腳則視為平常之事。可是用西洋人的眼光看來，覺得前者倒是不足為奇，於人無大礙之事，後者則是可恥的淫亂的行為。在上海時，我有一個法國朋友，常對我說，帶著兩個老婆在一起，是太傷風化的事情。我反對他說，西洋人帶兩個女友看戲也是常有的事，你怎麼知道人家不是朋友？他說這完全是兩件事情，而他可以一目了然的看出兩者之不同。他還告訴我說，他看到男女青年在野合覺得毫不刺目，看到多妻的家庭就想到惡形的淫亂的生活。這使我感到，人類雖是都有一個性的要求，而性的感覺與性道德的感受可以有如此的懸殊。說穿了只是一句話，只是一種看得慣或看不慣而已。

像我們正常的人，覺得同性愛實在是無法想像的醜惡的事，可是唯美派的王爾德對於同性愛可以認為一種美麗的愛情。而莎士比亞的十四行詩，論者也說有同性愛的情話。在我們男人感覺之中，還覺得男性的同性愛比女性的同性愛更覺無法忍受。我記得正當我中學畢業時，《京報》副刊上有一篇燕京大學的女生寫的描寫同性愛的小說，我當時讀了非常欣賞。但是我實在無法想像，如果這是一個男人寫的，是否也能給我一點美感？

雖然是二十世紀的今日，女性有獨立與主動的人格，可是在性的生活上，女性還是站在被動的地位，這一方面可以說是生物上生理上的自然現象，另一方面可說社會還是男子中心的社會。

我常注意英國近代小說，其中有不少寫英國男人與殖民地的女人通姦與戀愛的，但絕無寫英國女子與殖民地男人平等地通姦或正常戀愛的。自從莎翁的《奧賽羅》（*Othello*）以後，在英國文藝作品中寫白種太太與有色的丈夫成正常家庭的可說絕無僅有。現在的美國小說，動不動與別國女子通姦或自作多情的戀愛，但從無寫美國女人與別國男子通姦或戀愛的。他們寫到黑人也是如此，只有男性的白人與女性的黑人有姦情或愛情的描寫，從未把男性的黑人與女性的白人的姦情或愛情正面的當作主題。不久以前我還讀到一篇短篇小說，是一九六二年得奧亨利小說獎第三獎的作品。主題叫做〈列寧格勒的習俗〉（Familiar Usage in Leningrad），寫莫斯科美國展覽會建築部分的一個嚮導員，從莫斯科到列寧格勒去度假，由一個朋友之介紹去看一個列寧格勒的蘇聯小姐。這個小姐知道他是美國人，就非常同他要好，但是與她同房的老祖母知他是異國人，要他快走。於是女主角就陪那個美國人出來，散步調情。女的於分別時就吻男的，並且教他如何不被人注意地於翌日在反宗教博物館裡相會。於是第二天兩個人玩了一天，男的就想同女的睡覺，女的很願意，但不敢到他旅店的房間去，只好偷偷摸摸到旅館的舞廳裡坐一會喝一點酒。接著又到街上蕩一會馬路，最後女的實在捨不得這個美國男人，就偷偷摸摸地把他帶到自己局促骯髒的寓所。同居兩個老太太同他握手但要他早走，但女主角正在自己的床前掛起棕色的被單，兩個老太太就退到縫紉的角落。女主角就在被單的深蔭中接待了他。愛情在列寧格勒是如此簡便。

通姦後，女的送男的出來。女的哭了又吻男的，男的無動於衷，搭火車又回莫斯科了。

這篇小說除了把列寧格勒寫成擁擠貧窮不自由的城市外，把蘇聯女人寫成好像專在那裡等美國訪客去「做愛」一般，既幼稚，又可笑，我不知道美國人讀了有什麼感覺，既然被選為奧亨利小說獎第三獎，當然是很受欣賞的。如果列寧格勒的男人沒有死光，我始終想不出一個蘇聯小姐要冒種種危險偷偷摸摸地去同一個陌生的美國男人要好、調情以至於通姦的理由。倘若蘇聯真是一個警察國家，像中國大陸一樣，一個陌生人去找一個當地小姐，老實說是不可能不被人知道的——即是蘇聯並沒有中國般的里弄小組的組織。常看美國電影寫第二次大戰時與德日的間諜戰種種，總是把德國人、日本人寫成又獨裁又飯桶，總使人對這些電影發生反感。讀這篇小說也是如此。如果那個美國嚮導員是女性，到列寧格勒會蘇聯男人，如此這般的完成了通姦，不知美國人讀了有何感想。奧亨利小說獎的評判員，還會選那篇小說為第三獎的作品麼？我們知道韓素英之〈愛情為多彩多姿之事〉小說，是一個女人寫與英國男記者戀愛通姦，如果倒過來是一個男人寫與英國女記者戀愛通姦，它之不可能為西洋讀者歡迎，那也是可以假設的。

性行為美醜的感覺與性道德的善惡的判斷往往是不可分的。它隨著習俗與傳統而不同。自然，宗教與信仰是傳統的最大成分，基督教、回教、印度教都有他們不同的性道德觀，中國性道德觀，一般說來始終脫離不了儒家的禮教。

有許多男子儘管是受了所謂新教育，相信自由戀愛男女平等的一套說法，可是下意識裡，則始終是把女人當作財貨一樣的。也有另外一種人，他在文化上思想上主張中國本位的道德，可是下意識則已經接受了西洋的性道德觀。這也可以說是一種自衛的「理謂」（Rationalization），所謂「理謂」即是找一種理由對自己來解釋自己自私的行為。事實上某種行為的道德與不道德，在旁觀者與實行者感覺上可能是很不同的。比方說，海灘上穿著現在這樣游泳衣男女在一起游泳，在以前中國讀書人的眼光看來的確是屬於有傷風化的事，可是當我們自己也穿著游泳衣同大家混在一起游水，就會發現並沒有什麼不潔的念頭，自然也就不覺得會傷什麼風化。記得以前，當交際舞初流傳到中國的時候，很多人反對這種玩意，說這是有傷風化的行為。可是後來這樣反對跳舞的人學會了跳舞，發覺大家在一起跳舞實在是一種高尚的交際，與風化真是一點沒有關係了。（這自然只說跳舞，有舞女的舞場，目的或反而不在跳舞，則是兩件事情了。）

如果我們把五四時代的文藝作品看看，就會發現那些作品幾乎是十分之九是戀愛小說，主題不外是反抗舊禮教，反對買賣婚姻，提倡自由戀愛。自由戀愛，當然是西洋傳來的玩意，但是這些小說，所寫的戀愛對象多數是表姊妹。這自然難怪，因為當時的社會，男女既不同學，一個青年男子除了表姊妹外幾乎是無從認識其他的異性的。後來小說也有寫到同學的姊妹的，但不很自然，因為中上階層封建家庭中，女眷並不與外客交遊的。

就是在自由戀愛的原則下，中國與西洋仍有許多禁條上的不同。如弟弟與寡嫂相愛，遠親之上輩與下輩相愛，與朋友的女兒相愛，與友人之寡妻相愛，這些在西洋認為極普通的事，在中國傳統上講，則都是不道德的。還有一點是，姑表兄妹與堂兄妹的分別，這二者血緣方面可以說完全是一樣的，在西洋，許多地區認為二者的婚姻都是合法的。可是在中國，姑表兄妹的結合很普通，堂兄妹的戀愛則是被視作亂倫的。

五四時代的戀愛小說，據我看到的來說，幾乎從未取材到這些西方所承認的，但與中國傳統相矛盾的題材上。五四以後，在中國社會變化之中，這種西洋性道德上的標準，慢慢地終於被人們所接受，或者是被人們下意識所接受。遇到現實的性行為違背了我們的傳統，我們就很便利地用西方的道德觀來解譯自己。在北伐的時代，革命的動亂，性觀念又有很大的改變。蘇聯在革命時代所產生的「一杯水主義」，也在那時傳入了中國。當時蘇聯有許多作家用這個觀點表示一種進步的態度。我記得女作家科倫太夫人（Alexandra Kollontai）有一部紅極一時的小說，是說一個年輕的女同志同她母親的情人相愛，因此傷了她母親的心，可是她並不知道母親為什麼要傷心，她認為這種「傷心」、「妒嫉」的感情完全是屬於小資產階級的。當時許多「進步」的中國青年也接受了這個觀點。蘇聯革命後的性觀念與行為的放縱，可以說已經到了沒有任何範圍的地步。以後列寧把它糾正過來，又回到了婚姻——家庭的格局。這在集體主義——人民公社——兒童公育——各盡其能——各取所需的理想中，列寧的糾正可以說是一種倒退。

中國在北伐時期，性的觀念變化與性的行為演變也是很複雜很有趣的。它呈現出最放縱的「一杯水主義」以及最落後的「姨太太主義」的現象。北伐的武裝同志在革命戰爭中，大家「一杯水」，革命勝利，情有所鍾，或若是珠胎已結，乃謀久合，這是常事。有許多是從北方跑到南方去革命的與女同志戀愛難解難分，可是因為他們在北方家裡已有個髮妻，等到北伐完成，髮妻重會，家有老父老母，豈容隨便離婚，女同志也就屈居姨太太了。我們從這些千變萬化的形態中，實在很不容易了解性觀念在各種道德觀點的激衝中，在個人心理上可以產生了什麼樣的影響與變化。但不管我們贊成或反對，那些不同的道德觀念，往往會滲入我們的下意識。它可以與我們的主張與思想不合，而我們的行為往往被它所控制。

蔣夢麟先生現在已經作故，他的第二任太太原是高仁山先生的太太。高仁山先生當時是北大教育系主任，與蔣夢麟先生是朋友，高仁山死後，蔣夢麟由照顧朋友之妻，因與高太太相愛而結合，這在西洋道德上原極是合理的事。可是與當時社會的觀念並不相容，北大同事及學生間都有非議。其中有不少都是五四時代的反封建反傳統提倡自由戀愛的新人，但是因為下意識存在著中國傳統的性道德觀念，所以總覺得娶友人之遺孀是不道德的行為。

錢穆先生與胡女士之戀愛結合，當時也頗受時議。因胡女士為錢先生的學生，而胡女士之父為錢先生的朋友。如果從西洋的戀愛原則上講，兩個人既然相愛，結合是極合道德的。倒是評譏的人，下意識中還是存在著中國傳統上性道德觀念，以為長輩與小輩相愛是一種準亂倫的行為。

有人說，對錢先生的評論並不在他的戀愛與結婚，而是因為錢先生是中國文化本位論者，主張維護中國傳統道德的人，而又是以道統自承的學者，是根據言行不一致來說的。這種說法無法說沒有道理，但人的思想與意識的不一致實是很普通的事情，尤其是過渡時代。社會太快的變化，往往使我們的意識跟不上自己的思想，人們往往會如我上面所說的用一種「理謂」來掩飾自私行為的。如錢穆先生，雖然他的思想上是主張中國的精神文明道德文明，但是他的下意識也正是早被西洋的戀愛道德觀念潛移默化，在必要的時候就採取了另一個標準了。其實，這也不僅是對於性道德人們有如此的矛盾現象，別的行為的道德標準也同樣可有雙重的。譬如民主精神吧，一個人應該尊敬反對的意見，但到了大權在握，就往往會用許多別種的托詞來用暴力壓抑異己的思想。又譬如貪污的行為，平常深覺貪污是可恥的人，到了自己有貪污機會時，也可以用孝敬父母或曾有功於黨國的「理謂」來原諒自己的。

這些都是題外的話，現在言歸正傳。性道德不但因民族的習慣與傳統的不同，還因社會的不同而不同，比方在農業社會與工業社會，二者的差別也就很大，在農業社會，娶太太是多一個人的勞力，所以都要娶比男人年齡大一點的，或甚至大許多。許多父母自己年齡老了，而兒子還很小，常愛為兒子娶一個較大年齡的媳婦以照顧甚至保護自己的兒子。在工業社會，男子都娶比自己年輕的女子，原因是當男子有能力成家自立，年紀已經不

此事看作如此的惡劣與醜怪？中國明末名儒朱彝尊有《風懷集》二百韻，是寫與小姨調情偷情之作。這種戀愛，在西洋是稱謂風流韻事的，在文人的詩文中常有這一類的情詩，但是在中國則認為極不道德。以後有不少愛朱的學者，故意為他曲解說這些情詩是詠寫他與妓女的關係，以超脫朱的不道德行為。西方以狎妓為恥，中國以與小姨戀愛為不道德，這可見中西性道德觀念不相同了。普羅福諾的事件發生以後，他的美麗的戲劇名演員妻子公開說仍將與他白首偕老，我覺得這正是中國人的所謂婦道。但如果倒過來，普羅福諾的太太與人通姦，普羅福諾發現了，還能夠將她諒解願與她白首偕老嗎？這所反映的性道德，正是男子中心的道德觀。用客觀眼光來想想，實際上也沒有理由要如此維持著的。聽說有些民族，是以將自己的太太與妹妹伴來客過夜為禮貌的，則就與我們看法完全不同了。以前西洋對於女人的要求貞節，同中國似乎並不上下，中世紀武士外征對妻子用貞節帶，同中國的貞節牌坊相較，也只是外用與內服的不同，都可見男人統治女人的殘酷。但是到二十世紀，西洋女子的解放，在經濟的政治的事業的各方面，慢慢地都走向與男子平等的趨勢。雖然社會仍是男人中心，但在兩性關係上，女性主動已是普通的事情，社會上對於女性的貞操觀念也已經消失。文學上對於性的描寫之放縱，正是隨著女性生活各方面的解放而來的，如果女性一直在家庭與廚房裡，中國男人除了與表妹，小姨及妓女談性說愛外，同誰去寫情詩？小說戲劇中故事的設計，如《梁山伯與祝英台》，以女扮男裝成為同學的戀愛，如《拜月亭》男女在兵荒馬亂中，相偕而行，都是要使無法授受的男女一個發展的機會。但這與現代生活中天天可與異性接觸的世界相較，又是多麼狹窄呢。

除了女性生活上的解放，貞操觀念的消失外，還有就是佛洛伊德學說的影響文學的創作。佛洛伊德的學說是以性的壓抑解析潛意識的現行，所以在文藝創作上多了些性意識的揭發與性現行的描寫也就成為自然的結果。到現在，我們隨便翻到任何的西洋文藝作品，赤裸裸的性的描寫已成為平常的事情。

中國對於女人的觀念與西方的不同，這與中國過去的傳統自然很有關係。西方封建社會有武士，武士遠征雖要求妻子貞節以守，但他們總是以保護女子為他們美德之一。把女子當作懦弱與纖小的人類，在社會上對她們多一點禮讓則是中國人所沒有的。其次西方似乎始終把女人當作有感情有愛情的動物，所以性的占有先要得女人的歡心，中國男人在傳統上則總是先去侵犯女人的肉體。現代文學雖多性的描寫與暴露，但與愛情則是一致的。中國文學中愛情只是性欲與節義。中國傳統上總是把女人分作兩類，一種是青衣，一種是花旦，青衣必有一本正經的面孔，端莊凝重，相夫教子，性的生活就是養兒子；花旦則是專門供男子娛樂享受。時至今日，不但許多男子脫離不掉這種意識，許多女子似乎也殘存這種奇怪的頭腦。所以在文藝作品中，如果寫一個很有教養的家庭出來的女人有些性的放縱，就被認為是有意誨淫，而寫一個妓女的色情，就認為是可以原諒。這也是一種很可笑的成見。

文藝中色情的成分，自古以來都有問題。究竟什麼是藝術的必要，什麼是色情的展覽，這個分野，實在沒有一條明白清楚的界限。但有一點我們必須了解，這界限一直是在變動的。這變動在中國尤為明顯。這在上面所說的演變上，都可以看出，西洋的風尚使我們無法抗拒。

中國人自以為比西洋人多點廉恥的也一一都接受了西洋的觀念，主要的自然是因為社會在演變，我們無法防止隨著物質文明來的精神文明、隨著精神文明來的道德觀念。即使處在鐵幕後面的人們，也鑽著空隙來覓取物質文明，而同時也接受了精神文明。以游泳衣來說，游泳衣質料，當然是屬於物質的，但在樣式的設計，色彩的配合，那就是屬於精神的，至於女性穿在身上的肉體暴露部分而言，那就是與性觀念性道德有關係了。以女人襪子來說，尼龍的發明並不很久，這是物質文明。但當它製成絲襪可以如此堅韌而又如此輕柔，成為一種美與時髦的風尚，那就屬於精神的了。如今以它做了女人的襪子，連帶著就與性觀念道德有關係，這大概已經不為穿尼龍襪的女性所記得，在五十年以前女性們如此暴露小腿的曲線，已經是屬於有傷風化的無恥了。

去年在報刊上看到郭良蕙女士《心鎖》小說因色情而引起的問題，提到謝冰瑩女士給郭女士的公開信，許多人以為謝冰瑩女士是衛道的人士。實則冰瑩女士在五四以後，在反封建在反買賣婚姻時，正是一個最勇敢的女作家，她寫過不少反抗舊式家庭的父母、與情人私奔一類的小說與文章，在當時它正是被衛道的人們認為是有傷風化的誨淫的作品。我沒有讀過《心鎖》，在這裡也不想論心鎖事件中誰是誰非。但我覺得，時代的演變就是這樣一個故事，人類在年齡長大中，由急進變成保守，也是一個生物上的現象。我見過反抗父母而同男人去游泳的小姐，現在自己變成母親，她雖然不反對她的女兒同男友去海灘游泳，但她極力反對女兒穿「比基尼」游泳衣。我也想到自己，當我年輕時，曾經瘋狂地不顧一切愛過人家的女孩，而對於阻礙我們愛情都認為應該反抗，但當現在我自己有女兒的時候，我是否可忍受一個完全不顧一切的青年瘋狂地天天來追我女兒呢？問題是社會仍在行進：反對穿「比基尼」游泳衣的並沒有反對偕男友去游泳，反對「瘋狂」地追求他女兒的父親，也沒有反對戀愛自由。社會始終是有年長與年幼，激進與保守是交織著在行進。像福樓拜的《波華荔夫人》這樣的小說，在當時曾經大驚小怪，認為傷風敗俗的，現在讀起來竟覺得等於在海灘上看到穿帶裙子的游泳衣的女性一樣，是何等的平淡無奇呢。

在自由世界，人類努力的則總是不斷的要求吃飯的自由與性愛的自由。反映自由世界的文學，在性描寫與性自由追逐中，我們看不慣的是難免的。所謂藝術的與色情的，近年來將這類問題拿到法律上去尋求解決的，如老爺雜誌的美女插圖，如《查泰萊夫人的情人》等也已有多次，也正是在道德與文學中尋求一個門檻。我們看到許多偉大的作品有色情的描寫，我們也看到假冒文學的招牌在推銷色情；也有色情的作品，因其有文學的價值，社會一直容忍它的存在，也有文學的作品因其色情而一時禁止其流行。我們很難一般地定什麼原則。社會上始終有放縱與約束的兩派在牽扯與消長。一般都是幹創作的藝術家主張放縱，而別方面人士主張約束的。我們認為這交給法律與法院去決定是唯一的辦法。但有一點則必須提及的，即這些暴露性趣味太多的作品，儘管是屬於文學的，對於兒童則應有所限制。兒童與少年的讀物要有好好的選取，這倒的確是教育家與社會學家的一個問題。

以我個人的經驗來說，我在十四歲以前已經看了《野叟曝言》、《紅樓夢》、《西廂記》。大概十五六歲看到《金瓶梅》，讀到潘金蓮大鬧葡萄架，就覺得「惡形」，沒有看下去。現在回想起來，《野叟曝言》引我入勝的是故事的變化繁雜，性描寫的地方有的也曾使童年的我有點好奇，但有的則有想不到的可怕，我相信對我童年的心理絕對有害的。《紅樓夢》對於童年的我，實在也不是有益的讀物。但是最有害的，則實在是《西廂記》。那本書我後來又讀過兩次，覺得除了那些曲詞的綺麗動人外，實在是一部下流的無聊的作品。後來陳寅恪先生論證元稹的《鶯鶯傳》裡面的鶯鶯實際上是一個妓女，而作者附以名門大姓以後（董西廂與西廂都是根據這個骨幹而引申的），我才了解為什麼作者對於愛情除了睡覺以外寫不出任何情趣。（兩性的情趣，在任何男女的傳奇中都有，獨獨《西廂記》沒有。）現在流行於舞台上紅娘的戲，為張生鶯鶯傳書把鶯鶯擁到張生的西廂裡去睡覺，我覺得比許多被叱為黃色的作品者還要黃色。我於兩年前去臺灣時，有人請我看平劇，裡面也就有這個劇目的演出，在衛道氣氛很濃厚的臺灣，似乎並沒有衛道之士來呵斥。因為這也許是這樣的傳統劇目，大家也已經習以為常，不再去注意它的不良的效果了。

我們面對著這樣的社會，有志之士想借於文藝以校正社會的風尚，其用意未始不是好的。但是可惜文藝是一株有生命的樹木，它依靠著土壤陽光而生存，一砍下來製成工具，它的本身也就死了。

性道德與觀念是屬於全社會的。要糾正社會風尚，我們借助法律政治的力量或者是一個辦法，但加在文藝作品，不如加之於社會。當妓院與酒家林立，男人三妻四妾不以為誨淫的時候，禁止女子的搔首弄姿又有什麼用呢？

我們也不反對政府出來維持風化，但每個政府的官吏都不妨反省一下自己的私生活，如果可以坦白地讓社會知道，恐怕風化都該從自己維持起吧。

現在還看不出有什麼有效的辦法，能夠使世界的文學作家對於兩性問題採取約束或保守的態度，除非來實行鐵幕後國家的文藝政策。

在無法改造全世界作家，而又恐怕社會受性問題的威脅時，我覺得注意於兒童與少年的性教育，提倡多有兒童少年的文學讀物倒是一件比什麼都重要的事情。

談現代傳記文學的素質

去年到臺灣，《傳記文學》編者送我幾本《傳記文學》，並命我寫點稿子。我當時以為我一生雖無出息，但閱歷不少，總有可記之事，因此就滿口答應下來。及讀了《傳記文學》裡的文章，則感到實在不能動筆，因此一直沒有交卷。而我自己倒從此變成《傳記文學》的讀者之一，每次收到必先拆讀，手頭工作，反往往擱下。但仔細想來，我之所以愛讀《傳記文學》原因實在是：在裡面寫稿的人大都間接直接的有點認識，被寫的人也或多或少的有點知道。我於是想到，如果那些寫稿的人我一點也不知道，那麼我是否還會愛讀這些文章呢？這是一個很有趣的問題。原因是傳記這東西，究竟是屬於歷史的，還是屬於文學的？什麼樣的傳記該屬於歷史？什麼樣的傳記該屬於文學？——自然也有些傳記是既可屬於歷史也可屬於文學，也有些傳記是既不能屬於歷史也不能屬於文學。——始終是一個問題。把「歷史的」與「文學的」這樣分開來說，概念上好像不太清楚。因為文學這個名詞正如哲學這個名詞一樣，過去與現在的大不相同。以前我們幾乎把所有文字寫成的東西都作為文學，如尚書中的盤庚、洛誥，在當時不過是一種告示，我們編古代文學史，也往往把它當作文學作品的。歷史與文學的分家也是後來的事，自然，如今我們的歷史家儘管有極好的文筆，我們還是不把他的作品當作文學的作品。「傳記」原是介乎文學與歷史之間的東西。我們往往很難分別什麼是歷史的傳記，什麼是文學的傳記。對兩者也無法下一個清楚的定義，因此，我上面所提出的問題，倒是在欣賞上一個恰當考驗，即是說，倘若《傳記文學》的作者是我一點也不認識，所寫的人又是我一點都不知道，而這些文章仍可以使我愛讀，那麼這才是文學的。

在《傳記文學》中，曾刊有吳奚真先生譯莫洛亞的話，他說：「……特立衛連（George Otto Trevelyan）或洛克哈特（J.G Lockhart）的作品，儘管其結構十分完善，只不過是一篇文獻；而史特拉齊（G.L Strachey）的作品卻是一件藝術作品。」這也就是說，特立衛連與洛克哈特的作品只是歷史的素材，史特拉齊的作品才配稱為文學。這種說法正與我上面的想法相同。文學不一定表現人物，但一涉到人物，無論在戲劇或小說裡，它就要求生動活潑，有血有肉有生命，所謂是立體的。傳記既是以人物為主，因此傳記文學的要求，就是要寫出一個生動的立體的人物。在歷史著作中，因為要忠於史實，作者目的不在描寫刻畫人物，自然不能與憑想像而創作的小說相比。但是在有些著作，如《史記》與《漢書》，其中所寫人物，生動活潑可以呼之欲出者很多。這些就是作者通過文學的想像而刻畫的，所謂文學的想像，乃是作者在史料的實事外，另有創作的成分。

蘇東坡〈刑賞忠厚之至論〉有「當堯之時，皐陶為士，將殺人；皐陶曰：『殺之三。』堯曰：『宥之三。』」之句，文章到了歐陽修的手裡，因不知其出處，於東坡進見時問之，東坡笑曰：「想當然耳。」這「想當然」正是歷史之終點，文學的起點。在《史記》的〈項羽本紀〉裡說：「秦始皇游會稽，渡浙江，梁與籍俱觀，籍曰：『彼可即而代也！』梁掩其口，曰：『毋妄言，族矣！』」這一段記敘，籍與梁對白顯然是很祕密的，太史公如何會知道？這就是為刻畫項羽這個人物，所以加了他這樣的想像。在《維多利亞女皇傳》中，好像有那麼一段，寫駙馬爺亞爾培脫與女皇口角，賭氣閉門，獨居房內，女皇打門，問是誰，說是英國女皇，門不開，後來改說「你的太太」，駙馬才開門。史特拉齊寫來如聞其聲，這自然也只是為維多利亞女皇的人性，所以有這樣的想像。只有傳記作者有這樣的想像，才能夠創造人物。人物的性格，才是傳記的靈魂。

其實文學裡人物的創造，過去與現在的也很有不同。以前小說的人物是兩分法，一種是好人，一種是壞人；中國舊小說裡的人物也是忠良與奸佞兩種。現代小說則寫人性，每個人都有好的成分與壞的成分，這是一種進步。二十世紀以來，因為心理學的發達，弗洛伊德學說影響了文學，人物在小說家手中成了一個新的課題，小說家往往不從人物的行為上著手而從意識的發掘，作家們就愛寫個人內心的矛盾衝突而疏棄人與人個性的衝突，人物個性的表現反而不顯著了。西洋傳記文學的發達是二十世紀的事情，這自然是受小說上發展的影響，在二十世紀以前，一切的傳記只為表彰一個盡善盡美的人物，好像如果這人物不盡善盡美，也就侮辱了寫傳記的筆墨了。中國歷史，好像在《漢書》以後，越來越不注重寫人物的個性，傳記只是一組一組的事件的排列；作者為求忠於史實，不憑想像去刻畫人物的性格，所以這些傳記可說是歷史的傳記；其他如墓誌，原是應酬文章居多，著重在標榜，行狀年譜不過是一些原始的史料。

小說在中國，本來是不被看重的。人物尤不受小說家所重視。但是《紅樓夢》是例外，作者在人物的創造上不但不用「兩分法」，而且心理的刻畫與手法上，有許多地方竟像是心理學發達後的手法，此作者所以是絕世天才。中國小說之佳者，都是通過人情世故來寫人與事，《金瓶梅》寫當時的社會非常透徹，人物則不夠生動有力，在刻畫性變態、性心理上也極其浮淺，誨淫之處，實在是毫無必要之插穿。《儒林外史》人物也是「事」的傀儡，雖然所寫的人物也是並不落於「二分法」的窠臼，但因為其寫法是「……驅使各種人物行列而來，事與其來俱起，亦與其去俱訖，雖云長篇，頗同短制」。以事為重，所諷刺的是事態，所以人物的個性並不統一生動突出。

西洋小說，浪漫主義的作家們創造的人物，雖是有些非常生動，但始終不能脫離「二分法」，所以太不現實，不像是社會上實有的人。到寫實主義興起，小說裡的人物才慢慢脫離「二分法」的桎梏。心理主義出現以來，人物的寫法開始有新蹊徑，走入細微深刻的方向。到現在，許多小說，太寫內心的下意識的錯綜與變態，人物的個性又回到不著重的境界。但這只是一方面來說，另一方面，標榜著社會主義寫實主義的作家們，則始終是以「二分法」來寫人物，他們依照他們所寫的階級分法來安排人物，所以幾乎一出場就可以看出好人與壞人，進步與落後的分別，其幼稚同落難公子中狀元的忠良與奸佞的原則一樣。

如果照現代小說進步的趨勢，傳記文學，照我個人的看法一定還有一次很大的革命，這即是說新的傳記是要從人物心理的下意識來發掘，或者會像現代的繪畫一樣，要把傳記裡的人物寫成一個歪曲得無法認識的形象的。自然，這第一個作者一定會是一個了不起的天才。我覺得，人類進步是從認識自己而來。人類曾經狂妄地以為自己是宇宙的中心，但天文學發現了地球不過是太陽的許多行星之一；人類一直以為自己是上帝的驕子，但生物學發現了人類與動物真正的關係。現在則是心理學發現了人的平凡與極限。

現代傳記文學的成立，很普通的一句話，就是把人寫成了人。史特拉齊的《維多利亞女皇傳》，就是把女皇寫成了一個女人；盧德威克（Emil Ludwig）的《拿破侖傳》，就是把英雄寫成了一個凡人。把人寫成人，也就是把人當人，我想這與民主社會的個人尊嚴很有關係。民主社會的個人主義使人類互尊互愛，英雄沒有神祕，偉人失去神性。當第二次大戰結束後，邱吉爾在選舉上失敗這一點看來，英國就絕不會再有人用維多利亞時代的傳記作者的手法去寫邱吉爾了。民主社會的人的平等，使人們對特殊的人物心理探索，覺得歸根結底同馬路上的人不會有太大的不同，於是我們可以在任何成功的傳記裡看出平凡的人性，看到脈搏的跳躍，呼吸的起伏，於是也可以使讀者由這些傳記中看到自己。

我常覺得，中國社會有兩種作品，不容易發達：第一是偵探小說，因為偵探小說是講理講法，是民主法制社會的產物，中國人對法制還不習慣，所以劍俠小說代替了偵探小說。第二即是傳記文學。傳記文學在中國不易發達的原因，我想到有這幾個：一、中國社會裡的人與人的關係，好像不是親人就是敵人。我們在公共場合看到的，人人幾乎都是敵對的，互相提防。可是有一點相識，就變成了親人，買車票請客，吃茶代付賬，任何小事情都包庇。因此對人的認識都帶著情感的認識。二、社會上對人的意見，常常是兩極端，不是堯舜，就是桀紂；不是孔孟，就是盜跖。好的往往好得不像一個「人」，壞的也壞成不像一個「人」。三、對於古聖先賢的尊敬太偶像化與神話化，好像個個都是面無笑容的坐在聖廟裡毫無煙火氣的人物。如果說到古聖先賢也愛吃美味，愛戀美色的人，那就變成大逆不道了。如以前林語堂先生寫了一個《子見南子》的劇本，也只是說到孔子好色的一點人性，曾經鬧到學校起風潮，學生被開除，教育廳明文禁止等等事件。四、我們中國人，還有隱惡揚善的美德。就是我們對人家的「好」事要「揚」，「惡」事要「隱」。

五、智識階級似乎都有責備賢哲的態度，這也就是對賢哲有十全十美才德的要求。這幾個原因，實際上又是互相牽連與互為因果的。所以即使有心人想從傳記文學上努力，有時候也就有許多顧慮，尤其是要寫當代的人物。報章上所見的，大概上好的是一些史料，次之則是鼓掌，等而下之，就幾近小報的內幕了。

在傳記上講，應該寫自傳比寫別人的傳記容易，因為自己的事情一一親身經歷，不需要再研究材料；寫今人比寫古人容易，因為今人的事情歷歷在目，材料比寫古人易找；寫自己認識的親友比寫陌生的人容易，因為一則可有直接的材料，二則容易鑒別材料的真偽。但是在人物的寫作上講，因為有各種的顧慮，似乎剛剛相反。自傳固然不易寫，自己的親人也很難寫好。倒是陌生疏遠的人可以沒有什麼顧慮，憑自己的想像也許反能寫得生動一點。民國以來，在紊亂的世事中，有突出個性的人物，無論在朝在野都不少，但是我們始終沒有一本文學性的傳記，我想著大概與我上面所說的原因是有關係的。或者也因為寫傳記有各種顧慮，所以大家試寫年譜；年譜可以說是一種真正的史料，如果有人想試寫文學的傳記，根據年譜來取材，原是很方便的事。

生而為人，就有人的缺點。我非基督徒，很難接受亞當夏娃傳下來的原罪的說法，但如果以象徵的意義來解釋原罪，那也正是生物所遺留的衛護自己的一種自私，與生物的傳種本能上的欲念。人類因為文化與教育的薰陶，使我有「大我」的理想，有真善美的各種高貴的情操，有肉體以上的愛情，有孝思與友愛以及愛國愛民的情感。但是這些情操與情感，層次是很多的，大我可以由大乘佛教的「眾生」到狹小的家庭直系親屬，愛情可以從神性到變態的獸性。真善美的憧憬更是千彩萬姿。人性中儘管可以有各種造就，但是當飢餓與孤獨交迫的時候，人並不是永遠可沒有生物遺留的欲念。人性的缺點與優點，高尚與低劣可說是並存的也是交替的。照相裡的人像如沒有明暗，如中國初有照相時候的一張張都是白白光光的面孔，則哪裡還有立體與個性的感覺？小說上人物描寫的進步也正如攝影術的進步一樣。《紅樓夢》的作者存心要使「閨閣照傳」，但金陵十二釵幾乎每個人都有短處，唯其有短處，才是美人。如果沒有短處那就只是一尊尊泥塑的人像了。人性的素質有時往往是兩面的，儉約與吝嗇，慷慨與揮霍，勇猛與殘忍，柔順與懦弱，細膩與碎瑣，豪邁與粗忽……諸如此類，兩者幾乎是一對一對地連在一起，有其一必有其二。有時從一面看起來是好的方面，從另一面看起來則正是壞的方面。這在我們現實生活中觀察體驗幾乎處處可見，我們在自己子女性格的發展上更是非常清楚。十全十美只有優點的性格是沒有的。這些性格在環境上的反應更是複雜難料，在某一環境中表現成功的，在另一環境中必定是失敗的。我們自然可以說一個人年輕時傾向內向，年紀大了慢慢傾向外向，但其轉變的關節則非常重要，否則在小說上是人物不統一，在傳記上則就是性格不完整。

我想文學性的真實與歷史性的真實的不同，也許就在前者是有完整的要求，後者則只有片斷的要求。因為文學要求完整的真實，史料所不足的必須用想像補充之；而歷史的真實往往滿足於片斷的真實，材料不確的用考證的方法校正之。一個人回憶自己的生平，很容易片斷地寫些自己得意之事件，在讀者看來往往是非聖即賢，因此即使是真實，也只有一點掌故的價值了。

我並不否認世上有聖賢。我雖不是天主教教友，但讀《聖女小德肋撒傳》，深深地為她的明慧謙誠的性格所感，她不是一個作家，但是她的自傳是赤裸裸地寫出一個有血有肉的靈魂的聖潔高貴的女性；鄧肯女士自傳也是一本好的傳記，但有虛矯做作的地方。小德肋撒短短的一生，在修道院裡過極其簡單的生活，但寫出一個完整的生命；鄧肯一生多姿多彩，表現在傳記中也是一個生命。所以傳記文學於事件大小沒有什麼關係。胡適之先生說他的母親一生做的都是零零碎碎的小事，但她一直「活在我們的心中」。（手邊無原文可查，無法引及。）簡簡單單的幾句話，我覺得比他的《丁文江傳記》更有傳記文學的意味。《丁文江傳記》雖是一本好書，但與現代的所謂傳記文學完全是兩種東西，我們讀胡適之先生給我們一組一組的素材，但是看不到丁文江一個人。丁文江據傅斯年先生講，是「新時代最良善最有用的中國人之代表，他是歐化中國過程中產生的最高的菁華……這樣一個人格，應當在國人心中留個深刻的印象」。可是我們在傳記裡看不到「這樣」一個人格，只看到胡適之先生「說」他是科學家，「說」他是政治家，「說」他是什麼、什麼，總之傳記裡都是胡適之先生自己的宣判式的「語」，並沒有丁文江自己的自動自發的行為。羅勃脫司蒂文生（Robert Stevenson）有一句常常使我想到的話，說：「人物在我創作中，他往往不聽作者控制自己自動地行動起來。」傳記文學的人物，我想必須使他自己行動，自己表現，自己發揮才對。傳記的作者無須加任何按語，讀者就其所傳者的行為就可以認識這個所傳的人是什麼樣人，這才是所謂文學的傳記，才是傳記的文學性。傳記文學雖然不像是容易在中國生長的一種植物，但我倒不反對熱心人去提倡它。我站在讀者的地位，我以為要提倡傳記文學，則必須由鼓勵作家們寫平凡的人物做起。在西洋繪畫史上，我們知道自從畫家們把平民農夫作為繪畫的素材就開闢了新的蹊徑。《傳記文學》要提倡一點「文學」趣味，則似乎應該多刊載有個性的小兵、洗衣婦、女工、農夫、郵差……諸如此類的傳記與自傳，才能使傳記文學的天地更為廣闊更為充實。如果專約名人、閒人寫自己轟轟烈烈的事業，慢慢地很可能會流成八股如下：

先母夢明珠入懷，即孕我；我落地，半小時中未哭，既發聲，則聲如洪鐘，聲調中隱隱有『打倒共匪』之音，聞者莫不驚異。

幼年入學，名列第一；少年入學，名列第一；青年輟學，埋頭自修，又是名列第一。出國留學，初到英國，英國人嘆為天才，繼續德國，德國人驚為奇才，後到美國，美國人曰：「三十年後，中國有赤禍，救中國者，此其人乎？」

學成歸國，任教某大學；聲譽卓著；經商，則發財；做官二十年，一文不貪汙，為當局所重視。因預料「共匪」為患，上條陳萬言，未被採納，乃服安眠藥自殺，旋被救，知死有天命，因學孔子周遊列國，講學歐美。

妻某氏，既美且賢。有子女五人，長子留美，學原子物理，成績斐然，前年與好萊塢女星相愛，已結婚矣。次子留美，有音樂天才，先從明師。長女留美，垂嫁美人比得。比得者，任職國務院，女嫁後，中美關係，有促進焉。幼女今年十九，競選世界小姐，去年去美未回；小女十三，隨朝聖團到羅馬，輾轉赴美，就讀彼邦，彼邦人士，咸敬愛之云云。

如此傳記，既非歷史的傳記，也非文學的傳記。但仍有點掌故的趣味，一個人活了幾十歲，所見所聞，不是史料，也就是掌故。掌故屬於圈內經驗者，即是內幕。如傳記不成文學，則傳記文學的刊物，一變而為內幕刊物，或更為大眾所歡迎矣。

於前輩領導下，修禊唱和等雅集，勒石立碑，其氣勢之勝，人數之多，遠超過這所謂努力於新詩的人士；這也可見新詩是沒有什麼前途的。這種反對者的說法，似乎把問題看得太簡單，其實裡面值得我們思索的地方很多。說新詩沒有讀者，能有的讀者也只是那一群寫詩的人，這話不是沒有道理，但是白話詩運動開始時，也何嘗不是這樣：讀白話詩的人也只限於寫白話詩的詩人。而老實說，那些修禊唱和的雅集中，那些舊詩讀者是些什麼人？還不是那些寫舊詩的詩人們。問題值得我們注意的，是對於詩作的興趣有天才的年輕人既然都傾向於「新」詩，儘管現在還看不到什麼偉大的好的作品，但這總是一種不可忽視的運動。這運動當然是新的運動，至少他們自以為是從以前所提倡的新詩進一步的新詩運動。但為什麼它在臺灣詩壇之中，竟可以與七律五古的舊詩並存。我們很明白新詩原是對舊詩有革命意義的一種形式，何以這新興的形式並沒有（或者能）興盛到取舊詩而代之，何以反能彼此和平共存呢？雖然我們可以說，在文藝的園地中，我們可以百花齊放，一切不同的形式都可以並存並容。但在文學上，實際的情形往往有發展的過程。新的形式如果是一種有力運動，它一定是因為舊的形式已經枯萎，開不出什麼新的花的緣故；而新的形式也正是從舊形式所發展的絕頂上產生的。我們這樣說的時候，並不是否定文學史上並存的情形。北曲與南曲有一個時期是並存的，傳奇小說與話本小說也有一個時期是並存的。但是這些並存只是交替的過渡時期的一種並存，並不是像現在臺灣的詩壇一樣，可以彼此互相平行發展的。

胡適之所倡導的所謂「明白如話」的白話文，現在早已過去，白話文生長以後的發展，是與「白話」越離越遠了。詩歌發展的途徑也是如此，從明白如話進到晦暗難解，其中雖是因為模擬西洋的新詩歌的嘗試促進了它的變化，但文字想表達「話語」所不能表達的，則正是文藝的特質。從所謂白話詩到現在所謂新詩，其間各種形式與變化，實際上並不是一種革命式的突進，也即是說，並不像從舊詩到新詩的改革，而是一種多方面的演進與嘗試，而這種嘗試原也是早三十年前就有人開始。問題是何以現在忽然興盛起來？何以多數的年輕的詩人，都喜歡用歪曲的感覺與想像捉摸晦暗的意象去抒寫朦朧的情感呢？我不敢說這是一種不健康的現象，但不妨說這是一種離群的逃避的自我獨立的現象。我們的詩壇，如果有一群詩人如此原是可喜的，但如果全體詩人如此，則我們不得不想到這時代氣候中的問題了。

我並不反對人寫舊詩，但我覺得舊詩的發展早已登峰造極。任何藝術的形勢發展到絕頂，它已經表現盡了它可以表現的內容。再有新內容就必須破壞這個形式，這就是一切藝術新形式產生的原因。關於舊詩，周作人曾經說過這樣的話：「……我又覺得舊詩是沒有新生命的，它是已經長成了的東西，自有它的姿色與性情，雖然不能盡一切的美，但其自己的美可以說是大抵完成了。舊詩裡大有佳作，我也是承認的，恐怕還只有模仿，精時可以亂真，雖然本來是假古董。若是托詞於舊皮袋盛新酒，想用舊格調去寫新思想，那總是徒勞。」這說法，我特別贊同之處，就是舊詩裡無法裝新內容。既然舊詩裡無法裝新內容，那麼為什麼還有這許多人想用這舊皮袋呢？這原因是作者原是只求表現舊內容，也就是只求表現別人都已經表現過的內容。技巧純熟者，可以很快地集成舊有的句語，湊成一篇佳作，這可以說是用欣賞中得來的感覺與想像捉摸記憶中的意象，表現一種與古人相仿的感情而已。所謂欣賞中得來的感覺與想像，是對於舊有作品的欣賞中獲得的感覺與想像。如對於「月光」的感覺，想像成「霜」。所謂記憶中的意象，則是記憶舊有作品的意象與自己生活相符之一些意象。這雖然與新詩人們喜歡用歪曲的感覺與想像，捉摸晦暗的意象去抒寫朦朧的情感迥乎不同，但有一點則是一樣的。那就是他們的反寫實主義的本質與逃避現實的態度。

寫實主義的衰微原是世界性的。寫實主義是想把藝術作為忠實的反映客觀的外界的實性。這原是先需要幾個哲學上的假定：第一，所謂客觀的外界的實在的確是存在的；第二，這存在的外界的確可以由人類共同來理解。這些假定，原是十七世紀以來，哲學家、科學家所承認的；十八世紀的唯物論，把世界看作一個有規律、有條理、清清楚楚可以用因果律解釋的世界，十九世紀的理性主義也把人類的理性看作有條有理可以與世界條例符合的構造。因此用有條有理的頭腦反映有條有理的世界，正是極其自然的工作。但是，二十世紀以來，因為物理學的突飛猛進，過去伽利略、牛頓所建立的有條有理的世界已經遺失，代之而起的是愛因斯坦（Albert Einstein）相對論的世界，固定的可靠的物質概念也已幻滅，浮蕩在空間的不過是一群變換的電子與中子。另外一方面，則是心理學以及心理分析學的發展，人類共有的、可靠的、一致的理性也難絕對的存在。寫實主義的藝術因此也開始衰微，代之而起的有許多新的派別。承認客觀的世界並非是我們所能反映的，而大家能反映的不過是自己的印象，那是印象主義。認為藝術家所可以直接向觀眾或讀者傳達的，不過是藝術家個人的感覺，那就是感覺主義。就人類壓抑錯綜歪曲變態而作為藝術所應該表達的，則是心理主義。

現代主義的藝術，所表達的外界可說是紊亂歪曲的人生，所表達的自我可說是壓抑錯綜的感覺。除了哲理上對於外界失去了切實的根據，對於自我失去了清楚的理念外，還有是目前世界上的冷戰氣氛的威脅與原子戰爭恐懼的壓迫。人人都覺得世界的存亡，只在一二個患癲狂症政治領袖的一念。輕輕地按一下電鈕，就可以掀起在二十四小時內毀滅世界的戰爭。文藝之不能面對現實，真正現實不但不可靠，而且隨時在等待毀滅。如果說文藝是人類對於時代的反映，那麼新興的文藝所表現的正是對於這時代，對於這世界這社會失去了信心。他們對於外界覺得無可依靠，對於自我覺得迷失。他們用各種歪斜的角度測看這不可靠的世界，用顛倒的朦朧的幻想反省自己，他們本質是悲觀的，偶爾的積極的呼號也只是一種夢囈而已。為挽回這可怕的可憂的現象，人們也曾做過幾種努力。一種是想依賴宗教的信仰，把信心與希望都寄託在神上面。歐洲天主教的思想家與作家為糾正存在主義與痛苦主義的悲觀絕望，曾經做過不少這方面的努力；另一種是想以共產主義、馬克思的思想體系，建立一種現實主義，這種現實主義名之曰社會主義的現實主義。

前些年，臺灣也曾經由張道藩先生叫出寫實主義的口號，十幾年來，並沒有什麼生氣的偉大的作品產生。小圈子的贊賀、應酬、唱和的舊詩與個人孤獨的追尋朦朧的、美麗的、意象的新詩正是一種反寫實主義的潮流。這種潮流是新舊的一種合流，可正是代表一種苦悶悲觀絕望空虛的意識流。反寫實主義雖然是世界上一般的浪潮；但在臺灣流行的詩歌，一方面是躲藏在墳墓的背後，借屍還魂地吐露著舊有的感情，另一方面是從彎曲的感覺灰暗的意象，訴吐朦朧的感情。而這在兩種完全不同方向的藝術的氣氛中，獨獨沒有清朗嘹亮對現實的歌頌、詛咒、諷刺刻畫的作品。

禪境與詩境

一

鈴木大拙在他所著的《禪學》（Zen Buddhism）中，引了日本德川幕府末期，一位女詩人千代女的一首俳句：

朝顏や
釣瓶とられて
貰い水

啊，牽牛花！

纏住了吊桶(纜繩),
(我)得去乞水。

(注:這首詩,周作人譯釋如下:「吊瓶被朝顏花纏住了,只得去乞井水。」)

對這有名的俳句,鈴木大拙有解釋,他說:

六月裡有一天早晨,千代女到屋外去汲井水,她看到井邊的水桶正為盛開的牽牛花牽繞著。凡到過日本的人一定都曾注意過那盛開的牽牛花在日出前是多麼美麗——鮮艷地,沾著霧水。那個特殊的早晨,千代女去汲水,也就深深地被這份美所吸引。她驚愕於這微妙的美,使她愕了許久,到最後她僅能說出:「啊!牽牛花!」

這一句「啊!牽牛花!」含蓄著任何詩情對這花所能說的意念,任何其他附加的話,也僅作為解釋,而這解釋對原意也難有所補充。千代的「纏住了吊桶,(我)得去乞水。」這兩句詩就是如此。她這兩句詩,正是把不屬於塵世的美對照了功利主義範圍內日常生活上的俗務。當這位女詩人完全陶醉在美境裡,她久久才覺醒過來。

她被這超離塵世的美浸潤得如此深切而澈底，使她忘了她是可以輕便地無害於花身的去解除牽牛花纏在小桶身上的藤蔓，但她是已與美感合一，這種意念就不再出現。她無意把塵世俗務的氣味去污染這神聖的事物。

鈴木大拙是有名禪學學者，他從禪學的角度來欣賞這首詩，所以他下面又說：

從心理學上來看，女詩人千代女，要從她在美的沉醉中覺醒過來是需要一些時間的，但，形而上學地來說，她的與美配合為一，同她覺醒可以說是同時的，而這個「同時」是在「絕對的現在」出現的——這是真如的一現——這就是禪學的哲學。

鈴木大拙的詮釋，是真切細緻，作為禪的引證是再好沒有了，但接觸詩，是不夠的；這因為詩雖是起於「真如」的一現，但第二步必須跨出「真如」的一現，而墮入「分別」感。這也就是說，鈴木大拙所啟示的是「詩的前身」。詩的前身也許可以如禪的一般的「不立文字」，「以心傳心」，但這不是「文學」，不是「詩」。作為詩，必須是通過文字來表現，表現了而傳達給別人。

當千代一眼看到鮮艷美麗牽牛花時，她整個精神在一瞬間投入於這「美」感之中，是一種「物」、「我」兩忘的境界，天地間已經沒有任何事物存在。這是宇宙，這是真如，這是禪，但是這是一瞬間的事。當她叫出：「啊，牽牛花！」時，她已經「從美的神往中覺醒過來」了。一到了覺醒，她已經起了「分別」感，脫離了「禪」境，脫離了「詩的前身」。「啊，牽牛花！」這句話結束了她「過去」的一瞬間經驗，這是一首完美的詩，但是這是僅僅屬於她的。她的「啊，牽牛花！」是並不想任何人聽見，也並不想任何人知道，也並不想任何人了解她一瞬前與宇宙合一的經驗。在千代女，這自然是夠了，但這不是文學，不是「詩」。因為它沒有表達出一個意境，可以讓讀者跨進去。像這樣「啊，牽牛花！」的詩句，我們讀過的可以萬計，如：

「啊，太陽！」
「啊，我的安琪兒！」
「啊！天使！」
「啊！愛人啊！」
「啊，親愛的鋼！」
……

但是這不成為詩，詩還要別的東西，這東西是「入世」的，也可說在詩的前身上講是多餘的。

誠如鈴木大拙所說，「……那麼，所能加的，只是解釋而已。」解釋也好，點染也好，描寫也好，作為詩，千代詩人必須寫：

啊，牽牛花！
纏住了吊桶（纜繩）
（我）得去乞水。

對於我的感應來說，我是心愛這首詩的，但不是第一句，也不是第二句，而是整個的三句。這三句是一個有機體，缺一句就不完美。

詩的欣賞不需要解釋，解釋也是多餘；詩的欣賞，每個人不同，也每個人可不同。欣賞一首詩是「覺」。正如創造詩的詩人一樣，第一個是「覺」，但「覺」是「詩的前身」，表現的剎那已離開了覺，那就要通過了「情」與「理」，前者是主情主義者的努力，後者是主知主義者的努力。在欣賞者講，也是「覺」，而進於被「感」或被「應」。

對於千代這首詩的「覺」，本不必解釋，到了「感」，讀者才可以詮釋。我對這首詩，覺得它表現了強烈的「生」的要求與「生命」的神奇。詩人為「生」而要求「水」，這「水」象徵什麼都可以說，但是牽牛花需要水只是事實。花不一定知道小桶可以給它灌溉，但是詩人是「感」應到的，牽牛花已經比她更早握占了小桶了。詩人與牽牛花合一是「生命」的感應。

當然，我的感應，不一定是每一個人的感應。一首詩對於讀者就會有不同的感應，這正如每一首詩相對於不同的詩人，不同的感應一樣。

詩可以從「忘我」感出發，但必須走到「分別」感，而詩人必是從「出世」到「入世」（這裡的「出世」與「入世」是非常狹義的說法）。在技巧的運用上，詩人有從「忘我」而到「分別」感來寫，也可以從「分別」感而到「忘我」的境界中來寫。也可以完全跳出了忘我感，只是對讀者解釋，他如何生「忘我」感與「分別」感。

這忘我感的對象可大可小，是一朵小花，一片小雪花，一個轟轟烈烈的場面，一件歷史的事變以及一個哲理的概念……。分別感，則不管對象的大小，都會清楚的與「我」對立而起分別。

二

中國詩人在客觀描寫中寫自己，在主觀描寫中寫客觀，這是常用的表現法。而在「人」與「自然」（物）的對立中，他們的「出入」、「交往」，分別感與忘我感交織著，有時候很難分別。有許多時，給我們的感應往往不同，所以我們也可有不同的解釋。

這裡我且舉陶淵明的一首大家熟知的詩來說，這首詩是：

結廬在人境，
而無車馬喧，
問君何能爾，
心遠地自偏。
采菊東籬下，
悠然見南山，
山氣日夕佳，
飛鳥相與還。

此中有真意，
欲辯已忘言。

關於這首詩歷代欣賞的人已經很多，歷代注解的人也已經很多。但我相信它引起每個讀者的感應是並不相同的。我這裡要說的是我的感覺，由我的感應而給它一種詮釋。

這首詩最受人稱頌的兩句是「采菊東籬下，悠然見南山」。歷來想學這兩句詩的人不知有多少，但是都不能寫到這個境界。也有人說，「悠然見南山」，應該是「悠然望南山」，因為「采菊東籬下」應該是遠遠「望」南山，「見」是見不到的。另有人說，「望」是存心去看，「見」是不經意的見。「見」自然比「望」字要好，而我還聽見學者賣弄自己的庸俗幽默，說陶淵明是眼睛至少有一只是「斜眼」，不然，他在東籬下采菊怎麼會見到南山呢？我覺得這些說法都沒有接觸到這首詩的真精神。

我以為陶淵明上面既然說他是「結廬在人境」，實在是說在擁擠的市區裡。他的東籬也不可能是空曠大花園的籬笆，可能只是後屋小院的籬笆。我以為陶淵明在東籬下采菊，根本見不到「南山」，也根本沒有什麼山可望。那麼他怎麼說「見南山」呢？我說，他所見的「南山」則是在他的心胸中，這也就是說，在他采菊東籬下的時候，他就在心中看見了南山，也可以說南山就在他心中出現了。這也可以說，陶淵明在局促的陋巷中，他有他內心中曠廣的天地。

這首詩，根據鈴木大拙的說法，「采菊東籬下，悠然見南山。」已經是一首十全十美的詩，其餘的話都不過是解釋，這自然是再對也沒有了。把全詩的大意解說一遍，它應該是這樣的：

住在市區裡，

沒有車馬的鬧聲（事實上整天有車馬的聲音）

你說是為什麼呢？

這是因為「心遠地自偏」（這裡說「心」在「遠」處，房子也就自然像在偏僻的地方了。）

當我在東邊籬笆下采菊的時候，

我就在我心裡見到了（或者說出現了）「南山」，（這是心遠的注腳）。

「山氣日夕佳，飛鳥相與還」這自然是說他心裡「南山」的情形。（這就是「地自偏」的注腳）

最後兩句「此中有真意，欲辯已忘言」。這就是說，此中真意，是無法對人說明的。

我們知道《高僧傳》轉說到竺道生：「生既潛思日久，徹悟言外，乃喟然嘆曰：『夫象以盡言，得意則象忘；言以詮理，入理則言息。』」此所以此中真言，是無法以言傳的。這是禪的境界，道的境界。

除去其餘的「說明」、「解釋」、「點綴」的話以外。「采菊東籬下，悠然見南山」已經是十全十美飽和的詩。但在文學中則是不夠的。因為還無法傳達給別人。從另一角度來說，「見」字與「現」字本可相同，「見」南山等於「現」南山，就是當陶淵明「采菊東籬下」的時候，南山遠遠地在他眼前出現了，這是由於南山在他心裡出現，所以有了這個「幻覺」。他就覺得「山氣日夕佳，飛鳥相與還」。他就聽不見「車馬喧」，不覺得「結廬在人境」，至於其中真意，是無法言傳的。無法言傳，只得心傳，這是禪的境界；但是陶淵明不是六祖惠能，他是文學家，他是詩人，他還是用深入淺出的「言」傳了，雖然歷代還是很少人了解它。

當我說，在詩的前身上講，誠如鈴木大拙所說，在千代的「啊，牽牛花！」已經是十足「完美」了，而陶淵明的詩，為什麼要提出「采菊東籬下，悠然見南山」兩句，而不說只一句「悠然見南山」已經是夠完美了呢？這因為這兩句的確有不能分割的理由，因為這是一句句子，這句句子不是驚嘆句。他是說，采菊東籬下的時候，他心中見到了南山，也可以說他變成了南山；那麼他不在「采菊東籬下」時，他是什麼呢？他沒有說，不過我們不妨猜想，如他睡覺的時候，可能在夢中變成了蝴蝶；他看到炊煙的時候，可能化作雲中白鶴……我這樣說的時候，要指明的是他的境界是與千代的境界不同的。千代看到了美艷的牽牛花，一剎那她與牽牛花合一，這「生」的美與力，在她的生命與牽牛花的是「一」，是無「分別」性的「一」。陶淵明不同，他去采菊，他不是與菊花起了忘我的合一。他心靈中則出現了「南山」。這「南山」也許正是「菊花」的來源，也許他在南山看到過更豐盛的菊花。總之，他是與南山起了忘我的合一，他變成了南山。不但他變成了南山，他的東籬也變了「南山」，他的「廬」也變成了「南山」。車馬喧聽不見了，新鮮的山氣馬上可以感覺到，「飛鳥」也馬上同他相與往還了。這是因為「覺」的不同，想像、情思也都不同了。

三

第三首詩，我想舉李白的一首大家熟識的詩：

朝辭白帝彩雲間，

千里江陵一日還。
兩岸猿聲啼不住，
輕舟已過萬重山。

這是唐人絕句裡的一首傑作。李白是一個奔放不羈浪漫派的詩人，他有天馬行空的想像，但是他永遠是意識到一個「我」，但是這個我則是變化的。如在「月下獨酌」的「舉杯邀明月，對影成三人」。他的想像，是把天上的月亮，地下的影子，都變成同他一樣的是有一個「我」。如〈廬山遙寄盧侍御虛舟〉是「我本楚狂人」開始，一直寫下來是寫這個「我」在自然間飛躍。李白的「我」常與他所寫的對象中對立著，「我」雖然在所寫的事象中變幻，但是「我」總是有意識地在詩中馳騁。這可以說往往是浪漫派詩的一個特徵。

但這裡所說的李白這首詩，「我」字可以說只是在上兩句之中。下兩句就看不到「我」字，這我倒是到哪裡去了呢？這「我」可說已經在兩岸猿聲中忘去。李白在一剎那中可能變成猿，他同千百的猴子一同看著輕舟過了萬重山。他也可能與輕舟化為一體，不知不覺地過了萬重山，才意識到他在兩岸的景色與猿聲中忘了自己。

「詩的前身」，在另一角度講，也可以說是詩人的靈感的所在。我們在許多詩裡可以看到找到詩人的很久以前很遠的經驗上。他可以建立在他生命上一個經驗，一個信念，在所讀的書中，所遺失的友情中。而他的詩則只是解釋引申，隱喻，比較，說明他某一的「詩的前身」。這也就是說，詩人靈感的來源是我們讀者所無法捉摸與追尋的所在。這也所以許多學者要從詩人的傳記與生活尋找所點染隱喻的本質。也有詩人，他的生命中只有一個重要的「詩的前身」而在追憶中，可以變成他幾百首詩的靈感。

我這裡是要引兩首我自己的詩。這不是我妄敢把我的詩與上面的詩人並列，而只是因為自己對於這創作過程比較了解，而容易作為說明的材料而已。第一首詩是〈蝴蝶〉，是一九四二年四月十二日早晨在上海寫的：

池邊蜻蜓無數，
園裡蜜蜂如鯽，
叫我一同前去，
飛到花叢採蜜。

我說花蜜太甜，
我身上又無雙翼，
害怕黃昏時分，

那聲哀怨鷓鴣。

我知夜來詩意，
都在柳上打結，
等到三更時分，
我要吻遍柳葉。

所以我在白天痴睡，
等待夜色如漆，
因為那時我有甜夢，
會化作白翅蝴蝶。

詩是春天的早晨寫的，但我的「詩的前身」則是早一天或幾天的事情，還是在和暖的陽光濃郁的春景中，我現在已經記不起是在什麼情景，總之是在桃紅柳綠的池邊，蜻蜓與蜜蜂在那裡飛翔。一瞬間我為這美景所吸，我痴呆地忘了自己，好像我也正是蜻蜓蜜蜂裡的一個。這一瞬間，也正如千代女看到早晨牽牛花的一剎那，我已經與當前的景色融為一體。但是，這只是一剎那的經驗。而這經驗，在隔了幾天後，當我又看到滿院陽光時就再現出來。我寫了第一段詩。但是我在「忘我」的境界消失之後，我馬上發現我是一個笨重的人，我沒有「雙翼」，但是我有「葡萄是酸的」這種自嘲，一說「花蜜太甜」，二說「哀怨鵑鳩」。這是第二段詩。可是我下意識還是在羨慕蜻蜓蜜蜂。柳色如煙，詩意蔥蘢，如果我可以像他們一樣靈巧，飛來飛去，到三更時分，沒有人看見時候，去親迎這些輕柔瀟麗的柳葉是多麼好呢？這是我的第三段詩。於是我想到了莊子曾經夢見蝴蝶，那麼我為什麼不去睡覺呢？也許到夜裡，我也會變成蝴蝶，不是可以很自由地在柳梢上飛來飛去了麼？這是我的第四段詩。這個說明，是說這曾有一個「詩的前身」，不過寫詩的時候只是在追憶中復活，而整首詩只是在企望捨棄這個笨重的身軀變成輕靈的生命。

但是莊子是一個大哲學家，我怎麼可以同莊子比呢？於是後來我又寫了第二首詩。這首詩是〈野菊〉：

黃昏野鶩邀勤，
夜來天雁催急，
催我趕快起飛，
同到天邊看月。

昨宵夜鶯心碎，
殘更杜鵑啼血，
那時多少美意，
祈禱我身上長翼。

所以晨來麻雀，
噪得分外悽切，
驚奇我晝夜痴睡，
因還未化作蝴蝶。

可憐昨宵夢裡，
我只是化為野菊，
吸盡夜來甘露，
吻遍少女裸肢。

於是你要說我貪飲，
又要怪我好色，
其實因我心靈沉重，
所以未能化作蝴蝶。

先要說明的是這首詩的靈感就是前一首的〈蝴蝶〉，這也就是說這首詩的「詩的前身」則是遠在寫〈蝴蝶〉的那首詩時早已成立了。第一段是我因為生命的笨重，羨慕有翼的飛禽。我想像他們以為我也是會飛的動物，所以邀我一起去飛。第二段是他們發現我是沒有翅膀的動物，開始可憐我，夜鶯與杜鵑為我虔誠地祈禱，希望我也會長出翅翼。第三段是說麻雀以為我也可同莊子一樣，睡夢中可以變成蝴蝶。但是我讓它們失望了。第四段我老實告訴它們我夢裡只變成了野菊，它根植在土地上，貪吸露水，迷戀少女。第五段，我自己分列為兩個人，一個我是「理」中的我，責怪「情」中的我貪戀世裡的酒色，一個是「情」中的我分析自己，自己實在只是修養不夠，心靈沉重，所以不能有莊子的境界。這整個的詩是從過去一剎那「物我兩忘」的境界中探索而來。這裡「詩的前身」，在讀者已經是很難捉摸了。

四

日本的俳句往往只是靈感的記錄，或者說它只是寫出一個「覺」，也可以說是詩的前身「禪境」的覺醒。千代女的那首詩，已經是有較為完整的表現了。在覺的意義上講，詩人的「覺」同一個兒童的覺是無法分別的。我現在且引幾首極有名的俳句在這裡。

ひいとなく尻聲悲し夜の鹿——芭蕉

一さ人に飛で火に入るあられかな——一茶

更る夜や炭もて炭をくだく音——蓼太

何となく冬夜隣を聞かれけり——其角

立去る事一裡眉毛に秋の峰寒し——蕪村

田に落ちて田を落ち行くゃ秋の水——蕪村

三度啼て聞えずなりぬ鹿の聲——芭蕉

家二つ戶の口見えて秋の山——道彥

這些俳句，我想許多欣賞慣中國、西洋傳統的人是不容易欣賞的。不用說，譯成了另外一國文字，當然已經不是原來的東西了。

我對於俳句並沒有研究，最早看到的是周作人偶爾興到所譯的幾首，只是說我個人讀了這些俳句後的感應而已。我覺得這些俳句所表現的是一種「覺」。在俳句的藝術上，他們不要發展「情」，也不要生「意」。「覺」是什麼呢？「覺」可以說詩的萌芽，「覺」以前是「詩的前身」。這個「覺」，是發生於忘我的瞬間的覺醒。

正如鈴木大拙所說，千代的「啊，牽牛花！」已經是完成了詩的意趣。這些詩句正是不多不少地說出詩人頓然「忘我」的情境。

但是「忘我」的情境，也是有各種的不同，也可以說有高下久暫之分。高一層的忘我，是物我交融，無我無物的境界；低的忘我，可以只是一個「神為之奪」的階層。

一個美景可使人「神為之奪」。

一個美人可使人「神為之奪」。

一個雷聲也可以使人「神為之奪」。

一個數學題想了很久，忽然豁然開朗，也可以使人「神為之奪」。

一個哲理的悟，也可以使人「神為之奪」。

一個可怕，可驚，可悲的消息也都可以使人「神為之奪」。

自然，這都是一剎那的經驗，從這個經驗中覺醒就是「覺」，俳句可以說是「覺」的記錄。這「覺」即是詩人忘我的境界的記錄。如果把一個詩人許多詩作放在一起，我們也許可以發現他的個性與特色。但是如果一首一首來欣賞，在不是日本人看來，會覺得這樣的詩是太容易寫了。下面，我譯了幾首有名的俳句，我又改寫幾首有名的俳句，我又冒充的寫了幾首俳句，我想讀者不見得可以辨別得出來的。

一、一盆炭火，後來，鍋中的東西沸滾了。

二、折扇小門拴著，冬天的月啊！

三、冬天的月光；石塔的影子，松影的影子。

四、燈籠進了在荒郊上一所房子。

五、一只孤獨的鳥，為伴我，站在荒郊上。

六、一對小鳥站在枯枝上，望著落日。

七、黑色的海，帆影斜動著發光的白色。

八、海黑了，野鴨的叫聲是灰白的。

九、貓叫，在欄的上面，灰白色的冬月。

十、從遠到近瀑布聲都可聽到，樹葉紛紛下墜。

十一、雨點在竹葉上，黃昏的歌聲。
十二、雨點在竹林中，傍晚。
十三、冬雨落在牛棚上，雄雞啼了。

我所以要這樣試驗，是想證明，這「覺」還不是「詩」，只是「詩」的「核」。這也就是說還沒有充分表現，是無法傳達給人。這正如鈴木大拙所說的千代的詩裡「啊，牽牛花！」這已經夠了。對千代說，這「覺」是夠了，對讀者的傳達則不夠。「啊，牽牛花！」同樣的句子，如：

「啊，秋雨！」，「啊，落日！」，「啊，晚霞！」之間，我們無從分別出詩人千代的詩，還是一個小學生的「驚呼」。

中國的詩中都有這種「覺」，但是中國詩人對此是不會滿足，必有解釋，點染，引申，想像以及於「情」，於「意」，於「理」。

譬如馬致遠的〈天淨沙・秋思〉：

枯藤老樹昏鴉，
小橋流水人家，

古道西風瘦馬，
夕陽西下，
斷腸人在天涯。

如果要還原或探原到詩人的「覺」，下面，則「古道西風，瘦馬，夕陽西下。」也已經是很充分地寫出詩人的另一個「覺」了。

這兩個「覺」，前者是「靜」，後者是「近」；前者可說是較為客觀的「覺」，後者可說是較為主觀的「覺」。詩人把它融化在一起，變成一個情境，那就是「斷腸人在天涯」，反過來說，也因為「斷腸人在天涯」才產生了這「覺」。這個例子是說，中國詩人一定要從「覺」寫到了「情」或「意」，才算是一首完整的詩。這也就是說，這是文學，這是詩，必須達到了一個充分「傳達」潛力。

但有時候，我常常覺得，在律詩或詞中，因為格律太嚴，作者往往寫得過多，寫得過多，就反而破壞了「完整」。現在我要學的是人人都承認的千古絕唱的李清照的〈聲聲慢〉。李清照是中國傑出的詩人，但是與日本的千代女是完全不同的。我現在先抄下這首人人傳誦的詞〈聲聲慢〉：

尋尋覓覓，
冷冷清清，
悽悽慘慘戚戚。
乍暖還寒時節，
最難將息。
三杯兩盞淡酒，
怎敵他晚來風急。
雁過也，
正傷心，
卻是舊時相識。
滿地黃花堆積，
憔悴損，
如今有誰堪摘？
守著窗兒，
獨自怎生得黑。
梧桐更兼細雨，

到黃昏點點滴滴，
這次第，
怎一個愁字了得。

這首詩，如鈴木大拙所說，則「尋尋覓覓，冷冷清清，悽悽慘慘戚戚」已經是一首十全十美的詩。因為對作者來說，實在不必再費一辭，她已經寫盡了「詩的前身」，這是「覺」。但作為「文學」，作為詩，這是不夠的。等到她寫了「乍暖還寒時節，最難將息」對於我來說，這真是已經十分飽和充分，不需要再有任何的點染。以下每一句都是解釋「最難將息」的。而接句是：「三杯兩盞淡酒，怎敵他晚來風急。」我不敢說這兩句是易安居士的敗筆，但覺得這只是她為詞的格律上需要而補充的，因為事實上上面早已很充分地表現了她要表現的意趣了。這以下，詩人用無比的想像，寫「雁」、「落花，」、「黃昏」、「細雨」來點名所引起的「愁」緒，以說明「最難將息」。這很自然地掩蓋了她的「接句」的疲弱。至於評論家所認為「怎生得黑，」、「點點滴滴」之詞句的適逸奇雋，自然是其餘的事了。

我在這裡，自然只是說明我自己的感應。而「說明」也好，「解釋」也好，「點染」也好，「引申」也好，是需要作者的「想像」，而這則是學歷與才華。光是寫出一個

「覺」，則只是一個「潛質」。

在過去浪漫主義文學中，一直有兩種嚮往：一是純粹的「美」，一是純粹的「愛」。前者發展為「藝術至上主義」，後者發展為「愛情至上主義」。藝術——各種藝術都要求獨立與純粹。現在有許多詩人都夢想著把詩還原到純粹的詩。所謂純粹的詩，是不要音樂的成分，不要故事的成分，不要繪畫的成分，不要哲學的成分，不要神話的成分。於是詩就是詩，是所謂簇新的詩，可惜是還要語言與文字。如果再去了語法與修辭學，再把文字去掉，那麼詩才真正是純粹的詩了。那麼，這時候，詩是什麼呢？詩就是鈴木大拙禪師所說的女詩人千代女的：「啊，牽牛花！」這已經是十分完美的詩了。由此，也可說就是李易安居士的：「尋尋覓覓，冷冷清清，悽悽慘慘戚戚。」已經是無須再費一詞的完美的詩了。

進一步說，鈴木大拙是禪學學者，從禪學的境界來看千代的詩中「牽牛花」三字都是多餘的。一個「啊」的一聲已經是夠了，因為「啊！」已經是完成了女詩人千代的全部意趣。其實，這「啊」正是詩的起源，可以說是最原始的詩。原始人對於所愛的對象的傾慕表示的是「啊」，對於新奇現象的驚異表示也是「啊」，對於最神祕的讚嘆，對於最崇高的頌揚都是「啊」！這也可以說，最純粹的詩，探究到最後可能與最原始的詩是一致的。這「啊」的一聲，正表示「物」、「我」的交融，詩人與對象的統一。當詩人千代女於牽牛花交融合一，渾然一體，無「分別」感之時，是一首完美的詩。而「啊」正是從無「分別感」中覺醒過來，記錄了她一個完整無缺的純粹詩趣的經驗。無「分別」感是禪學裡的話，這也就是禪的境界與詩的境界是一致的。但是，禪所追求的無分別感則並不光是個別的短暫的物我兩忘的無分別感，而是永恆的繼續的整個萬物的渾然的所謂天人合一的境界。這境界是人與萬物渾然一體，是不需要「覺」，也永不會「覺」的境界。那時候，詩，連「啊」字都可以免了。

那麼詩在哪裡呢？詩在詩人的心中，也在宇宙的萬事萬物中。宇宙是詩，萬事萬物都是詩，詩人的心是詩，詩人的生活——哪怕是劈柴燒水——都是詩。這也就是說，至上的詩是無詩，至上之愛是無愛。當詩人對美麗的牽牛花起「無分別感」，產生了詩，如果一個詩人他整天對萬事萬物——以及劈柴燒水縫衣——都經常的在「無分別感」的境界中，那麼他就是「詩」。

莊子說：「萬物殊理，道不私，故無名，無故無為。無為而無不為。」無名就是無「別」，一個詩人如果是「道不私」，那就是說，他對萬事萬物都同對美麗牽牛花一樣的經常的起「物我兩忘」之境，對「牛糞」與「牽牛花」無別（無名），那麼「無名故無詩而無不詩」了。這是道的境界，是禪的境界，是禪與詩合一的境界。

然而，我們要學文，要學詩。這就不得不從文學與詩的層次來說。詩人千代女對美麗鮮艷的牽牛花起了「物我兩忘」的「無分別」感，但是她對「牛糞」並不能起這種「物我兩忘」的「無分別感」，因此她獨對美艷的牽牛花有「覺」，她說：「啊！」對於她來說，她在這以前已經是有了一個完整的「詩」的經驗，於是她意識到：到底是什麼使她有這樣神奇詩的經驗呢？她說「牽牛花」，這已經落到了解釋與說明，而這已經到了文學的世界。如要傳達給第二個人，那就牽涉了語言與文字，純粹的詩就已經消失了。因為，這牽牛花是中國漢語，在日文是「朝顏」在英文是Moon Flower或是Morning Glory，在法文是Belle-de-jour或是Liseron。這簡單的一個名詞已經牽涉到太多成分：第一是「民族」（國族的成分）。第二是「語音與語調」（音樂的成分）。第三是「背景」（我想在酷熱的非洲，在嚴寒的阿拉斯加的人是不會知道什麼是牽牛花的）（傳統風尚與習慣的成分）。第四是「形象」（如果從未看到過牽牛花的讀者，他對於牽牛花的形象是無從想像的，那就必須要解釋）（繪畫的成分）。而，我想，文學的欣賞者對於「啊，牽牛花！」這個表現，是不會承認它是一件完整的文學作品的，它要成文學作品，必須要更多的「解釋」、「詮注」、「點染」、「引申」、「解剖」、「刻畫」……

說到這裡，我不得不說，「純詩」恐怕只是不存在的幻影，是神的世界裡的東西，是道的世界裡的東西，是禪的世界裡的東西。純詩既然要求排斥一切附帶的或糅合的因素，這也正是「藝術至上主義」的理想，而這也是與「愛情至上主義」有同樣的浪漫主義色彩。因為純粹的愛情，在這人世間是沒有的。

五

把詩交還給文學的層次，我們第一個難關就是文字。這是一個沉重的包袱。是任何高超的文學家拋不掉的包袱。詩人雖力求他的詩不要煙火氣，但文字是充分煙火氣的東西；詩人雖力求他的詩要與眾不同，但文字是必須與眾相同的東西。這因為文字是人間的，是社會的，是民族的，同時也是時代的。詩與文字的對立，正如我們精神與肉體的對立，我們每一個人都希望精神可以從肉體中獨立起來，但是我們因為是人，我們的精神必須從肉體中表現出來。成仙，得道，成佛，據說精神可以不依賴肉體而獨立，但這是我們平常的人無法經歷。而當成仙，得道，成佛的時候，「人」也變成「仙人」、「真人」或「佛」，這時的「人」也已經不是「人」了。詩在禪的境界，不需要文字；可是到了文學的境界，就必須通過文字。藝術，這東西，只有「人」有，動物沒有，「神」也不需要。詩也是如此。所以文學與詩正是「人」的階層的一種活動。因此，文學家與詩人必須先做文字的奴隸。只有服從文字，才能運用文字；也只有你能運用文字，才能使運用共同文字的人通過文字的媒介來接受你的詩。這也就是說，文字一定是民族的，而且只有在有人翻譯成另一種文字時，才能傳達給運用另一種文字的人群。一到了文字，文字就有「音」與「義」，中國的漢字還有「形」。而每一個字都有它的歷史，都有它的彈性，也都有它的性能。而詩竟必須通過這累贅的文字來解釋我們已經非常完美的一個「啊！」無法解釋時，我們還要用描寫比喻，象徵，暗示，反證……不同的方法來說明這個「啊」。而其目的要人了解詩人的「詩」的經驗。詩，自然是獨立的藝術，詩如果向音樂方面努力，充其量不過是單純的歌曲，距離交響樂，朔拿太的境界不知有多遠。一腳踢開音樂，原是詩人該努力的方面，但偏偏文字有音有節，有諧和有不諧和，有流利有不流利，有粗糙有細膩，有輕重有起伏……詩，是獨立的藝術，詩如果向繪畫方面努力，充其量是累贅的描寫與說明。距離畫家所表現的，無論是寫實或抽象的畫幅不知道有多遠。踢開繪影繪形，這原是每個詩人該努力的，但偏偏文字正有它代表的形象。千代女的牽牛花也好，李清照的梧桐細雨也好，陶淵明的菊與南山也好，都代表了一定的形象。那麼詩人應該怎麼樣接受這文字的挑戰呢？我不知道這個問題是否是每個詩人或對於詩歌有興趣的人所應該回答的。至少是有人應該回答的。我現在來回答這個問題自然只是我個人的意見，而在表示我的意見的時候，似仍不能不有哲理詮釋。很明顯的只有同意我這裡的詮釋時，才會接受我的答案。而我的想法當然並不希望人人同意。但自信是足為對「詩」有興趣人的參考。

歌的根據。如果這個「◎」是畫得較大，那麼也可能就是一幅畫。所以，在這個階段，音樂，詩歌與畫可以說是完全無法分別的東西。

六

但是，當詩與音樂與繪畫各奔前程以後，人類的歷史就有詩的歷史，也就有音樂的歷史，也就有繪畫的歷史。而人類的歷史並不是同時並進，它很快就分為民族的歷史。藝術，例如馬克思恩格斯所說，是上層建築物。它與民族的文化與生活分不開的。像繪畫與音樂，在民族與民族間都可有如此大的區別，尤其是東方與西方。文學與詩歌更是不必說了，這因為文學與詩歌是必須通過文字的藝術。因為通過文字，而每個的文字有它特殊的傳統與格局，每個文字有它特殊的魅力。在詩的表現上，每國文字有它特殊技巧的表現法。這也為什麼詩歌的翻譯有時是絕對不可能。俳句是日本有的形式，譯成別國文字也就失去了它所特有的美點。以中國詩歌來說，它的獨有的表現法，以及它的形音方面的特殊的暗示力，實在的無法用任何其他文字所能代替的。光以對仗來講，就已經是中文所專有的非常特殊的一種表現方法與形式了。胡適之在《白話文學史》中很反對律詩，可說他是不十分了解律詩的美。我覺得律詩不容易寫好，確是實情。第一是在聯的對仗難寫好。

第二，當兩聯對仗寫好以後，其餘的又往往變成湊配上去一樣。但是，在傳誦詩中，聯句的美，其無法用別種方法的表現可以代替，這是很可以從實踐中來證明的。這種美無以名之，勉強說明，我認為可以說是音樂與圖案的一種組合的美。現在，我且從唐詩裡，隨便抄摘幾聯下來：

無邊落木蕭蕭下，不盡長江滾滾來。
萬里悲秋常作客，百年多病獨登台。
三峽樓台淹日月，五溪衣服共雲山。
露從今夜白，月是故鄉明。

——杜甫

吳宮花草埋幽徑，晉代衣冠成古丘。
三山半落青天外，一水中分白鷺洲。

——李白

秋草獨尋人去後，寒林空見日斜時。

——劉長卿

三湘愁鬢逢秋色，萬里歸心對月明。

——盧綸

田園寥落干戈後，骨肉流離道路中。
吊影分為千里雁，辭根散做九秋蓬。

——白居易

莊生曉夢迷蝴蝶，望帝春心托杜鵑。
滄海月明珠有淚，藍田日暖玉生煙。
於今腐草無螢火，終古垂楊有暮鴉。

——李商隱

渡頭餘落日，墟裡上孤煙。

——王維

上面這些聯句，是大家所熟知的，它所呈現的美與它的暗示的力量，我想凡是懂中文的人都可以欣賞。現在我們且不要說譯成其他的文字，就是用白話文或其他表現的方式來寫。我們馬上可以發現其效果是完全不同的。那也就可推想對仗的確是具有它的特殊的魅力與它特殊的美。寫律詩的人，往往先推敲其中的兩聯，這兩聯往往是兩顆寶石，其餘是鑲工。譬如李商隱的「滄海月明珠有淚，藍田日暖玉生煙」是千古奇句，但無人能作使人信服的解釋。如普通以《博物志》「南海外是鮫人，水居如魚，不廢績織，其眼泣則能出珠」來說明前句，我覺得完全破壞「詩趣」之附會。我個人覺得這首〈錦瑟〉的兩聯：「莊生曉夢迷蝴蝶，望帝春心托杜鵑。滄海月明珠有淚，藍田日暖玉生煙」是象徵他過去生命中四段「感情生活」。這是緊接著「錦瑟無端五十弦，一弦一柱思華年」而來。因此標點上不應該把一聯一聯來逗分，而每句下用「；」到第四句才逗句。這首詩的後面兩句：「此情可待成追憶，只是當時已惘然。」因為上面都是象徵的意趣，濃厚沉重，也可說太「光芒四射」，就顯得收斂太快，微感疲弱，但也正是回到「一弦一柱思華年」的現在。我想指明的是好的對偶的確是令人讀了有一種非對偶句所能表現的美，而對我來說，則有音樂圖案結合的美感，至於不好的勉強湊上去的聯句，當然沒有這種美感，這裡可以不談。

在對偶以外，中文中則有排比，疊字，回文等的運用。在別種文字的詩中雖然也用，但因為文字與中文不同，其格局也完全不能與中文相比。譬如李易安的〈聲聲慢〉的「尋尋覓覓，冷冷清清，悽悽慘慘戚戚」這裡面就不光是聲音與音節，而是每個字都是象徵的意趣。因為有象徵的意趣，所以也就有暗示，如果把這十四個字放在鋼琴上來奏，那是最簡單單調不過的音調，可以說引不起任何聽眾的感應，但在文字上所表現的，則對誰都有感染的力量。在排比，疊字，回文等技術的運用中，後來產生了有些作家專門在這種技術上要弄聰明，如專押險韻的詩，刻意寫回文詩，這就變成了文字遊戲，成為沒有生命的空架。但其形式上的圖案形式美，正如現在的廣告畫一樣，也還有可一讀之趣。

我們如果追溯到六朝時的駢文。我們馬上可以發現中國文字在那時已經被精煉到一個以音樂的節奏與繪畫上的構圖結合的形式，而以後因為太在形式上雕琢也只剩了大同小異的美麗的空殼，內容空虛，才失去了生命。

現在我們寫詩，如果忘忽了我們中國文字的特殊的優美之處，則總是可惜之事。我們還應該想到的是中國詩詞的韻律與格式，這單調的節拍與平正的整齊的字句，到底是什麼魔力使我們詩人，在幾百年中都在遵循。而五四以後，那些提倡新詩寫新詩的人，如周樹人，沈尹默，周作人，郁達夫，俞平伯，左舜生，郭沫若等等都回到寫舊詩的路上去，這是很值得我們細想的問題。只有胡適之，他自從提倡白話以後，詩文都沒有回到舊的形式上去。這可說是他最突出之處。但他也一直沒有寫出過一首好詩。我想這問題可以說有兩種原因：一是傳統的力量太大，當我們讀了太多舊詩詞以後，我們很容易套用這些形式；第二則是新詩始終沒有走出一條大路來。現在，自然有許多年輕的詩人以為他們披荊斬棘，開闢了一個新的境界，他們以為他們已經擺脫了傳統，否定了五四的業績，可是大部分我們見到的不過是拾西洋流行的牙慧。存在主義也好，超現實主義也好，卡繆也好，薩特也好，艾略特也好，不過一些蔓藤，離開了柳樹，依附到楊樹一樣，並不是一株獨立的大樹。

我覺得文學的世界性，一定先有民族性。當全盤西化與民族傳統之爭論時，我的態度是傾向全盤西化的，但有一個不退讓的保留，就是我們「中文」不能變成「洋文」。只要中文是存在的，怎麼西化也無法「全盤」。語言文字不只是一個民族傳達意念的聲音，而是傳遞文化精神活動的血液。至於有人努力把中文歐化，那個我可不反對。中文在表現許多綜合性或暗示的空靈意向時，有它特殊的效能，在表現邏輯的嚴密的推理時，卻有不夠之處。但五四以來，演變中的歐化顯然已彌補了這個缺點。五四運動的白話文運動是一種反對陳腐的古文運動，但時至今日，白話文早非過去的白話文。文言文，除了專寫駢文漢魏文的專家們以外，普通流行的文言文也早非過去的文言文。文字的演變，是自然的融匯。在抗戰的年代，我們發現各地方言的匯流，擴充了不少語彙。這些語彙，不好的自然淘汰，好的自然傳流下來。在三十年代後，文壇上曾經提倡大眾化，那時候人們有意吸收並運用方言，但是成功不大。可是在抗戰的年代中，人的流動與語言的融匯，無意識的就在作家的文字中出現，而很快就普及起來。足見文字語言是生活所創造的，並不是一兩個人所能改革的。在三十年代左右，那時候有人提倡世界語。世界語本有好幾種，當時提倡的是Esperanto。我當時也下了一點工夫學習，而且也達到一種相當的水準，勉強可以看書，但因為與生活無關，以後沒有運用，也完全忘了。沒有傳統，不與生活發生聯繫的語言是死僵的語言，是等於塑膠的花草，怎麼好看也是沒有生命的。活的語言則是有機體的，生長的，永遠不停的，變化的。把語言文字的音調與節奏，放在音樂的層次上，是一種錯誤的想法。以為中國舊詩詞的單調與簡陋是中國詩詞的弱點，我以為是不對的。詩詞的節奏與韻律，應該是語言的節奏與韻律。所謂語言的節奏與韻律實是生命生活節奏與韻律。一個人的走路有節奏韻律，呼吸有節奏韻律，血循環有節奏韻律，消化工程有節奏韻律，這是生命的節奏韻律。生命的節奏韻律，一面可說人人相同，另一方面也可說人人不同。這正如一個人的面孔，同的方面講，人人有一個面孔，面孔上大家有嘴眼耳鼻眉；不同的方面講，天下沒有絕對相同的嘴眼耳鼻眉。生活的節奏韻律也是如此，人的生活的節奏與韻律基本上應該有許多相同的地方，資產階級與無產階級不同，富人與窮人不同，細分起來也幾乎每一個人因家庭背景傳統的不同，每個人的生活的節奏韻律都不會絕對相佛經傳入中國，使中國有變文與話本小說等的發展。自從新詩運動起來，作者輩出，但努力的道路也不外上述的三條，過去如劉大白，他從中國舊詩詞的路徑上，摸索出一種形式；徐志摩、聞一多輩則是模擬英國十八九世紀的詩歌；李金髮、戴望舒等是做法國象徵派的詩歌。現在大陸的詩人都走民間，所謂通俗化、大眾化的民歌路線，臺灣的許多詩人都在走西方的現代主義的路。這些努力，正都是為詩歌的園地擴充範圍。千萬的細流匯成大海，將來也許有大家會融會各派各式而獨創一個天地。這話我引在這裡，想說明的也正是中國舊詩詞的形式，似已無法容納由現代生活而產生的新的內容。在清末民初的當兒，新人物如黃遵憲、譚嗣同、梁啟超等都曾在這方面努力，他們儘量地想把新名詞（名詞正是代表生活的概念）放進舊詩詞去，但是他們是失敗了。黃遵憲是一個極有詩才的人，但是他的較好作品都是沒有摻入新名詞的。當初新名詞摻舊詩詞的形式，舊詩詞的美感完全喪失，這是很值得舊詩詞作者反省的事情。如譚嗣同的〈聽金陵說法詩〉中有：「綱常慘以喀私德，法會盛於巴力門。」如夏曾佑〈贈任公詩〉，有：「質多舉隻手，陽烏為之死。」這裡「喀私德」是「Caste」；「巴力門」是「Parliament」；「質多」則是佛經裡「魔鬼」的譯名。又如黃公度（遵憲）有一首《新加坡雜詩其七》，云：「絕好留連地，留連味細嘗，側身繞荔子，偕老祝檳榔，紅熟桃花飯，黃封郎椰漿，都縵俱典盡，三日留口香。」詩當然不算壞，但「留連」、「都縵」這類字到舊詩詞中詩就缺少了「典雅」，如果「留連」寫成「榴蓮」、「都縵」作「沙龍」，那就更破壞了舊詩詞傳統的「美」感了。其實詞彙都是從生活中來，言語文字都代表生活的內容。上面所用的名詞是水果的名詞與服裝的名詞，如霓虹燈，噴射機，塑料花，幣制，貨物，英鎊，平板機，印刷，廣告術，娛樂版，有機化學，原子物理，機關槍，高射炮等用之於舊詩詞，那麼舊詩詞就變成了所謂「打油詩」了。因此，我認為舊詩詞這些形式，是只限於表現某種範圍內的形式，以情詩而論，如果是用「小橋」、「欄杆」、「滿階花影」、「銀缸」、「殘更」這類的情趣，自然很合適，倘若你要用「咖啡館」、「跳舞場」、「爵士」、「搖滾」、「高速火車」、「地道車」、「公路車」、「冷氣」等詞彙那就全弄得無意味了。

王國維先生對於他自己所寫的詞，自負很高，他說：「余之於詞，雖所作上不及百闋，然自南宋以後，除一二人外，尚未有能及余者，則平日之所自信也。雖比之五代北宋之大詞人，余愧有所不如，然此等詞人亦未始無不及余之處。」詞之高下，自有詞家定評，但王國維之無法成為柳永，秦觀，李清照……則是無法改變的事實。縱觀王國維的百闋的作品，儘管有不少新的想像與趣味，可是始終不出唐宋詩人詞客的意境與格局。他的詞彙是唐宋的詞彙，他的表現是唐宋的表現，甚至他的哀愁與感慨，也都像唐宋人的感慨。詞中的女性是唐宋的女性，詞中的景物也像是唐宋人的景物。自然對於一首詩，一闋詞，我們無法這樣要求一個作者；但是全部的作品，作者竟沒有一點點時代的氣息，那麼其作品之狹窄與陳舊自是無法掩飾的事實。這當然不是王國維先生之過，而是詞這個形式，限制了王國維先生想表現的內容。這也就是說，如果一個現代詩人想用舊形式來表現的話，那麼你必須，而且很自然地會削足就履地，把生活掩飾裝潢，以配合這個精緻的形式了。有許多詩人常因自己一首詩或是一個聯句可以與古詩人相比，以為自己可以媲美古人了。這是一個不了解文學的想法。文學的業績雖是一首詩一篇文的累積，但代表的是一個作家的生命。我們專心學杜甫，或李義山，自然很可能寫出一首可亂真的詩，但是決不是說你已經是杜甫或李義山了。杜甫所代表的是杜甫的一個生命，李義山所代表的是李義山的一個生命，一個詩人的生命是他的時代與社會所產生，他的作品一定是或多或少地反映了他的時代與社會。

文學既然是必須通過語言文字的藝術，而語言文字是人間的，是民族的，是時代的，是社會的。脫離了人間，到了極端，是禪的境界，道的境界，不是文學。脫離了時代，則是文字的技術的雕琢的階層，到了極端，則是沒有生命的空洞的形式。詩脫離了人間，在禪的，道的境界中，本不須用文字；勉強用了文字，那在佛教中所謂「偈」，可說是寺院文學。詩脫離了時代，在玩弄與雕琢文字階層，那是一種遊戲，是書房的，是閨房的，沙龍的文學。詩人的心靈都有生命的、自然的、時代的與社會的烙印。他的詩是表現他的感受在最合適的文字形式中，充分表現出來而可以傳達給讀者時，那是最完美的詩。千代的

重編版記

作者身處現代中國波濤洶湧的變局，畢生從事撰述，在環境影響和自我冶煉中，時時在形塑自己的文藝創作理念，而且把修研哲學和心理學的心得融匯其中，使所及更廣且深。這些想法，因作者反覆省思而益趨成熟，幾十年後，依然醒人耳目。作者闡述自己的理念，不免形諸文字，也曾在文壇惹起爭議。但他行文雖然犀利，卻稱只是一己之見，並不強求他人採納。

一九六九年，香港正文出版社和臺北仙人掌出版社合作，將幾篇作者有關文藝創作理念的作品，收在《懷璧集》裡付印。這次重版以《懷璧集》作基礎，添加多篇完成較晚的文章，後來散見於其他文集，因為屬於同一主軸，故歸併一處，並採用原來書名《懷璧集》。

至於原書中的〈談小說的一些偏見〉按計畫將編入其他集子，而原書附錄中三篇別的作者的文章，因為關係著作權，也未予納入。並此敬告讀者。

徐訏文集・評論卷04　PG1679

懷璧集

作　　者　徐　訏
責任編輯　洪仕翰
圖文排版　周政緯
封面設計　葉力安

出版策劃　釀出版
製作發行　秀威資訊科技股份有限公司
114 台北市內湖區瑞光路76巷65號1樓
電話：+886-2-2796-3638　傳真：+886-2-2796-1377
服務信箱：service@showwe.com.tw
http://www.showwe.com.tw
郵政劃撥　19563868　戶名：秀威資訊科技股份有限公司
展售門市　國家書店【松江門市】
104 台北市中山區松江路209號1樓
電話：+886-2-2518-0207　傳真：+886-2-2518-0778
網路訂購　秀威網路書店：http://www.bodbooks.com.tw
國家網路書店：http://www.govbooks.com.tw
法律顧問　毛國樑　律師
總 經 銷　聯合發行股份有限公司
231新北市新店區寶橋路235巷6弄6號4F
電話：+886-2-2917-8022　傳真：+886-2-2915-6275

出版日期　2016年11月　BOD一版
定　　價　400元

Printed in Taiwan

國家圖書館出版品預行編目

懷璧集 / 徐訏著. -- 一版. -- 臺北市 : 釀出版,
2016.11
面 ;　公分. -- (徐訏文集. 評論卷 ; 4)
BOD版
ISBN 978-986-445-152-4(平裝)

1. 文藝評論 2. 言論集

812.07　　105017427

讀者回函卡

感謝您購買本書，為提升服務品質，請填妥以下資料，將讀者回函卡直接寄回或傳真本公司，收到您的寶貴意見後，我們會收藏記錄及檢討，謝謝！

如您需要了解本公司最新出版書目、購書優惠或企劃活動，歡迎您上網查詢或下載相關資料：http:// www.showwe.com.tw

您購買的書名：______________________________

出生日期：________年________月________日

學歷：□高中（含）以下　□大專　□研究所（含）以上

職業：□製造業　□金融業　□資訊業　□軍警　□傳播業　□自由業

　　　□服務業　□公務員　□教職　□學生　□家管　□其它_____

購書地點：□網路書店　□實體書店　□書展　□郵購　□贈閱　□其他

您從何得知本書的消息？

□網路書店　□實體書店　□網路搜尋　□電子報　□書訊　□雜誌

□傳播媒體　□親友推薦　□網站推薦　□部落格　□其他__________

您對本書的評價：（請填代號　1.非常滿意　2.滿意　3.尚可　4.再改進）

封面設計____　版面編排____　內容____　文／譯筆____　價格____

讀完書後您覺得：

□很有收穫　□有收穫　□收穫不多　□沒收穫

對我們的建議：______________________________

____

____

____

請貼
郵票

11466
台北市內湖區瑞光路 76 巷 65 號 1 樓
秀威資訊科技股份有限公司 收
BOD 數位出版事業部

（請沿線對折寄回，謝謝！）

姓　　名：＿＿＿＿＿＿＿＿　年齡：＿＿＿＿　性別：□女　□男

郵遞區號：□□□□□

地　　址：＿＿＿＿＿＿＿＿＿＿＿＿＿＿＿＿

聯絡電話：(日)＿＿＿＿＿＿＿＿　(夜)＿＿＿＿＿＿＿＿

E-mail：＿＿＿＿＿＿＿＿＿＿＿＿＿＿＿＿